가을의 감응
秋興

옥 같은 이슬 단풍나무 숲을 시들게 하고
무산과 무협 감도는 기운 쓸쓸하다
강의 기세찬 물결 하늘로 용솟음치고
변방의 풍운은 땅에 깔려 어둑하다

玉露凋傷楓樹林 巫山巫峽氣蕭森
江間波浪兼天湧 塞上風雲接地陰

魍魅戰士

이매전사 6

청산 新무협 판타지 소설

초판 1쇄 찍은 날 § 2005년 1월 31일
초판 1쇄 펴낸 날 § 2005년 2월 7일

지은이 § 청산
펴낸이 § 서경석

편집장 § 문혜영
편집 § 장상수 · 유경화 · 서지현
마케팅 § 정필 · 강양원 · 이선구 · 홍현경

펴낸곳 § 도서출판 청어람
등록번호 § 제1081-1-89호
등록일자 § 1999. 5. 31
어람번호 § 제2-0521호

주소 § 경기도 부천시 원미구 심곡1동 350-1 남성B/D 3F (우) 420-011
전화 § 032-656-4452 팩스 § 032-656-4453
http://www.chungeoram.com
E-mail § eoram99@chollian.net

이매전사

魑魅戰士

6 완결

청산 新무협 판타지 소설

Fantastic Oriental Heroes

도서출판
청어람

이매(魑魅)

인면수심(人面獸心)을 지녔으며 사람을 잘 홀리는 도깨비를 일컫는 말이다. 이매망량(魑魅魍魎)은 요정과 도깨비 등 온갖 귀신을 총칭하며 이매전사란 다양한 속임수로 상대를 우롱하는 정의롭지 않은 전사를 의미한다.

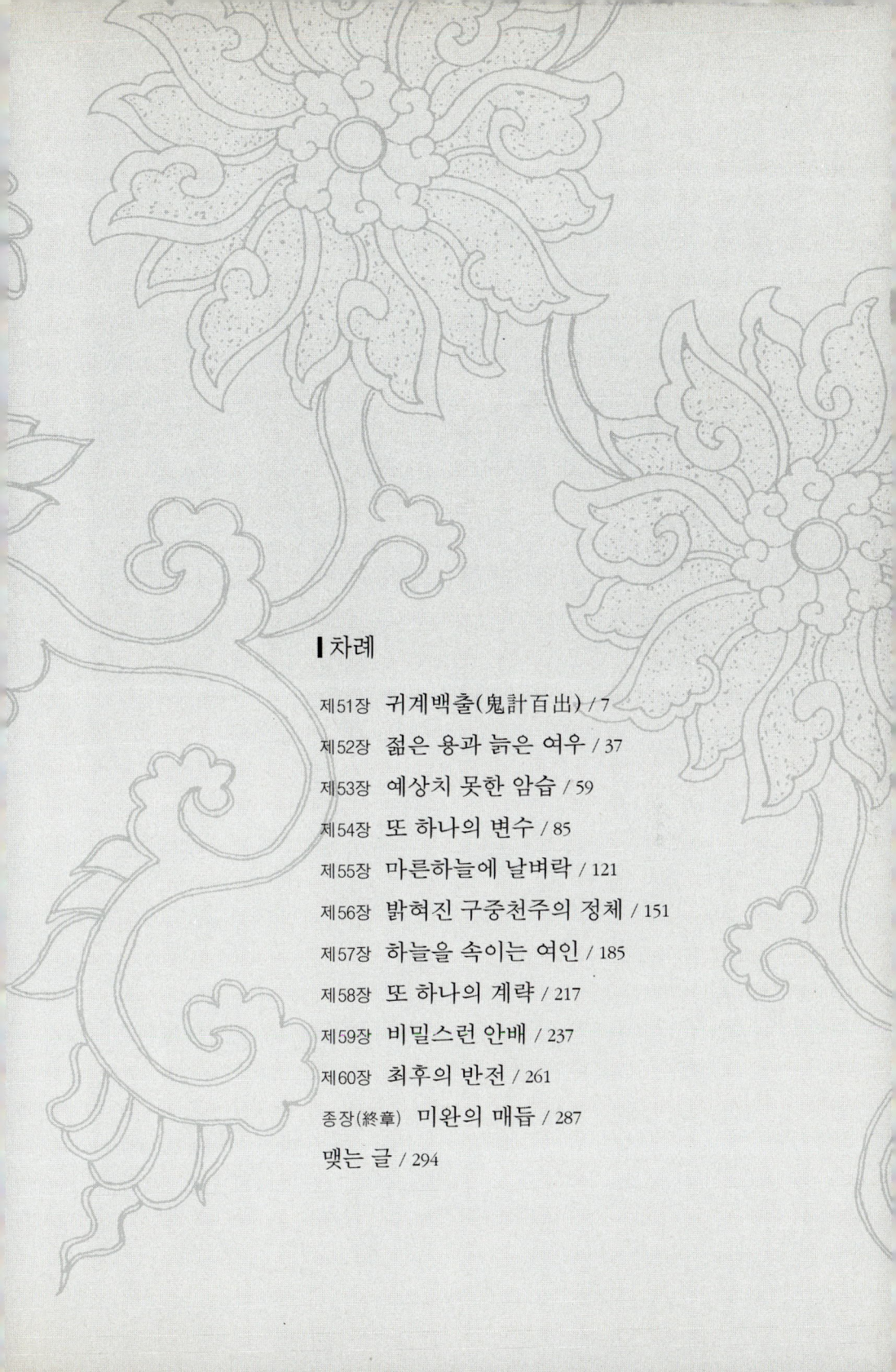

▌차례

◀제51장▶

귀계백출(鬼計百出)

1

부수관 요새의 공방전은 아주 치열했다.

손철문은 백 명의 천병친위대를 지휘해 안팎의 공격을 막는 데 전력을 다하고 있었다. 한데 요새 외곽에서 독고준이 독인들을 이끌고 맹공을 가하자 요새 내부에 매복해 있었던 백독문 독인들이 튀어나와 기습을 펼쳤다.

그러나 난데없는 배후의 기습에도 손철문의 대처는 침착했다.

"당황할 것 없다. 매복한 놈들은 많지 않으니 삼 개 조장은 내부의 적을 섬멸하라."

그의 지시에 세 명의 조장이 휘하 친위전사들을 이끌고 내부의 적들을 소탕하기 위해 출동했다.

부수관 요새는 가파른 고갯마루 위에 세워져 있기에 외부에서 공격하기는 아주 어려웠다. 독고준은 휘하 독인들을 독려해 연신 독탄과 독 암기를 요새 안으로 날려 보냈지만 그 정도 공격에 무너질 부수관 요새가 아니었다.

손철문은 침착하게 궁수들을 지휘해 번갈아가며 요새 아래로 화살을 날려 보냈다.

그는 조창군이 유험곡에서 기습을 당해 위기에 몰렸다는 보고를 받고도 지원에 나서지 않았다. 이는 명백한 배신 행위였지만 그는 나름대로 판단해 조창군과 천병전사들을 포기했다.

유험곡에서 화공과 암습을 당했다면 지원에 나선다 해도 소용이 없으며 구원을 나서는 도중 자칫 함정에 빠져 천병친위대마저 잃을 수 있기 때문이었다.

과연 그의 판단은 정확했다.

만일 그가 부수관을 비웠다면 내부에 숨어 있던 백독문 독인들에 의해 부수관마저 뺏겼을 것이다. 또한 독고준을 상대하는 상황에서 앞뒤에서 협공을 받는 위기에 처했을 것이다.

그는 백독문 독인들을 내려다보며 심각한 고민에 빠졌다.

'역시 총상은 나보다 몇 배는 지혜로운 분이시다. 그분의 심중을 헤아려 지원에 나서지 않았어야 했어. 무상과 이백여 천병전사가 몰살한 이상 회군하는 것이 당연하지만 이대로 귀환한다면 여태까지 애써 쌓아온 공이 무너진다. 부주는 자신의 독단에 대한 책임을 면하기 위해 내게 모든 죄를 묻게 될 것이다.'

그는 지그시 입술을 깨물며 어려운 결정을 내렸다.

'어떤 희생을 치르더라도 부수관 요새는 지켜야 한다. 비합전서를 날려 상황을 전했으니 부주께서 친히 원정에 나설 것이다. 총상의 반대를 물리친 과오를 만회하기 위해서라도 날 외면하지는 않을 것이야.

그래, 부주께서 당도할 때까지 반드시 부수관을 사수해야 한다. 그것만이 내가 살길이다.'

그는 검을 빼 들고 날아드는 불화살을 쳐내며 친위전사들을 독려했다.

"최대한 버텨라! 머지않아 부주께서 천병부 전 병력을 이끌고 당도하실 것이다!"

그가 몸소 앞장서서 전투에 나서자 친위전사들의 사기가 충천했다.

피피핑―!

쏟아지는 강궁에 백독문 독인들은 요새의 관문에 이르기도 전에 고슴도치가 되어 연신 쓰러졌다. 상당수 독인들이 쓰러지자 공격의 기세가 점차 약해졌다.

독고준은 상황이 구중천주의 책략대로 이루어지지 않자 몹시 초조해졌다.

"젠장, 어떻게 된 거야? 내부의 매복조가 전멸된 것인가? 놈들의 방어가 이렇듯 철저할 줄이야."

조창군과 이백여 천병전사들이 몰살된 상황이기에 그는 한껏 고무돼 있었다.

이제 부수관만 탈환하면 백독문의 압승이다. 백독문의 영광스런 승리를 세상에 널리 알릴 수 있는 절호의 기회다. 전력의 사 할이 소진된 천병부는 당분간 백독문을 넘볼 수 없을 것이고 궁주를 잃은 파천궁은 한동안 내부적인 혼란을 겪게 될 것이다. 그런 와중에 구중천의 원대한 패업이 완성되면 자신은 당당히 독천의 종주로서 견고한 입지를 굳힐 수 있다.

이것이 그의 희망 사항이었다. 하지만 좋은 일은 쉽게 성사되지 않는다는 말대로 부수관 탈환은 쉽게 이루어지지 않고 있었다.

'구중천 고수들이 한 번 더 도와주면 될 일인데……'

독고준은 무소불위(無所不爲)의 능력을 지닌 구중천주의 지원을 간절히 기원했다.

이때였다.

하나의 인영이 녹색의 안광을 발하며 부수관 관문을 향해 날아들었다. 붉은 모발의 노인의 인상은 몹시 삭막해 흡사 사신을 방불케 했다.

그의 전신은 두터운 호신강막으로 휩싸여 있어 요새에서 날아드는 화살도 전혀 위협이 되지 않았다. 얼마나 강력한 독강기인지 화살이 강기막에 닿자마자 모두 녹아버렸다.

손철문은 난데없는 절세고수의 개입에 가슴이 철렁 내려앉았다.

"허억! 독중지성?"

그가 알기로도 이렇듯 강력한 독강기를 발출할 수 있는 존재는 독중지성뿐이다. 만독지존으로 불리는 독중지성은 진정한 독의 제왕이다. 백독문주였던 독고린조차 독중지성에는 이르지 못했다.

붉은 모발의 노인은 바로 독천왕이었다. 하지만 독고준은 물론이고 백독문 독인들 중 누구도 그의 진정한 정체를 모른다. 다만 독고준을 은밀히 도와주는 절대적인 조력자라고 알 뿐이었다.

독천왕은 몸을 빙글 회전시키며 부수관 철문을 향해 쌍장을 내질렀다.

"깨져라!"

콰류류류!

녹색의 극독강기는 맹렬히 회전하며 그대로 철문을 강타했다. 둔탁한 폭음과 함께 일곱 겹 철판을 덧댄 철문이 흐물흐물 녹기 시작했다.

실로 가공한 독공이 아닐 수 없었다.

대번에 철문을 파괴한 독천왕은 둥실 떠오르며 관문을 지키던 친위전사들을 향해 연속적으로 독공을 뻗어냈다. 역겨운 비린내가 진동하며 친위전사 예닐곱 명이 처절한 비명 속에 나가동그라졌다.

"아악!"

"크아아악!"

독공에 적중된 부위에서 검푸른 연기가 피어오르며 그들은 순식간에 핏물로 화했다.

독천왕의 맹활약으로 철문이 박살나고 관문 위에서 쏟아지던 화살이 중단되었다.

독고준은 기회다 싶어 돌격을 명했다.

"공격하라! 사수관 요새를 탈환할 기회다!"

백여 명에 달하는 독인들은 일제히 함성을 지르며 부수관을 향해 달려갔다.

손철문은 절망하고 말았다.

독중지성에 이른 절세고수를 막아내려면 천병친위대 모두가 동원돼도 쉽지 않은 일이다. 그런 와중에 관문까지 깨졌으니 더 이상 부수관 요새를 방어할 방법이 없었다.

'결국 부수관을 지킬 수 없게 되었군. 하지만 여기서 개죽음을 당할 수는 없다. 어떻게든 살아 돌아가야 이 치욕을 씻을 수 있다.'

그는 앞서 몸을 날리며 악을 쓰듯 외쳤다.

"퇴각하라— 전원 퇴각하라!"

천병부가 자랑하는 천병친위대였지만 독천왕의 등장에 전의를 상실하고 말았다. 게다가 백독문 독인들이 악귀처럼 덤벼들자 그들은 병기를 거꾸로 메고 달아나기 시작했다.

"죽여라—! 한 놈도 살려 보내서는 안 된다!"

관문 위로 올라선 독고준은 벌써부터 승전의 기쁨에 들떠 한껏 목소리를 높였다.

2

손철문은 언제부터인가 혼자의 몸이 되어 있었다.

자신을 경호하던 친위전사들은 백독문 독인들의 추격을 막느라 뿔뿔이 흩어져 버리고 말았다. 어쩌면 그들 모두가 이미 죽었을지도 모를 일이다.

사천은 산세가 끝없이 이어진 산지였다. 몇 개의 산을 넘었지만 아직도 깊은 산중이었다. 방향도 제대로 잡을 수 없어 그저 밝아오는 여명을 향해 달릴 뿐이었다.

꼬박 밤을 새워 달려온 손철문은 개울가에 이르자 기력이 다해 털썩 주저앉았다. 몇 모금 물을 들이킨 그는 피로 얼룩진 자신의 몰골을 살폈다.

그의 입에서 절로 한숨이 새어 나왔다.

"아아, 이런 꼴로 귀환해야 하다니. 무상과 이백여 천병전사, 그리고 백 명의 천병친위대 모두를 잃고 나 혼자만 구차하게 돌아가야 한단 말인가?"

능선 위로 여명의 기운이 피어오른다.

그는 동녘 하늘을 올려다보며 비통한 심정에 젖었다. 어제의 밝은 태양이 아니었다. 하늘을 붉게 물들이는 햇살이 피처럼 붉다.

그를 각별하게 신임하는 종이건도 이제 그를 위해 변론해 주지 않을 것이다. 참수를 당하는 것은 기정사실이고, 아무리 관대한 처분을 받는다 해도 팔다리 하나는 베어지게 될 것이다.

그렇다고 형벌이 두려워 천병부를 등지자니 살아온 생이 너무도 억울했다. 형제처럼 지내온 용오랑을 짓밟고 겨우 출세의 길을 걷게 된 그가 아니었던가.

그의 삼십 년 생애 중 지난 삼 년은 그야말로 탄탄대로였다. 종이건이 자신을 후계자로 생각하고 있었으니 머지않아 그는 천병부의 제이인자가 될 수도 있는 상황이었다. 한데 한 번의 패배로 인해 오랜 세월 꿈꿔왔던 그의 찬란한 미래가 박살나고 만 것이다.

그는 머리를 헝클어뜨리며 넋두리를 하듯 뇌까렸다.

"끝났어. 이제 모든 게 끝나 버렸어. 나 손철문은 결국 여기가 한계였던 거야."

이때였다. 어디선가 부드러운 음성이 들려왔다.

"끝이 아니라 시작이다. 너의 영광은 이제부터가 시작이다."

손철문은 등골이 서늘해지며 급히 검을 뽑아 들었다.

"누구냐?"

그러자 부드러운 음성이 등 뒤에서 들려왔다.

"철문아, 너는 아홉 개 하늘을 관장할 위대한 혈통을 타고난 운명이다. 결코 실망할 것 없다."

손철문은 빙글 몸을 회전시키며 사납게 검을 휘둘렀다. 하지만 빈 허공만 베었을 뿐이다.

예의 부드러운 음성이 다시 등 뒤에서 들려왔다.

"철문아, 하늘을 향해 검을 휘두를 수는 있어도 내게 검을 휘둘러서는 안 된다."

"……?"

손철문은 뭔가를 느낀 듯 검을 쥔 손을 늘어뜨렸다.

이형환위라는 절세적 신법을 지닌 고수라면 자신은 절대 적수가 될 수 없었다. 다행히 상대는 자신을 해칠 의사가 없는 듯 보였다. 만일 자신을 죽이려 했다면 그는 이미 저승을 헤매고 있었을 것이다.

그는 신비인의 말을 곰곰이 되새겼다.

'아홉 개 하늘을 관장할 운명? 분명 아홉 개 하늘이라 했다.'

그는 천천히 몸을 돌렸다.

언제부터인가 황금 면구를 쓴 인물이 그 자리에 서 있었다. 두터운 면구 때문에 표정은 알 수 없지만 눈빛은 맑고 깨끗했다. 자신에 대한 적의는 전혀 찾아볼 수가 없었다.

손철문은 한쪽으로 검을 내던졌다.

"귀하가… 천하제일의 신비인이라는 구중천주요?"

"하하, 뛰어난 안목을 지녔구나. 암, 훌륭한 혈통을 갖고 태어났으니 그런 안목을 지니는 것이 당연해."

구중천주는 섭선을 펼쳐 들고는 천천히 다가섰다.

"넌 나를 처음 대하겠지만 난 오랜 세월 너를 지켜보고 있었다."

"귀하가 나와 어떤 연관이 있소? 내게 혈통을 강조하는 이유가 뭐요?"

"난 네 어머니를 잘 안다. 귀주성 출신이지. 네 어머니의 본명은 손완완(孫婉婉)이다."

손철문은 놀라움에 젖어 주춤주춤 뒤로 물러섰다.

"그, 그걸 어떻게 아셨소? 모두들 손 대부인으로만 알고 있는데?"

"네 어머니는 자신의 친정 식구를 몰살시킨 내가 두려워 세 아이를 안고 달아났다. 그중 한 녀석은 오래전에 가출해 생사를 알 수 없지. 너와 아문만 확인했을 뿐이다. 내가 널 찾는 데에는 많은 시간이 걸렸다. 품위있는 네 어머니가 무창성 객잔 주인으로 있을 줄은 생각지 못했기 때문이지."

그의 한마디 한마디는 손철문에 있어 천둥과 벼락이었다. 그는 진땀을 줄줄 흘리며 주춤주춤 물러섰다.

"무, 무슨 소리를 하는 거요? 귀하가… 귀하가 설마……?"

구중천주는 섭선을 허리춤에 꽂으며 그를 향해 다가왔다.

"오냐, 내가 네 아비다."

손철문은 충격을 이기지 못하고 털썩 주저앉았다. 그는 정색을 하며 고개를 저었다.

"마, 말도 안 돼!"

"네가 부정하지 않으리라는 것을 난 알고 있다. 난 분명 네 친아버지이니까."

구중천주는 천천히 황금 면구를 벗었다.

"철문아, 아비는 이런 만남을 오래도록 기다려 왔다."

3

개봉에 위치한 파천궁 총단.

총단 전체는 최고 수위의 경계령이 내려진 이후 불야성을 방불케 할 만큼 환히 밝혀져 있었다. 반입 물자에 대해서는 일곱 번의 검문을 마친 후 통행이 허락되었고, 각 지부에 배속된 제자들은 일체 총단 출입이 금지되었다.

파천궁주의 죽음에 대해서는 누구도 입에 담을 수 없었다. 사실을 확인한 후 공식적으로 발표할 때까지 의혹을 품는 것조차 용납되지 않았다.

강북무림을 지배해 온 파천궁.

그 강력한 방파가 흔들리고 있는 것은 분명했지만 아직까지 와해의 조짐은 어디에도 없었다. 그것은 파천궁 최고 수뇌들이 여전히 각자 맡은 바 소임에 최선을 다하고 있음을 의미했다.

문상 강백후는 산더미처럼 밀려드는 문건을 처리하느라 침상에 누워 잘 시간조차 없었다.

강매염이 심기가 혼란스러워 제대로 업무를 수행하지 못하면서 각 지부의 상황을 보고받아 지침을 하달하는 일은 모두 그의 책임이었다. 무상 동추는 제자들을 교련하거나 방어 태세를 점검하는 일에만 주력했다.

이런 상황이라 강백후는 졸지에 파천궁주를 대행하는 막중한 임무와 더불어 권한을 부여받게 되었다.

하루 종일 수백 건의 문건을 처리하느라 골머리를 앓은 강백후는 서탁에 엎드린 채 잠시 토막 잠에 빠져들었다. 아직 검토조차 하지 못한 문서철이 서탁을 가득 채우고도 부족해 바닥까지 수북하게 쌓여 있었다.

잠시 눈을 붙이던 강백후는 본능적으로 한기를 느끼며 문득 잠에서 깨어났다.

"……?"

어두운 구석으로 희미하게 사람의 형태가 보였다. 깜짝 놀란 그는 벌떡 일어서며 서탁 위의 칼을 집어 들었다.

"누, 누구냐?"

구석에 서 있는 복면인이 천천히 손을 쳐들었다. 영패의 위쪽을 쥔 손 아래로 세 개의 글자가 선명하게 새겨져 있었다.

중천령(重天令).

복면인이 건조한 음성으로 영을 하달했다.

"속히 강매염과 동추를 제거하고 파천궁을 장악하라는 지존의 영이오."

"……?"

"동조자들이 잠입해 있으니 당신을 도울 것이오."

복면인의 모습이 흐려지며 한줄기 연기로 화해 창문 틈새로 사라졌다.

강백후는 자신이 꿈을 꾸었나 싶어 고개를 흔들었다. 그는 차갑게 식은 차를 벌컥벌컥 들이켰다. 이마에는 송골송골 땀이 솟았다. 그는 바싹 마른 입술을 혀로 핥으며 눈을 가늘게 떴다.

자신이 꿈을 꾸고 있는 것은 아니다. 복면인은 분명 그에게 상전의 영을 지시했다. 그러나 상전의 지시라 하기에는 석연치 않은 점이 너무 많았다.

'이럴 리가 없어. 뭔가 잘못됐다.'

의사청 안에는 강백후와 동추, 그리고 파천사군(破天四君)이 배석해 있었다. 그들 모두 며칠 사이 격무에 시달렸는지 몹시 초췌한 모습이었다.

문이 열리며 강매염이 들어서자 여섯 수뇌는 예를 갖추기 위해 몸을 일으켰다.

작은 보따리를 가슴에 안은 강매염이 흰 옷자락을 질질 끌며 상석으로 향했다. 얼굴에는 병색이 완연하고 눈빛은 광채를 잃었다. 깊은 상심에 의한 마음의 병 때문이었다.

"모두들 앉으세요."

강매염이 힘없이 권하자 여섯 수뇌는 침중한 모습으로 자리에 앉았다.

그녀는 수뇌들을 둘러보고는 눈물을 글썽였다.

"원통하게도 아버님의 타계를 받아들일 수밖에 없습니다. 이미 세상천지에 소문이 나 있는 상황에 더 이상 숨긴다는 것은 손바닥으로 하늘을 가리려는 우매한 짓에 불과합니다."

동추가 사자수염을 불끈 쥐었다.

"소궁주, 숨기는 것이 아니지 않은가? 궁주의 시신을 모셔오기 전까지 난 인정할 수 없네."

"지금은 집착과 미련을 버려야 합니다, 무상. 현실을 직시해야 합니다. 그래서 궁의 혼란을 추스르고 아버님의 원수를 갚을 수 있지 않겠습니까?"

"궁주께서 살아 계실 터인데 무슨 원수를 갚는단 말인가? 난 결코 동조할 수 없어!"

동추는 탁자를 내려치며 벌떡 몸을 일으켰다. 새로 갈아놓은 석판에 그의 손바닥 자국이 깊게 새겨졌다.

그가 철극을 걸머멘 채 의사청을 나가자 강매염은 깊이 탄식했다.

"무상의 충정은 높이 평가하지만 시세를 헤아리는 눈이 없고 생각이 너무 단순해."

그녀는 강백후와 파천사군을 쓸어보고는 결연한 어조로 말을 이었다.

"난 문상 숙부와 사군의 뜻을 좇아 신임 파천궁주를 선임하려 합니다. 내가 소궁주의 신분임은 분명하지만 나이도 어린 데다 의욕을 잃어 막중한 궁주 직을 감당할 수가 없습니다. 본래 무상께 임시로 궁주 직을 맡기려 했지만 저렇듯 고집을 부리니 다른 분을 궁주로 모실 수밖에 없겠어요."

그녀는 품에 안은 보따리를 강백후 앞에 내려놓았다.

"숙부, 힘겨우시겠지만 잠시 궁주 직을 맡아주세요."

강백후는 정색을 하며 손을 내저었다.

"이럴 수는 없네, 소궁주. 궁주 직은 정통의 후계자인 소궁주가 맡아야 도리일세."

"지금 제가 맡는다면 본 궁은 와해되고 말 겁니다. 저는 숙부 대신 문상의 직위를 맡아 숙부를 보좌하겠습니다. 연후 착실히 수업을 쌓은 후 모두의 인정을 받게 될 때 비로소 궁주의 자리에 오를 생각입니다."

강매염은 몸을 일으키며 정중히 손을 모았다.

"조카의 청을 받아주십시오, 숙부."

파천사군마저 몸을 일으켜 청원을 올렸다.

"소궁주의 뜻이니 받아주시오, 문상."

"이 모두 본 궁을 위한 길이외다."

모두가 권하자 강백후는 몹시 난감한 표정을 지었다.

"이건 도리가 아닌데……."

"한시적이라 생각하십시오. 어린 제가 파천궁과 같은 거대한 방파를 관장하기에는 너무 무리입니다."

"하기는."

강백후는 어쩔 수 없는 듯 고개를 끄덕였다.

"소궁주와 파천사군의 뜻이 그러하다면 내 잠시 궁주 직을 맡도록 하겠네."

그는 궁주의 영부가 담긴 보따리를 쥐었다. 흥분과 격동으로 인해 손이 파르르 떨렸다.

그는 애써 감정을 자제하며 보따리를 풀고는 옥함의 뚜껑을 열었다. 강북무림 다섯 개의 성 일천오백 무사들을 호령할 수 있는 파천궁주령. 그것을 취하는 순간 그는 당당히 파천궁의 궁주로서 전권을 장악할 수 있다.

그러나 그는 옥함 안을 보는 순간 뇌전을 맞은 듯 부르르 전율했다. 놀랍게도 옥함 안에는 파천궁주령 대신 한 장의 쪽지만 들어 있었다.

반도(叛徒).

강백후는 너무도 놀라 의자에서 나자빠지고 말았다.

"허억!"

급히 몸을 일으킨 그는 진땀을 흘리며 강매염과 파천사군을 번갈아 보았다.

"소, 소궁주? 대체 이게……?"

강매염이 소매로 얼굴을 문지르자 병색 완연했던 모습이 씻은 듯 사라졌다. 장미처럼 화려하고 독한 그녀의 본래 모습이 확연하게 드러났다. 흐릿한 두 눈에서도 칼날 같은 예기가 뿜어졌다.

그녀는 야멸차게 외쳤다.

"숙부! 당신이 어떻게 아버님을 배신할 수 있단 말입니까?"

"무, 무슨 말을 하는 건가, 소궁주? 이건 오해일세. 잘못돼도 뭔가 크게 잘못된 일일세. 내가 어떻게 하늘 같은 형님을 배신할 수 있단 말인가?"

"아버님은 단지 파천삼은만 대동한 채 독고린과의 회동을 위해 떠났어요. 그 사실은 이 자리에 있는 사람과 무상만 알고 있는 극비였어요. 그런 극비가 구중천에 알려졌기에 저들은 함정을 파고 아버님을 살해할 수 있었던 겁니다."

"조카, 난 도대체 무슨 말인지……."

강매염은 한 걸음씩 다가섰다.

"아버님은 살아생전 내가 후계자임을 공표하셨어요. 당신이 진정 아버님을 배신하지 않았다면 파천궁주령을 절대 받지 않았어야 합니다."

강백후는 뒷걸음질을 치며 극구 변명했다.

"그, 그것은 조카와 파천사군 모두의 뜻이 아니었던가? 난 단지 본궁의 결속을 위해……."

강매염은 북풍한설처럼 차갑게 쏘아붙였다.

"그게 아니겠지. 구중천의 사자가 속히 파천궁주의 자리에 오르기를 종용했기 때문이 아니냐? 구중천의 사자를 만났음에도 이를 고하지 않았다는 것은 당신이 반도라는 명백한 증거야!"

순간 강백후는 전신의 피가 싸늘하게 식는 기분이었다. 그의 서가에 나타나 구중천주령을 내보인 복면인은 구중천의 사자가 아니었다. 그의 심중을 떠보기 위한 계책이었던 것이다.

'그, 그랬었군. 내가 이런 얕은꾀가 걸려들다니. 십 년을 기다려 왔건만… 순간의 조급함을 참지 못하고 내 스스로 망치고 말았어!'

그는 참담한 표정을 지으며 털썩 무릎을 꿇었다.

"크으, 매염아. 날 용서해 다오."

파천궁주의 혈족인 강백후의 배신!

그가 자신의 반역을 실토하자 파천사군은 충격과 분노를 금할 수 없었다.

"이, 이럴 수가!"

"이 더러운 놈! 네가 감히 궁주를 팔았단 말이냐!"

그들이 달려드는 순간 강백후는 부복한 자세에서 칼을 뽑으며 벼락같이 휘둘렀다.

"사뢰혈영섬(死雷血影閃)!"

번— 쩍—!

지독히도 쾌잔한 도법이었다. 전혀 예상치 못한 반격에 파천사군은 황급히 몸을 날렸다. 하지만 워낙 가까운 거리라 미처 사정권에서 벗어나기가 어려웠다.

"크윽!"

"악!"

파천사군 중 둘은 몸통이 베어지며 참혹하게 죽었고 은창신군(銀槍神君)은 팔이 하나 베어졌다. 상승신법을 지닌 절영신군만이 겨우 참살을 면할 수 있었다.

강백후는 재차 칼을 휘두르며 강매염을 공격했다.

"죽어라!"

강매염은 그가 상상도 못할 도법을 펼쳐 오자 정신이 아득해졌다.

그녀가 아는 강백후의 무공은 자신에 비해 그다지 강하지 않았다. 한데 그의 도법은 파천궁의 절기가 아니었으며 쾌속함과 강맹함을 겸비한 가공할 절예였다.

"차앗!"

강매염은 팽그르르 회전하며 수백 개의 암기를 동시에 날렸다. 천수요화라 불릴 만큼 독보적인 암기술이었다. 쏟아지는 암기는 강백후의 전신을 향해 내리 꽂혔다.

강백후는 도법을 유지한 채 좌장을 내질렀다.

"자전강기!"

은은한 자색 기운이 번득이자 강매염의 암기는 모두 튕겨져 나갔다. 신비로운 내가강기 역시 전혀 새로운 수법이었다.

"아……!"

강매염은 사색이 되고 말았다. 강백후의 무공 수위는 절세적이었다. 무상인 동추와도 버금갈 실력자였던 것이다.

순간, 한줄기 인영이 의사청 안으로 날아들며 일장을 내질렀다.

"혈류마겁장!"

뇌성이 터지며 넓은 의사청이 순식간에 핏빛으로 물들었다. 핏빛의 장력은 자전강기를 압도하며 그대로 강백후를 강타했다.

"아악!"

폭음과 함께 강백후는 피를 토하며 뒤로 튕겨져 나갔다. 석벽에 등이 부딪친 그는 내장 섞인 피를 울컥울컥 토하며 눈을 부릅떴다.

그는 자신의 절기가 무산된 것을 믿을 수가 없었다.

"이, 이럴 수가?"

강매염 옆으로 내려선 인물은 그가 토막 잠 속에서 언뜻 보았던 복면인이었다.

"너, 너는?"

복면인이 복면을 벗어 던지자 백발의 청년이 모습을 드러냈다. 구중천의 사자로 위장해 강백후를 함정에 몰아넣은 사람은 바로 용오랑이었다.

용오랑은 정광을 발하며 냉담하게 말했다.

"네가 구중천의 주구임은 확실하다. 너의 도법은 혈천사뢰도법으로 과거 사대천마 중 혈천멸지의 절기다. 또한 자전강기는 천부의 절학 중 하나이지. 천하에 이 두 가지 절기를 구사할 수 있는 자는 구중천의 수뇌들뿐이다."

단 일 초의 격돌로 중상을 입은 강백후는 숨을 몰아쉬었다. 그의 눈에서 원독의 빛이 뿜어져 나왔다.

"크으, 네놈이… 나의 정체를 알고 있었단 말이냐?"

"파천궁주는 자신의 죽음으로 궁내의 배신자를 예견했고, 소궁주가 지략을 꾸며 네 정체를 드러나게 만든 것이다."

"크흐훗, 형님은 정말 무서운 사람이군. 죽어서까지 날 괴롭히다니."

강매염이 날카롭게 외쳐 물었다.

"강백후, 대체 무슨 연유로 아버님과 본 궁을 배신한 것이냐?"

강백후는 자조적인 웃음을 흘렸다.

"크흐흐, 왜냐고? 사람은 누구나 꿈을 꾼다. 권력과 가까이 있는 사람은 항상 더 높은 꿈을 꾸지. 난 평생 네 아버지의 그림자로 살아왔다. 지모와 술수, 무공, 심기 모든 것을 배웠지만 난 결코 네 아버지처럼 될 수 없었어. 천후 형님은 완벽에 가까운 존재였지. 그에 비해 난 항상 부족한 사람이었다. 그는 내게 있어 존경의 대상인 동시에 질투의 대상이기도 했다."

강백후의 얼굴 근육이 격한 감정으로 연신 씰룩거렸다.

"구중천주는 나의 한계를 높여준 분이다. 그분은 내게 독자적인 직위를 약속했다. 구중천에 지배되지 않는 파천궁을 유지시켜 주겠다고 말이다. 난 천후 형님을 배신했지만… 파천궁은 지키고 싶었다. 나 역시 오늘날의 파천궁을 이룩하는 데 평생을 바쳐 왔으니까!"

강매염이 피를 뿜듯 외쳤다.

"닥쳐, 이 원수! 넌 그럴 자격이 없어! 네가 아버님과 같은 피를 나눈 혈족이라는 것이 수치스럽다. 내 손으로 널 죽이겠다!"

강백후는 손을 쳐들어 자전강기를 일으켰다.

"내 목숨을 거둘 사람은 지존뿐이다!"

자전강기의 위력을 아는 용오랑이 강매염을 막아서자 강백후는 급히 강기를 회수했다.

그는 강매염을 공격할 의사가 전혀 없었다. 어떻게든 목숨을 구해 달아나려는 것이 급선무였기에 창문을 부수고 밖으로 몸을 날렸다. 순간 그는 머리 위에서 떨어지는 엄청난 예기에 가슴이 덜컥 내려앉고 말았다.

"허억!"

진작부터 의사청 지붕 위에서 대기해 있던 동추가 그를 향해 육중한 철극을 내리꽂은 것이다.

"더러운 배신자!"

강백후는 급히 칼을 휘둘러 방어했지만 철극의 위력은 엄청났다. 게

다가 그는 용오랑에 의해 중상을 입은 몸이라 제대로 도법을 구사할
수가 없었다.

쨍그렁!

철극은 그의 칼을 동강 내고 팔 한쪽을 어깨서부터 베어버렸다.

"아악!"

팔이 베어진 강백후는 처참한 비명을 지르며 바닥으로 곤두박질쳤
다. 어느새 의사청 밖으로 나선 강매염이 수십 개의 암기를 날려 그의
전신의 혈도와 경맥을 제압했다.

시퍼런 비수를 뽑아 든 강매염은 강백후 옆으로 다가서며 심장을 겨
누었다.

"아버님의 원수! 네놈의 심장을 도려내겠다!"

용오랑이 내려서며 그녀를 만류했다.

"구중천에 대해 파악해야 하니 죽이지는 마시오. 대신 독단을 물고
있을 테니 미리 제거해야 하오."

"독단이오?"

"예전에 금천장에서 금환회의 수뇌를 제압해 문초하자 화혈부식산
을 물고 자결한 적이 있었소. 또한 황 총사가 철담신룡의 정체를 간파
하자 그자 역시 독단을 터뜨려 자결했다 들었소. 강백후라면 구중천
내에서도 상급에 속할 테니 필시 입 안에 독단을 지니고 있을 것이오."

동추가 거친 숨을 내뿜었다.

"정말 악독한 놈들이군."

그는 강백후의 입을 강제로 벌리고는 냅다 후려쳤다. 그의 모진 손
속에 강백후의 치아가 모조리 뽑혀져 나왔다.

"이제 스스로 뒈질 일은 없겠지?"

동추가 손을 털고 물러서자 강매염이 그의 몸에 꽂힌 암기를 몇 개 뽑아냈다. 그녀는 그의 혈도를 쳐 신지를 일깨웠다.

"강백후, 솔직히 털어놓는다면 혈족의 정분을 생각해 고통없이 죽여 주겠다."

강백후는 독단을 깨물고 자결하려 했다. 하지만 치아가 모두 뽑혔다는 것을 깨닫고는 절망하고 말았다.

강백후의 표정이 참담하게 일그러졌다.

"매, 매염, 내가 아는 것은 거의 없다."

"구중천주는 만났을 것이 아니냐? 대체 누구냐? 그자의 진정한 정체가 무엇이냐?"

강백후는 체념의 모습으로 순순히 대답했다.

"황금 면구를 쓰고 있어 진면목을 본 적은 없다. 십 년 동안 다섯 번 정도 만났을 뿐이다. 그때마다 절기를 전수받고 충성을 맹세했다."

"평소에도 지침을 하달받았을 텐데?"

"지부와 분타에서 날아오는 비합전서에 지침이 섞여 있었다."

강매염은 혀를 내둘렀다. 파천궁 총단으로 날아드는 비합전서는 하루에도 수백 건이나 된다. 그 안에 비밀스런 지침이 섞여 있다면 찾아내기가 거의 불가능한 일이었다.

"정말 용의주도한 자들이군. 이제 본 궁 내에 몇 명이 더 첩자로 있는지 밝혀라."

"총단과 지부에 이십 명 정도가 있지만 누구인지는 모른다."

"이십여 명? 그 정도나 된단 말이냐?"

강매염은 가볍게 몸서리를 치며 다그쳤다.

"내가 찾아내지. 어떻게 교신을 취하는지만 밝혀."

강백후는 길게 한숨을 쉬며 몇 가지 교신 방법을 일러주었다.

강매염은 내부의 첩자를 색출해 낼 수 있다는 사실에 몹시 고무되었다. 몇 가지를 더 심문하고는 용오랑에게 기회를 주었다.

"이제 회주께서 심문하십시오."

용오랑은 팔짱을 끼며 몸을 옆으로 세웠다.

"구중천 총단은 어디 있느냐?"

"……."

"이제 와서 숨길 이유가 없을 텐데?"

"……."

강백후가 계속 입을 다물자 강매염이 비감 어린 모습으로 그를 회유했다.

"숙부, 당신을 위해서가 아니라 가문을 위해서라도 당신의 명예를 지켜주겠어. 당신의 배신을 절대 공개하지 않을 거야. 당신의 배신은 파천사군 중 둘, 무상, 용 회주밖에 몰라. 당신이 일러준 첩자들도 은밀하게 처단할 거야. 숙부의 장례도 격식에 맞게 치러주지. 제발 솔직하게 대답해 줘. 숙부를 지켜주지 못한 구중천주를 위해 왜 그렇게 충성을 다하려는 거야? 그자는 악마라고! 난 숙부보다 구중천주라는 자가 더 증오스러워!"

강백후는 흐릿한 눈빛으로 그녀를 올려다보고는 힘겹게 입술을 달싹였다.

"내가 알기로 별도의 총단은 없는 것 같다. 그는 워낙 신비스런 자라 내가 아는 것은 거의 없다고 해도 과언이 아니다. 매염아, 구중천이 이렇듯 비밀스런 모습을 드러냈다는 것은 이미 구중천하가 성사되기 직전임을 의미한다. 내가 죽고… 궁내의 첩자들이 색출된다 해도 파천궁의 괴멸은 면치 못할 것이야."

"절대 그런 일 없을 거야. 난 반드시 파천궁을 지키겠어!"

"그럴 수만 있다면… 그럴 수만 있다면 돌아가신 형님도 날 용서하실 텐데……."

강백후는 스르르 눈을 감았다. 그의 눈꼬리를 타고 주르륵 핏물이 흘러내린다. 회한이 서린 피눈물이었다.

강매염이 용오랑을 올려다보았다. 용오랑은 더 심문할 것이 없다 싶어 고개를 끄덕였다.

강매염은 강백후의 심장에 비수를 꽂았다.

"숙부, 구천에 가게 되면 아버님께 진심으로 속죄해."

비수가 깊이 박히자 강백후는 크게 진저리를 치고는 숨을 거두었다.

동추가 강백후의 시신을 수습해 파천이군과 함께 사라지자 의사청 뜰에는 둘만 남게 되었다.

강매염은 설레설레 고개를 저었다.

"아아, 파천궁 내에 이런 엄청난 음모가 전개되고 있을 줄은 꿈에도 생각지 못했어요."

"그것이 구중천주의 수법이오. 그자는 악마적 두뇌로 남들이 전혀 예상치 못한 술수를 꾸며왔소. 아마 우리가 파악한 것은 그자가 펼친 계책의 십 분지 일도 안 될 것이오."

"대체 구중천주가 누구죠? 어떻게 해야 그자를 찾아낼 수 있죠?"

답답하기는 그녀보다 용오랑이 더했다. 용오랑은 하늘로 시선을 돌렸다.

"그자는 세상 위에 군림하되 직접적인 지배는 원치 않는 것 같소. 단지 자신이 구상한 세상을 만드는 것이 목표일 것이오. 그래서 찾아내기가 더욱 쉽지 않소."

강매염은 용오랑과 나란히 걸으며 슬며시 그의 손을 쥐었다.

"회주 덕분에 아버님의 첫 번째 유시를 무사히 수행할 수 있었어요. 이제 두 번째 유시를 수행해야 하는데, 회주와 함께 천왜무현을 만나고 싶어요. 천왜무현은 강호의 늙은 여우이지만 구중천과의 대결에서 꼭 필요한 사람이지요."

"유감스럽게도 난 요동으로 급히 가봐야 하오. 시각이 너무 지체되었소."

강매염이 궁금함을 참지 못하고 물었다.

"대체 왜 머나먼 요동 땅까지 가려는 거죠? 왕복 한 달이 넘는 거리인데 그동안 표풍회와 천사교에 변괴가 생기면 어떻게 하시려고요?"

"물론 우려가 되는 건 사실이지만 반드시 가야만 하오."

"황 총사 때문이라 말씀하셨지만 내막이 정말 궁금하군요. 대체 황 총사에게 무슨 일이 생긴 겁니까?"

용오랑은 뒷짐을 진 채 연못을 바라보았다. 한참을 고뇌하던 그가 어렵게 입을 열었다.

"그 얘기를 하려면 내 참담한 과거부터 알아야 하오."

강매염은 공손히 손을 모으며 청했다.

"듣고 싶습니다. 회주에 대해 많은 것을 알고 싶어요."

"그렇다면 말해 주겠소. 그래야 당신을 통해 주운려의 말이 거짓인지 진실인지를 알 수 있을 것 같소."

그가 자신의 과거 내력을 남에게 털어놓기는 이번이 네 번째다. 맨 처음은 황혜령이었고, 다음은 천부의 선랑 하예운이며, 세 번째가 현천대선생이었다.

한 사람의 삶으로는 겪기 힘든 파란만장한 사연을 들으면서 강매염은 몇 번이나 신음을 흘리고 탄식을 지었다. 그녀는 그토록 암울한 과거를 지녔으면서도 꿋꿋한 의기를 지닌 그의 정신력 앞에 그만 탄복하고 말았다.

기나긴 과거사를 털어놓은 용오랑은 그녀를 응시하며 물었다.

"이제 소궁주가 판단해 보시오. 주운려라는 악녀가 과연 진심으로 회개를 했다 생각하오? 그 계집의 말이 거짓이겠소, 아니면 진실이겠소? 만일 당신이 주운려와 같은 악업을 저질렀다면 과연 어떻게 행동했겠소?"

강매염은 연못가 통나무 의자에 엉덩이를 걸치며 손으로 이마를 짚었다.

나름대로 명석한 두뇌임을 자부하는 그녀였지만 이번 문제는 결단을 내리기가 너무 힘들었다. 그녀는 자신보다 백배는 독한 심성을 지닌 여인이 세상에 존재한다는 사실을 깨닫고는 깊은 자괴감마저 느꼈다.

그녀는 반 시진 이상을 고민했고 용오랑은 묵묵히 연못을 바라볼 뿐이었다.

마침내 해답을 찾아낸 그녀는 밝은 표정으로 입을 열었다.

"악녀가 진심으로 회개를 했는지는 판단할 수 없지만 황혜령이 요동에 없는 것은 확실합니다."

"왜 그렇소?"

"황혜령이 주운려에 의해 강제로 납치된 지는 열흘도 채 되지 않았습니다. 황혜령의 불편한 몸을 감안해 주운려는 그녀를 마차에 태워 보냈을 것입니다. 아무리 길을 재촉해도 마차로 요동에 이르려면 족히

한 달은 걸립니다."

용오랑도 그 정도는 간파하고 있었다.

"현명한 판단이기는 하오. 혜령이 지금 요동에 당도하지 않은 것은 확실하오. 그렇다고 요동으로 가지 않았다는 것을 입증할 수는 없소. 그것이 내가 요동으로 가야만 하는 이유요."

강매염은 활달한 음성으로 말을 받았다.

"그렇다면 굳이 요동까지 가실 필요가 없습니다. 마차가 대별산을 떠났다면 아무리 빨라도 하남성을 겨우 벗어났을 것입니다. 요동으로 가는 길은 산동과 하북을 거쳐야 하는데, 마차가 지날 수 있는 모든 관도에 수하들을 배치하면 됩니다."

"그 많은 길을 어떻게 차단한단 말이오?"

"회주는 혼자 몸이 아닙니다. 표풍회 소속 표객들은 천하 각처에 산재해 있는데 산동과 하북에 배속된 표객만도 이백 명이 넘습니다. 인근에 위치한 하남과 산서성의 표객까지 동원한다면 삼백여 명은 됩니다. 또한 강소성에 배치된 천사교 수하들을 출동시키면 이삼백 명은 되겠지요. 여기에 본 궁의 제자들까지 합하면 이천여 명에 달하는 대규모 인력이 황혜령의 마차를 추적하는 데 동원될 수 있습니다."

용오랑은 강매염의 대규모 수색 작전에 눈을 커다랗게 떴다.

"그렇게까지 하란 말이오?"

"상대에 대한 압박 전술입니다. 그런 상황이 되면 주운려도 황혜령의 호송을 포기할 겁니다. 아마 다른 방법을 강구하겠지요."

용오랑은 그녀의 뛰어난 기지에 탄복하고 말았다.

"놀라운 방법이군. 그렇게 해서 주운려가 생각을 바꾸게 된다면 요동까지 갈 이유는 없겠군."

"소녀의 판단으로 주운려가 회주를 요동까지 유인하려는 이유는 두 가지입니다."

"그래요? 어디 들어봅시다."

용오랑이 강매염 옆으로 바싹 붙어 앉자 그녀는 활달한 모습으로 대답했다.

"구중천의 음모가 한 달 이내에 마무리될 것을 확신하기 때문입니다. 그동안 회주를 요동에 묶어두려는 속셈이지요. 만일 주운려가 진심으로 회개했다면 이것은 회주를 보호하기 위한 묘책입니다. 자신의 아비인 구중천주를 배신하면서까지 회주를 구하려는 뜻이 분명합니다."

"주운려의 말이 진실임을 가정한다면 그럴 수도 있겠군."

"만일 악녀가 회주를 속이려는 계책이라면 회주가 중원을 떠나 있는 동안 자신의 손으로 표풍회와 천사교를 와해시켜 공을 세우려 할 것입니다."

용오랑은 그녀의 판단에 동조하며 힘있게 고개를 끄덕였다.

"훌륭하오. 소궁주가 나의 고민을 시원하게 해결해 주었소. 주운려가 날 중원에서 떠나보내려 하는 의도가 분명하다면 진위(眞僞)에 관계없이 혜령을 요동까지 호송하는 일은 없을 것 같소."

"맞습니다. 악녀는 누구보다 회주를 두려워하기에 단지 중원에서 멀리 보내려는 술책을 꾸민 것입니다. 악녀는 황혜령을 자신이 철저하게 감시할 수 있는 곳에 숨겨두었을 것입니다. 일단은 요동행을 포기하시고 황혜령의 소재를 찾는 데 주력하십시오."

"아니오. 요동행은 포기할 수 없소."

용오랑이 갑자기 태도를 바꾸자 강매염의 눈이 휘둥그레졌다.

"회주……?"

"하하, 우리가 언제까지 당하고만 살아야겠소?"

그의 낭랑한 웃음에 눈치 빠른 강매염은 그의 심중을 간파하고는 빙그레 미소를 지었다.

"호호, 그렇군요. 회주의 요동행은 포기할 수 없지요."

◀제52장▶

젊은 용과 늙은 여우

1

천병부 총단.

단신으로 귀환한 손철문의 몰골은 참담하기 짝이 없었다. 옷은 갈기 갈기 찢겨졌고 머리카락은 흩어졌으며 온몸은 핏물을 뒤집어쓴 듯 시뻘겠다. 한쪽 팔도 심한 부상을 당했는지 삼각건으로 동여매 목에 걸고 있었다.

그는 다리까지 절며 절뚝절뚝 대전으로 향했다.

주변의 천병부 전사들은 이미 비합전서를 통해 참패의 상황을 알고 있었지만 막상 혼자만 귀환한 손철문을 보고는 비통함을 금할 수 없었다. 죽은 전사들은 그들과 오랜 세월 함께 전장을 누비던 동료며 친구가 아니었던가.

천병전사들은 모두가 분개했다.

"믿을 수가 없군. 손 문상 혼자만 살아남았단 말인가?"

"이게 말이나 될 성싶은 일인가? 무상과 이백여 천병전사들, 그리고 막강한 천병친위대가 전멸했단 말인가?"

"뻔뻔하게 혼자 살아 돌아오다니!"

손철문은 출입문을 수호하는 전사들의 따가운 눈총을 받으며 묵묵히 대전 안으로 들어섰다.

대전 안의 분위기는 금세라도 피바람이 불듯 살벌했다.

당주와 각주들이 통로 좌우로 도열해 서 있었고 단상의 옥좌 뒤로는 십병천왕의 병기를 쥔 십병무장(十兵武將)들이 시립해 있었다.

옥좌에는 준엄한 모습의 초위강이 폭발하기 직전의 모습으로 굽어보고 있었다. 당장이라도 손철문을 때려죽일 기세였다.

단상 아래 서 있는 종이건은 뒷짐을 진 채 대전의 천장으로 시선을 고정시키고 있었다. 그는 손철문이 들어섰건만 일별도 주지 않았다. 그의 유현한 눈빛은 무엇을 생각하는지 파악하기가 힘들었다.

손철문이 걸음을 옮길 때마다 그의 몸에서 흐르는 피로 혈족이 새겨졌다. 그런데도 누구 하나 그를 불쌍히 여기는 사람은 없었다.

단하에 이른 손철문은 털썩 무릎을 꿇으며 고개를 조아렸다.

"속하 손철문이 부주를 뵈옵니다."

초위강은 종이 깨지는 듯한 폭갈을 터뜨렸다.

"이 쳐 죽일 놈! 무상과 삼백여 전사들이 장렬하게 희생했거늘 네놈 혼자만 버젓이 살아 돌아왔단 말이냐!"

그는 거칠게 손을 휘저었다.

"당장 놈을 참수하라!"

"예, 부주!"

뒤에 시립해 있던 십병무장 중 둘이 단하로 내려섰다.

손철문은 이미 죽음을 각오한 듯 초연한 모습이었다. 그는 부복한 채로 정중히 아뢰었다.

"속하는 천병부의 명예를 더럽혔으니 백번 죽어도 할 말이 없습니다. 속하가 귀환한 것은 부주께 벌을 받기 위함이지 목숨을 구걸하기 위해서가 아닙니다. 본 부의 문무상이 백독문 놈들에 의해 모두 참살되었다는 불명예는 천병부에게도 치욕이기 때문입니다."

그는 초위강을 향해 고개를 조아리고는 순순히 두 무장의 포박을 받았다.

이때 천장으로 시선을 고정시키고 있던 종이건이 입을 열었다.

"잠시 멈추어라."

그의 지시에 두 무장은 손철문을 묶으려던 오라를 풀었다. 대전 내 모두의 시선이 종이건에게 쏠렸다.

종이건은 초위강을 향해 공손하게 손을 모아 보였다.

"부주, 노신이 잠시 문상을 심문하겠소."

"그리하시오."

초위강은 퉁명스레 수락하고는 협탁에 놓인 술잔을 집어 들었다.

종이건은 천천히 손철문을 향해 다가섰다. 그는 부복해 있는 손철문 옆에 걸음을 멈추었다.

"패배는 병가지상사(兵家之常事)란 말이 있다. 싸움에서 이기고 지는 일은 다반사이기에 하는 말이다. 싸움에서 패했다고 그 수장을 모두 참하면 과연 누가 전장으로 나가려 하겠느냐? 하지만 너의 패배는 과정이 좋지 않았다. 부주께서 너를 참하려는 이유도 그 때문이지 네가 싸움에서 패배했기 때문이 아니다."

손철문은 침통하게 고개를 떨구었다.

"모두 속하의 불찰입니다. 총상은 속하에게 있어 스승과도 같은 분이십니다. 총상의 만류에도 불구하고 공명심에 치우쳐 지원군으로 나선 것 자체가 잘못이었습니다. 역시 총상의 혜안은 당세 제일이십니다."

듣고 있던 초위강은 쓴 입맛을 다시며 잔뜩 이맛살을 찌푸렸다. 사실 지원군을 강력히 주장한 사람은 그였다.

물론 손철문도 그의 뜻에 동조해 나선 일이었지만 이런 참패의 원인을 규명하자면 그의 그릇된 판단에서 비롯됐다고 할 수 있었다. 그가 서둘러 손철문을 참하려는 이유도 그 자신에 대한 부끄러움 때문이었던 것이다.

종이건은 뒷짐을 진 채 손철문 등 뒤를 거닐었다.

"전황에 대해서 몇 가지 의문점이 있어 묻겠다. 너희가 부수관 요새를 함락시킨 시각이 한밤중이다. 한데 지형도 파악하지 못한 원정에서 무리하게 백독문 잔당들을 추격한 것이 첫 번째 실수였다. 무상이야 본래 성격이 급하고 승부욕이 강하다지만 너는 명색이 문상이 아니더냐? 어떻게든 만류했어야 했다."

손철문은 지체없이 대답했다.

"속하도 최대한 무상을 만류했지만 지휘권은 무상이 쥐고 있었습니다. 게다가 속하와 천병친위대는 후대를 지키고 있어 부수관에 입성했을 때는 이미 무상이 밖으로 나선 후였습니다."

"보고에 의하면 무상이 유험곡에서 화공을 당해 위급함을 당했다던데 어찌 구원에 나서지 않고 부수관에 머물러 있었느냐?"

종이건의 질책 어린 심문에도 손철문의 응수는 차분했다.

"어떤 함정이라도 무상의 무공이라면 능히 탈출할 수 있을 것이라 판단했기 때문입니다. 또한 무상이 패퇴했어도 돌아올 곳이 있어야 하지 않겠습니까? 부수관은 백독문의 목구멍과 같은 곳이라 부수관만 잃지 않으면 백독문 정벌은 가능하다고 생각했습니다."

"하지만 너 역시 부수관을 지키지 못했지 않느냐?"

"백독문을 후원하는 무서운 고수들 때문이었습니다. 백독문 독인들 정도라면 능히 방어할 수 있었지만 독중지성(毒中之聖)을 감당하기에는 너무 역부족이었습니다."

손철문의 답변을 들으면서 대전의 분위기는 크게 바뀌었다.

비록 패배를 당했지만 나름대로 최선을 다한 그의 모습에 어느 정도 동정하는 분위기였다. 게다가 그의 사려 깊은 행동은 칭찬을 받을 만한 대응이었다.

종이건은 걸음을 옮기며 계속 질문을 던졌다.

"독중지성은 독공의 최고 단계다. 백독문주인 독고린조차 수련하지 못했는데 그런 자가 진짜 있었단 말이냐?"

"그자의 독강에 화살이 녹고 철문까지 파괴되었습니다. 속하의 안목이 틀리지 않다면 독중지성의 경지가 틀림없습니다."

"그런 자들이 어디서 왔다고 생각하느냐?"

손철문은 잠시 입을 다문 채 대전 내를 둘러보았다. 초위강을 비롯한 모두의 시선이 그를 향해 거미줄처럼 얽혀 있었다.

그는 무거운 어조로 대답했다.

"그자들은 과거 사대천마 중 사신독수의 독공을 구사했습니다. 속하의 생각으로 절사곡으로 숨어들어 간 사대마단의 잔당들이 아닌가 합니다."

그의 추리에 모두들 놀라움을 금치 못했다.

사대마단의 공포스런 악명은 백 년이 지난 오늘에도 여전히 세상을 지배하고 있었다. 사대마단의 잔당들이 백독문을 후원했다는 것은 또 한 번의 천하대전을 의미하는 중대한 사건이었다. 손철문이 뻔뻔하게 혼자 살아 돌아온 것은 지탄받아 마땅했지만 그가 가져온 정보는 정말 귀중했다.

초위강이 팔걸이를 치며 일어섰다.

"네 이놈! 분명 사실이렷다?"

"부주, 속하는 이미 죽음을 각오한 몸입니다. 결코 속하의 패배를 변론하려는 의도가 아닙니다. 백독문을 후원한 자들은 사대마단의 잔당들이 틀림없습니다."

손철문이 또렷한 음성으로 답변하자 종이건이 다시 물었다.

"정벌에 나선 천병전사들과 천병친위대의 전력은 우리 천병부의 절반에 해당된다. 이 모두가 죽은 상황에서 너 혼자 귀환하면 중벌을 면치 못할 것을 알고 있었을 것이다. 멀리 도주할 수도 있었을 텐데 왜 돌아왔느냐?"

"총상, 속하는 죽어서도 천병부의 귀신이 될 것입니다. 어찌 중벌이 두려워 천병부를 떠날 수 있겠습니까? 다행히 총상께서 하문을 하신 덕분에 모든 상황을 말씀드릴 수 있어 속하는 너무도 마음이 편합니다."

손철문은 종이건을 향해 공손하게 고개를 조아렸다.

"이제 죽여주십시오, 총상."

종이건은 냉담하게 몸을 돌리고는 단상으로 향했다. 그는 초위강을 향해 포권을 취해 보였다.

"노신의 심문은 끝났소. 이제 참형에 처하시지요."

종이건의 심문과 손철문의 답변을 들은 초위강은 선뜻 결정을 내릴 수가 없었다.

종이건은 손철문을 위해 한마디 변론도 하지 않았지만 심문을 통해 손철문의 정당성을 밝혀주었다. 더군다나 참수당할 것을 알면서도 도주하지 않고 귀환한 그의 충정이 한껏 돋보이게 되었다. 대전 내의 모든 이들 또한 손철문에게 관대한 처분을 내리길 바라는 눈치였다.

초위강은 내심 종이건이 손철문의 참수를 면해줄 것을 요구하리라 생각했었다.

손철문은 종이건에게 제자와도 같은 존재가 아닌가. 하지만 자신에게 판결을 넘겼고 여전히 손철문의 구명을 청하지 않았다. 그것이 불만이었다.

'젠장, 나를 더 난처하게 만드는군. 총상이 먼저 요청을 해야 내 권위가 서는데 말이야.'

결국 그는 구레나룻을 문지르며 종이건의 의향을 물어야 했다.

"총상의 의향은 어떻소?"

"규칙대로라면 죽어야 마땅하나 무상이 전사한 상황에서 문상마저 참수를 당한다면 전사들의 의기가 너무 침체될까 우려되오. 일단 뇌옥에 가두고 정황을 상세히 조사한 후 참수를 결정해도 늦지 않을 것이오."

초위강으로서는 바라던 말이었기에 흔쾌히 수락했다.

"알겠소. 총상의 뜻에 따르겠소."

그는 단하를 향해 외쳤다.

"집법당주는 당장 손철문을 하옥하라!"

"예, 부주."

집법당주가 앞으로 나서자 손철문은 감격의 눈물을 흘리며 초위강과 종이건을 향해 배례를 올렸다.

"부주와 총상의 은혜에 감격할 따름입니다."

종이건이 그를 쏘아보며 차갑게 응수했다.

"아직 널 용서한 것은 아니다. 최종 처분은 상황을 좀 더 분석한 후 부주께서 내리실 것이다."

종이건이 소매를 젓자 집법당주는 손철문을 이끌고 대전을 나섰다.

중대한 판결이 끝나자 대전 내 수뇌들은 예를 올리고 각자의 근무지로 향했다.

초위강은 계단을 내려서며 종이건의 손을 쥐었다. 그는 머쓱한 모습이 되어 사과했다.

"총상, 우매한 날 용서하시오. 당시 총상의 견해대로 무상을 귀환시켰다면 이런 참패는 없었을 것이오."

"아니외다, 부주. 차라리 노신이 부주를 모시고 지원에 나섰어야 옳았소. 사대마단의 잔당들이 백독문을 지원할 줄은 생각도 못했소."

"이제 어찌해야겠소? 전 병력을 이끌고 복수전을 펼쳐야 하지 않겠소?"

초위강이 손바닥에 자신의 주먹을 치며 전의를 불태우자 종이건은 고개를 저었다.

"적을 확실히 모르는 상황에서 공격한다는 것은 무모한 출병이오. 노신이 사천성 경계 지역으로 가서 정황을 살펴보아야겠소. 손철문의 안목이 틀림없다면 사대마단의 잔당들이 백독문을 근거로 삼아 재기를 꾀하고 있는 것이 확실하오. 그것이 사실이면 파천궁과 천사교, 표풍회와 연합을 해서 상대해야만 하오."

"알겠소. 지난번처럼 총사의 의견을 무시하는 일은 없을 테니 현명한 판단을 부탁드리겠소."

초위강이 면구스런 표정을 짓자 종이건이 빙그레 웃음을 지었다.

"허허! 아니외다, 부주. 때로는 부주의 독단이 필요할 때도 있소."

창문 하나 없는 종이건의 거처는 지저분하기 짝이 없었다. 그의 허락 없이는 휴지 한 조각 치울 수 없기 때문인데 최근 열흘 동안 청소를 지시하지 않아 방이 아니라 쓰레기장을 방불케 했다.

의자에 놓인 문서철을 밀어내고 자리에 앉은 종이건은 대머리를 긁적거렸다.

"구중천이 마침내 마각을 드러냈군."

그는 차갑게 식은 차를 찻잔에 따르며 깊은 시름에 잠겼다.

최근 반년 이내에 각파의 지존들이 잇달아 사망했다.

표풍회주였던 십전대표객, 십야회주인 당대 최고의 살수 단월천살, 천사교주 뇌진표, 그리고 확인되지 않았지만 사망이 확실시 되는 파천궁주 강천후, 그리고 함께 죽었다는 백독문주 독고란…….

단월천살만 용오랑의 손에 죽었을 뿐 나머지 지존들의 죽음은 모두 구중천의 음모에 연루되었다. 그렇다면 사패의 지존 중 유일하게 살아 있는 천병부주 초위강이 마지막 표적이 될 것이다.

초위강은 자신이 그런 위험에 처해 있는 줄 전혀 모른다.

종이건 자신이 그 사실을 납득시켜 주어야 옳지만 초위강의 머리로는 절대 이해하지 못할 것이다. 그는 자신의 안위에 대해 절대적으로 안심하고 있었던 것이다.

종이건은 눈을 가늘게 떴다.

"보이지 않는 자와의 싸움만큼 무모한 대결은 없지. 구중천주란 자를 찾아내야만 승산이 있다. 한데 유령 같은 그의 존재를 어떻게 파악한단 말인가?"

그가 여태껏 한 가지 사실에 이렇듯 골머리를 앓은 적은 없었다.

그는 어떤 난제도 대번에 해결할 수 있는 두뇌와 안목을 지닌 인물이었다. 하지만 오래전부터 서서히 숨통을 조여오는 구중천의 존재는 그의 두뇌로도 해결할 수 없는 신비의 영역이었다.

이때 문밖에서 시비의 음성이 들려왔다.

"총상님, 파천궁에서 급한 전갈을 보내왔습니다."

"들여라."

종이건의 허락이 떨어지자 시비가 한 통의 서찰을 갖고 들어왔다. 시비가 절을 올리고 나가자 종이건은 서찰을 뜯어보았다.

아무런 내용도 없이 장소 한 곳만 명시돼 있었다. 날짜와 시간도 적혀 있지 않았고 다만 보낸 사람의 이름으로 '매(梅)'라는 글자가 적혀 있을 뿐이었다.

"매염이 보내왔군. 파천궁의 요화가 대체 무슨 의도일까?"

종이건은 화로에 던져 서찰을 태우며 피어오르는 불꽃을 응시했다.

강매염의 서찰에 명시된 장소는 세상에 전혀 알려지지 않은 곳이다. 그곳은 오래전에 그와 파천궁주가 비밀리에 만난 장소였다. 만일 누군가 서찰에 명시된 장소를 보았다 해도 그곳이 어디인지는 전혀 알 수 없을 것이다.

'은시(恩施)라… 마침 사천 경계지로 가려던 참이었으니 아주 적절한 장소로군.'

2

　망일봉(望日峰)은 호남성과 사천성의 경계지인 은시 부근에 병풍처럼 둘러진 산세의 한 봉우리이다. 다른 봉우리와 동떨어져 있어 떠오르는 해를 관망하기에 아주 좋은 곳이다.

　망일봉이란 이름도 그래서 붙여졌다.

　망일봉 중턱의 암자는 돌담 안에 불당만 하나 덩그러니 있어 찾아오는 신자가 거의 없었다. 암자의 주인인 노승은 아침저녁 예불을 제외하고는 차를 재배하고 참선을 하는 것이 전부였다.

　한데 이 독불암(獨佛庵)에 아주 드물게 두 명의 참배객이 찾아와 암자 뒤쪽의 돌 탁자를 잠시 빌렸다. 물론 노승은 입이 쩍 벌어질 만큼 거액의 시주를 받았다.

　"흐음, 정말 차 맛이 일품이군요."

　투박한 돌 의자에 앉아 노승이 내온 차를 마신 강매염은 진심 어린 찬사를 보냈다. 용오랑은 그녀만큼 차 맛을 감별할 수 있는 미각이 없어 그냥 차이려니 생각했다.

　강매염은 멀리 떨어져 있는 봉우리와 산사면을 감상하며 연신 탄성을 발했다.

　"아, 과연 명당입니다! 아버님께서 과거 이 독불암에서 천왜무현과 회동을 하시고는 차 맛과 풍광이 극히 뛰어나 쌍절이라 평가하셨습니다. 능히 그런 찬사를 받을 만한 곳입니다."

　"무공을 모르는 천왜무현이 오르기에는 조금 힘들 것 같소."

　강매염은 아이처럼 천진스럽게 말을 받았다.

"주변의 단풍이 절경입니다. 땀을 식혀가면서 쉬엄쉬엄 오르는 것도 기분 전환에 그만입니다."

용오랑은 찻잔을 내리며 물끄러미 그녀를 응시했다.

강매염은 연유를 몰라 살짝 볼을 붉혔다.

"왜 그리 보십니까?"

"당신에 대한 세상의 풍문을 알고 있소?"

"독심을 지닌 요녀라 하겠지요."

"한데 당신을 가까이 대해보니 그렇게 나쁜 여인 같지는 않소."

강매염의 얼굴이 더욱 붉게 달아올랐다.

"용 공자께서는 주운려 같은 악녀에게 그토록 참담한 배신을 당하고도 소녀를 믿으십니까?"

"세상 모든 여인이 주운려 같은 악녀라면 그것이 어디 사람 사는 곳이겠소?"

용오랑은 직설적인 화답을 피하고는 단풍이 곱게 물든 주변 경관으로 시선을 돌렸다.

두 남녀는 어느 정도 친분을 쌓게 되자 호칭마저 편하게 불렀다.

강매염은 용오랑의 과거 내력을 상세히 알게 된 후부터 더욱 호감을 가졌다. 만일 부친이 타계하는 비극만 없었다면 기꺼이 한 침상에서 그와 또 한 번의 잠자리를 가졌을 것이다.

가을의 태양이 능선 너머로 뉘엿뉘엿 저물어갔다.

용오랑은 영민한 청력으로 누군가의 접근을 간파해 냈다.

"그가 온 것 같소. 발걸음이 무겁고 가쁜 호흡으로 미루어 분명 무림인은 아니오."

"마중 나갈 필요는 없지만 강호의 원로이니 예의는 갖춰야겠군요."

강매염이 몸을 일으키자 용오랑도 따라 일어섰다.

불당의 지붕 너머로 노승의 늙수그레한 음성과 함께 노인의 카랑카랑한 음성이 섞여 들려왔다. 오랜만에 만난 사람들끼리의 사적인 인사가 오갔다.

일상적인 대화를 마친 노인은 불당을 돌아 후원으로 들어섰다.

노인은 커다란 삿갓을 쓰고 있어 얼굴을 확인하기가 쉽지 않았지만 강매염은 한눈에 그를 알아보았다.

그녀는 허리를 굽히며 공손히 예를 올렸다.

"종 총상, 먼 길을 오시느라 고생이 많으셨습니다."

"그래, 오랜만이군."

노인은 삿갓을 벗으며 가볍게 고개만 끄덕였다. 강매염의 목에도 미치지 못하는 난쟁이노인인데 눈빛이 유난히 강렬했다. 그는 길게 늘어뜨린 귀밑머리를 비비 꼬다가 힐끗 용오랑 쪽으로 고개를 돌렸다.

용오랑이 포권을 취해 보였다.

"이렇듯 쟁쟁한 명성을 지닌 종 총상을 뵙게 되어 영광이오."

난쟁이노인은 다름 아닌 천병부의 총상인 천왜무현 종이건이었다. 그는 잠시 용오랑을 직시하다 포권으로 답례했다.

"이제 보니 풍운의 영웅 이매전사가 아니신가?"

"역시 천왜무현이시오. 이 사람이 용모(龍某)요."

종이건은 냉담하게 말을 받았다.

"용 회주가 이 자리에 있다는 것은 본 부 비찰각 요원들의 눈알을 뽑고 귀를 잘라 버릴 중대한 사건이네. 귀하는 지금쯤 산동성에 있어야 마땅하니까."

그가 자신 휘하의 첩보 담당자들을 타박하는 이유는 당연했다. 그는 비찰각을 통해 용오랑이 빠르게 요동으로 향하고 있다는 첩보를 입수했던 것이다. 한데 용오랑이 요동과는 멀리 떨어진 이곳에 있으니 조금은 황당한 일이었다.

강매염이 얼른 해명해 주었다.

"모두 구중천 악도들을 속이기 위한 방편이었습니다. 표풍회, 천사교, 파천궁의 제자들에게 용 회주가 요동으로 향하고 있다는 전서를 하달했지요. 워낙 대규모 인원이 동원된 계책이라 천병부에서도 달리 생각하지 못했을 것입니다."

"그랬었군."

종이건이 먼저 좌정하자 용오랑과 강매염도 돌 탁자 주변으로 앉았다.

강매염은 그에게 차를 따라 권했다.

"일단 갈증부터 푸시지요."

"그래, 독불암의 차 맛이야 일품이지."

종이건은 차를 한 모금 들이키고는 흡족한 표정으로 고개를 끄덕였다.

"역시 좋군. 십수 년이 지났어도 차 맛은 변함이 없어."

그는 강매염보다는 용오랑에 대해 상당한 관심을 표명했다.

"용 회주가 천사교에 이어 이제 파천궁까지 접수했는가?"

"아니오."

"그렇다면 이번 만남은 파천궁과 연관된 중대한 사안일 텐데 어떻게 소궁주와 한자리에 있는 건가?"

종이건의 날카로운 지적에 강매염이 대신 변론했다.

"종 총상, 지금은 패권 다툼보다 힘을 합쳐 구중천을 상대해야 할 상황입니다. 부디 경계하지 마십시오."

그녀는 품속에서 봉해진 서찰을 꺼내 들었다.

"아버님께서 사천으로 떠나시면서 돌아오지 못할 경우 반드시 해결해야 할 세 가지 유시를 남기셨습니다. 첫 번째는 내부의 첩자를 색출하는 일이었는데 용 공자의 도움으로 무난히 해결할 수 있었습니다. 두 번째가 총상에게 아버님의 봉첩을 전해 드리는 일이기에 용 공자께 동행을 부탁드리게 된 것입니다."

"강 궁주가 노부에게 서찰을 남겼다고?"

"그렇습니다. 내용은 소녀도 모릅니다."

강매염이 건넨 서찰을 받은 종이건은 석양에 비추어 봉첩의 봉인 상태를 확인했다. 혹시 뜯었다가 붙인 흔적이 있는지 살펴본 것이다.

봉첩을 뜯어 서찰을 확인한 종이건은 곧바로 서찰을 잘게 찢었다. 상당한 분량의 내용이 적혀 있음 직한데도 그는 한순간에 모든 내용을 읽을 만큼 독해력이 뛰어났다.

그의 손에 잘게 찢겨진 종잇조각은 바람에 날려 벼랑 아래로 산산이 흩뿌려졌다.

"이게 전부인가?"

"그렇습니다."

"그럼 차나 한 잔 더 마시고 가봐야겠군."

강매염은 내용이 몹시 궁금했다.

"종 총상, 소녀에게 달리⋯ 하고할 말씀은 없으십니까?"

강매염이 어렵사리 묻자 종이건은 잘라 말했다.

"없네."

용오랑은 종이건의 냉담한 태도에 마음이 편치 않았다.

"본인이 옆에 있어 불편하다면 자리를 피해 드리겠소. 고심 끝에 마련한 자리인데 강 소저를 위해 종 총상의 사려 깊은 조언을 부탁드리겠소."

"용 회주가 자리를 피해줄 필요는 없네. 노부가 해줄 말이 없는 게 사실이니까."

"파천궁주가 종 총상에게 특별히 봉첩을 남겼다는 건 파천궁의 위기에 지원을 바라는 마음이었을 것이오."

종이건은 그를 직시하며 물었다.

"용 회주는 무슨 내용인지 알고 있는가?"

"전혀 모르오."

"그렇다면 함부로 추측하지 말게. 파천궁주가 남긴 봉첩에는 파천궁을 도와달라는 부탁은 전혀 없었으니까."

찻잔을 비운 종이건이 소매를 털며 자리에서 일어섰다.

강매염은 상황이 자신의 예상과 전혀 다르게 진행되자 몹시 당황스러웠다. 종이건을 만나면 나름대로 좋은 방안을 마련할 수 있겠다 생각했는데 아무것도 얻은 것이 없었다.

"종 총상, 구중천에 대한 대책을 논의해야 할 상황입니다. 지금으로서는 종 총상의 힘이 절대적입니다."

"머지않아 관에 들어갈 이 늙은이가 무슨 힘이 있겠는가? 파천궁주 같은 당대의 효웅도 구중천의 함정에 빠져 타계한 상황에서 무슨 방법으로 구중천과 맞선단 말인가? 그자는 보이지 않은 유령일세. 노부는 인간과는 싸울 수 있어도 유령과는 맞설 능력이 없네."

"총상……."

강매염이 안타까운 표정을 짓자 용오랑이 나섰다.

그는 시종 냉담한 종이건의 태도에 진작부터 불만을 품고 있었기에 말투가 다소 거칠었다.

"종 총상, 아직 구중천주의 정체를 정확하게 파악하지 못했지만 그자는 결코 유령이 아니오. 난 그자의 아내를 알고 있고 딸도 알고 있소. 또한 그자가 은밀하게 세운 아홉 개 하늘 중 상당수를 밝혀냈고 일부는 파괴했소."

"……."

종이건이 예리한 눈빛으로 용오랑을 응시하자 용오랑은 힘찬 어조로 말을 이었다.

"내가 강 소저와 동행해 종 총상을 만나고자 한 이유는 천병부의 위기를 알려주기 위함이오."

"파천궁주가 타계했으니 이제 다음 목표는 천병부주라는 얘기이겠군?"

용오랑의 검미가 불끈 치켜 올라갔다.

"이미 짐작하고 있었단 말이오?"

"추측일 뿐일세. 하지만 난 물증과 확증이 없는 사안에는 크게 무게를 두지 않네."

"그렇다면 분명히 말씀드리겠소. 구중천주의 딸이 확신했으니 유감스럽게도 천병부주 역시 곧 죽게 될 것이오."

종이건은 기다란 귀밑 머리카락을 내리쓸었다.

"구중천주의 딸이라면 표향공주 주운려를 말함인가?"

"그렇소."

용오랑은 순순히 시인하면서도 내심 놀라워하지 않을 수 없었다.

'그런 비밀스런 일을 이미 간파하고 있었단 말인가?

대체 종이건이 얼마만큼 알고 있는지 파악할 수가 없었다. 자신이 모시는 상전이 죽게 될 것이라는 충격적인 정보에도 그는 눈썹 하나 까딱하지 않았다. 그것은 이미 그도 짐작하고 있음에 분명했다.

그렇다면 종이건은 그에 대한 대비책이라도 세워놓은 것일까. 아니면 파천궁주가 남긴 봉첩에 그런 내용이 언급되어 있기라도 하는 것일까.

종이건은 뒷짐을 진 채 벼랑가에 섰다.

"노부는 천병부주가 어떤 방법에 의해 살해될지 전혀 짐작을 하지 못하겠네. 부주의 목숨을 노릴 것은 분명한 사실인데 그에 대비할 방법이 전무해. 그것이 이 늙은이의 고민이며 한계일세. 그래서 구중천주와 맞설 수 없다는 것이네."

강매염이 그 옆으로 다가섰다.

"그래도 막아야 합니다. 천병부주마저 피살된다면 구중천주의 야심이 노골적으로 드러날 것이며 세상은 그자의 손에 쥐어질 것입니다."

"아니야. 구중천과 맞서 싸우기 위해서는 그자가 원하는 것을 모두 주어야 하네."

"종 총상……?"

"소궁주는 현명한 여인이니 노부의 말이 무슨 의미인지 깨닫게 될 것이네."

종이건은 뒤뚱뒤뚱 불당 쪽으로 걸음을 옮겼다.

"다시 만나게 될 테니 그때 논의해 보세."

그가 불당을 돌아 사라지자 강매염은 힘없이 돌아섰다. 그녀는 길게 한숨을 내쉬었다.

"후우, 정말 난감하군요. 천왜무현과 같은 지략가의 도움 없이는 절대 구중천주의 사악한 계략과 맞설 수가 없는데…….”

용오랑은 잠시 생각에 잠기다가 고개를 끄덕였다.

“박학제일 현천대선생, 심기제일 파천궁주, 지략제일 천왜무현! 과연 세상 사람들의 평가는 틀리지 않은 것 같소. 천왜무현은 정말 무서운 사람이오. 만일 구중천주의 정체만 밝혀낸다면 천왜무현은 능히 그자와 겨룰 수 있는 사람이오.”

“무슨 말씀이죠?”

“천왜무현은 신중한 사람이라지 않았소? 그 말은 확신이 없는 일에는 절대 나서지 않는다는 것을 의미하오. 그는 이미 천병부주를 포기했소.”

강매염은 눈을 동그랗게 떴다.

“포기했다고요?”

“아니, 어쩌면 구중천주가 벌이는 척살 계책을 관망한다고 해야겠지. 천병부는 아직 구중천에 의해 직접적인 타격을 입은 적이 없소. 하기에 천왜무현이 나서지 않았다고 볼 수 있소.”

“그래도 천병부주를 지키기 위한 방책은 세워야 하잖아요?”

용오랑은 설레설레 고개를 저었다.

“칼이 어느 곳에서 날아들지 모르는데 어떻게 방책을 세운단 말이오? 그렇다고 천병부주를 금성철벽과 같은 뇌옥에 가둘 수는 없지 않소? 사패지존 중 유일하게 생존해 있는 천병부주 또한 자부심 때문에 절대 동조하지 않을 테니까.”

“그렇군요.”

“그의 냉철함이 정말 무섭소. 구중천주는 천병부주가 아니라 천왜무현을 척살하는 데 전력을 기울였어야 옳았소. 하지만 그자는 자신의 두뇌가 최고라고 자부하기에 종이건과의 지략 대결은 언제든지 이길 자신이 있는 것 같소."

"용 공자의 말씀을 들으니 어느 정도 안도가 되는군요."

강매염은 가만히 그의 손을 쥐며 나직이 말을 이었다.

"사실 소녀도 천병부주가 죽기를 바랍니다. 그가 살아 있다는 것은 파천궁에 절대적인 위협이 되니까요."

용오랑은 그녀를 물끄러미 응시했다. 그는 씁쓸한 미소를 지었다.

"솔직히 당신도 두렵소. 공동의 적인 구중천이 격파되면 당신이 어떻게 변모할지 정말 걱정이 되오."

강매염은 그의 가슴에 얼굴을 묻었다.

"약속드리겠어요. 적어도 주운려 같은 악녀처럼 공자의 등에 비수를 꽂는 죄는 짓지 않을 겁니다."

"그러기를 바라겠소."

용오랑은 그녀의 어깨를 안아 가볍게 다독였다.

그는 시선을 들어 석양에 물든 하늘 올려다보았다. 하늘과 구름이 붉게 물든 낙조의 절경은 대자연이 빚어내는 신비로운 조화였다. 하지만 아름다움을 감상하기에는 그 빛이 너무 붉었다.

세상이 온통 핏빛이었던 것이다.

◀제53장▶

예상치 못한 암습

하남성 서쪽에 위치한 서협(西峽)의 물줄기는 호북성 단강구로 흘러든다. 계곡을 따라 굽이굽이 휘돌아 흐르는 사행천이라 때로는 빠르고 때로는 완만해 물살의 흐름을 종잡기 힘들다.

용오랑은 서협이 내려다보이는 청유림 주변을 서성이고 있었다. 표풍회 분타를 통해 전해진 진소교와의 접선을 기다리는 중이었다.

그는 동행을 요청한 강매염을 파천궁으로 돌려보냈다.

파천궁주가 남긴 세 번째 유시가 부담이 되었기 때문이다. 뇌미령의 협박과 강짜에 못 이겨 천사교를 맡게 되었지만 파천궁까지 휘하에 두고 싶지는 않았다.

강매염은 절대 배신을 하지 않겠다고 맹세했지만 그는 여자의 약조를 신뢰할 수 없었다. 철천지원수인 주운려에게 당한 정신적 충격이 너무도 컸던 것이다.

용오랑은 서협의 물살을 내려다보며 깊은 고민에 빠져들었다.

'과연 파천궁주는 종이건에게 어떤 유시를 전한 것일까? 자신의 딸에게도 알리지 못할 어떤 비밀이라도 있단 말인가?'

그는 종이건의 오만에 대한 반감 때문에 봉첩의 내용에 대해 관심을 보이지 않았지만 사실 강매염 이상으로 궁금해하고 있었다.

심기제일이라는 강천후와 지략제일이라는 종이건.

그 둘이 작심을 한다면 세상에 어떤 파란을 일으키는 것도 가능한 일이기 때문이다.

용오랑은 봉첩의 내용을 전혀 알지 못하지만 어느 정도는 짐작할 수 있었다.

'분명 구중천에 연관된 일일 것이다. 파천궁주는 자신이 죽게 될 경우 구중천주를 상대할 사람은 종이건뿐이기에 어떤 비밀을 전한 것이 틀림없어.'

그는 자신의 추측을 확신했지만 그들 사이에 어떤 비밀이 전해졌는지는 알 도리가 없었다.

비밀을 남긴 자는 죽었고 그것을 본 유일한 자는 봉첩을 소멸시켰다. 결국 종이건이 입을 열지 않는 한 그 내용을 알아낼 방법은 없는 일이었다.

용오랑은 고개를 흔들고는 혼란스런 상념을 지웠다.

'모호한 일에 너무 집착하지 말자. 내 목표는 구중천에 대한 복수일 뿐이니까. 그 후 전개될 강호의 패권 다툼에는 관여할 필요가 없어. 그러고 싶지도 않고.'

그는 주변을 둘러보다 희미한 인기척에 이목을 집중시켰다.

청유림으로 접근해 오는 자들의 숫자는 한둘이 아니었다. 십수 명에 달하는데 미약한 파공성으로 미루어 한결같이 뛰어난 경공의 소유자임을 짐작할 수 있었다.

용오랑은 그들이 백 장 안으로 접근하자 경계심을 풀었다.

사악한 기운을 전혀 느낄 수 없었으며 음습한 마기도 감지되지 않았기 때문이다. 잠시 후 청유림으로 내려선 사람들은 진소교와 열네 명에 달하는 천부의 제자들이었다.

"많이 기다리셨습니까, 주공?"

진소교가 내려서며 예를 취했다.

"아니, 나도 방금 왔어."

용오랑은 주위로 내려선 천부의 제자들을 둘러보고는 가슴이 덜컥 내려앉았다.

천부의 제자들은 통상 백의 차림인데 이번에는 모두가 흑의 경장 차림이었다. 게다가 가슴에 조의를 표하는 삼베 상장(喪章)까지 매달고 있었다.

천부의 제자들은 소무향, 하영채를 비롯한 네 명의 상화와 은비와 다혜 등 열 명의 비화로 구성돼 있었다.

"상공을 뵈옵니다."

그녀들이 예를 표하자 용오랑은 급히 소무향에게 다가섰다.

"소 상화, 무슨 일이 있었소?"

"대선랑께서… 타계하셨습니다."

"뭐, 뭐요? 대사고께서?"

용오랑은 비통한 마음을 금할 수 없었다.

대선랑 하예운은 그에게 있어 혈족과도 같은 존재였다. 모친의 사저이니 이모와도 같은 신분이다. 게다가 그의 생사현관을 타통시켜 주기 위해 혼신의 공력을 소모하는 바람에 주안술까지 깨지는 고통을 겪지 않았던가.

"오, 이럴 수가 있단 말인가? 아직 반도의 원흉인 자문교도 죽이지 못했고, 그토록 소원하시던 천부의 복원도 이루지 못했는데 벌써 돌아가시다니!"

용오랑이 지극한 애통함을 표하자 은비가 눈물을 글썽였다.

"흑, 대선랑께서는 은하성후께 너무 큰 죄를 졌다며 편히 눈을 감지도 못하셨습니다."

"그러셨겠지. 대선랑께서 직접 자문교를 단죄하셨다면 조금이라도 가슴속 한을 푸셨을 텐데."

용오랑은 천산이 위치한 서북방을 향해 절을 올리며 하예운의 죽음을 진심으로 애도했다. 그는 오래도록 부복한 채 그녀의 영혼을 위로했다.

소무향이 옆으로 서며 그간의 사정을 말해 주었다.

"대선랑께서는 은하동을 여는 것만이 천부를 재건할 수 있는 유일한 길이라 하시며 옥미와 함께 은하동에 도전하셨습니다. 다행히 옥미는 혼신의 힘을 다한 대선랑의 지원을 받아 무사히 은하동에 들어갈 수 있었습니다. 하지만 대선랑은 생명지기가 소진되고 말았지요."

그녀의 말에 용오랑은 더욱 가슴이 메어졌다. 그는 눈물을 금할 수가 없었다.

"아, 천부에 대해 최후까지 충정을 다하셨군. 대사고의 후한 은혜를 입고도 보답하지 못했으니 모두 나의 불찰이오."

"이제 천부의 재건은 옥미에게 달려 있습니다. 옥미가 성후께서 남기신 은하천서를 대성한다면 천부는 당당한 모습으로 부활하게 될 것입니다."

용오랑은 화옥미를 떠올리며 힘있게 고개를 끄덕였다.

"옥미는 뛰어난 자질을 지닌 재녀이니 결코 대사고의 뜻을 저버리지 않을 것이오."

그는 몸을 일으키며 천부의 제자들을 둘러보았다.

"한데 왜 대다수 제자들을 이끌고 중원으로 들어오셨소?"

소무향 대신 진소교가 활달한 음성으로 대답했다.

"척 보면 모르시겠습니까, 주공? 천부의 제자들은 대선랑을 위해 복수하고자 하는 일념으로 나선 것입니다. 이미 반도인 자문교의 소재를 찾아냈다 하더군요. 소첩도 과거의 패배를 씻으려던 참이었는데 정말 잘된 일이죠."

용오랑은 소무향을 주시하며 물었다.

"자문교의 소재를 찾아냈단 말이오?"

"그렇습니다. 서협에서 멀지 않은 곳이라 일부러 접선지를 이곳으로 정한 것입니다. 저희들은 모두 죽음을 각오하고 대선랑의 넋을 위로하고자 합니다."

용오랑은 주먹을 불끈 쥐며 무서운 살기를 폭사시켰다.

"가십시다. 이번에야말로 자문교의 목을 베어 대사고의 영전에 바치겠소."

2

천병부는 백독문 공략의 참패에 따른 후유증에서 조금씩 벗어나고 있었다.

총상인 종이건이 사천성 접경지로 직접 나서 방어선을 새로 구축하였고, 천사교와는 휴전 협정을 체결해 관할 지역을 안정시키는 데 주력했다.

삼백에 달하는 주력 전사들을 잃었지만 천병부는 아직도 칠백에 달하는 전사들을 보유하고 있었다. 물론 천병부가 내세울 수 있는 최강의 이점은 십병천왕 초위강의 생존이었다.

천사교, 백독문, 파천궁의 지존들이 모두 죽은 상황에서 초위강이 건재해 있다는 것은 무엇과도 견줄 수 없는 절대적 우세였다.

강호인들 대다수는 머지않아 천병부가 패업을 달성할 것이라는 데 이견을 달지 않았다. 초위강의 무공과 결합된 종이건의 책략에 맞설 수 있는 방파는 없다고 해도 과언이 아니기 때문이다.

초위강을 상대할 수 있는 유일한 존재로는 이매전사 용오랑이 부각되었을 뿐이다.

그는 표풍회에 이어 천사교의 총수가 되었고, 파천궁과도 은밀한 동맹을 맺고 있는 상황이다. 만일 그가 삼파를 호령하는 맹주가 된다면 당대 최강의 무단을 보유하게 된다.

그러나 수적인 우위는 크게 중요치 않다는 것이 강호인들의 지론이었다.

아직 정식으로 격돌한 적은 없지만 초위강의 무공이 용오랑을 능가할 것이라는 데에는 모두가 동감했다. 또한 용오랑에게는 종이건 같은 책사가 없기에 두 세력이 격돌한다면 천병부가 승리할 것임을 모두가 예견했다.

초위강 역시 듣는 귀가 있어 강호의 풍문에 한껏 고무돼 있었다.

오랜 세월 그의 야망의 걸림돌이었던 강천후가 죽은 상황이라 내면의 야심이 불꽃처럼 피어올랐다.

그로서는 병기만 잘 벼려놓으면 되는 일이다. 그는 종이건이 기막힌 책략으로 자신을 무림의 제왕으로 만들어줄 것임을 믿어 의심치 않았다.

초위강은 천왕각 집무실에 앉아 느긋하게 보고서를 검토하고 있었다.

그는 파천궁주의 죽음이 널리 알려지면서 금환회를 관장하는 금상(金商)들이 막대한 재화를 상납하고 있다는 낭보에 기쁨을 금할 수 없었다.

상인들은 황금에 대한 냄새와 더불어 강호의 정세에 대해 누구보다 민감하다. 그들이 천병부에 복속되기를 자청한다는 것은 이미 패업을 예측하고 있기 때문이다. 눈치 빠른 상인들이 기울어가는 방파에 재화를 상납할 일은 없지 않은가.

달콤한 생각에 젖어 있는 초위강은 귀한 울금향을 한 모금 마시며 느긋하게 기대앉았다.

"총상이 접경 지역을 순시하고 귀환하면 곧바로 무림대회를 개최해야겠군. 감히 나의 초청을 거부할 놈들은 없겠지. 그 자리에서 천병부가 천하의 맹주임을 공표하는 거다."

그는 울금향을 음미하며 입맛을 다셨다.

"쩝, 아쉬운 것은 이 위대한 패업을 계승할 후계자가 없다는 거야."

그는 처첩을 일곱이나 거느렸지만 유감스럽게도 자식을 하나도 두지 못했다.

젊었을 적에는 강호를 종횡하느라 자식에 대한 아쉬움을 느끼지 못했지만 나이가 들면서 자신의 핏줄이 없다는 사실은 큰 고민이었다. 하지만 그는 자신의 건강함을 믿었기에 아직도 삼사십 년은 무난히 살 수 있음을 확신하고 있었다.

나이 칠십 넘어 후사를 보았다는 옛 사람들의 기록을 감안한다면 그 안에 자식을 둘 수도 있는 일이었다.

이때 집법당주가 들어서며 아뢰었다.

"부주, 뇌옥에 있는 손 문상이 알현을 청해왔습니다."

"철문 그놈이?"

"긴히 드릴 말씀이 있다 했습니다."

초위강은 시큰둥하게 응수했다.

"참패를 당한 주제에 무슨 할 말이 있다는 거냐? 역량이 아까워 목을 베지 않았지만 죄를 사하기에는 아직 일러."

"부주께 이것을 전해 드리면 알현을 허락하실 것이라 했습니다."

집법당주가 단단하게 봉해진 봉첩을 올렸다.

초위강은 귀찮은 표정으로 봉첩을 받고 부욱 뜯었다. 여러 겹 접힌 서찰에는 단지 세 개의 글자가 적혀 있었다.

구중천(九重天).

초위강의 부리부리한 눈이 실낱처럼 가늘어졌다.

"……?"

그의 손에 쥐어진 봉첩은 삼매진화에 의해 삽시간에 재로 화했다. 손끝으로 탁자를 두드리며 잠시 생각에 잠긴 그가 가볍게 고개를 끄덕였다.

"데려와라."

"예, 부주."

집법당주는 뒷걸음질로 집무실을 나갔다.

몸을 일으킨 초위강은 뒷짐을 진 채 실내를 거닐었다. 부챗살처럼 벌려서 벽에 걸어놓은 열 자루 병기를 응시한 그는 심각한 표정을 지었다.

'구중천이라면 총상이 항상 우려하던 신비의 단체가 아닌가. 구중천의 확실한 정체를 파악하기 전까지는 대규모 접전을 피해야 한다는 것이 총상의 지론이었어. 그래서 내가 가장 께름칙하게 생각하던 자들인데 손철문이 구중천에 대해 파악한 것이 있단 말인가?'

잠시 후 쇠사슬에 결박된 손철문이 집법당 무장들에 의해 이끌려 집무실로 들어섰다. 상처 입은 팔을 감싼 삼각건은 피고름으로 찌들었고 흩어진 머리카락은 오물로 얼룩져 있었다.

초위강은 손철문의 형편없는 몰골을 쓸어보고는 혀를 찼다.

"쯧쯧, 그래도 한때는 문상이란 높은 직위에 있었는데 집법당 녀석들이 너무 심했군."

손철문은 정중히 부복배례하며 당당히 말했다.

"아닙니다, 부주. 속하는 부주와 천병부 명예를 더럽힌 죄인입니다. 이보다 더 혹독한 형벌을 받는다 하여도 속하는 참수를 명하지 않은 부주의 은혜에 깊이 감복하고 있습니다."

초위강은 가볍게 손을 저었다.

"포박을 풀어주고 너희들은 물러가라."

"예, 부주."

두 무장은 손철문을 옭아맨 쇠사슬을 풀어주고는 집무실을 나갔다.

초위강은 잔에 친히 술을 따라 손철문에게 하사했다.

"한잔하겠느냐?"

손철문은 술잔을 받고는 주르륵 눈물을 흘렸다.

"망극하옵니다, 부주."

초위강은 집무의자에 앉으며 짐짓 온화한 표정을 지었다.

그는 손철문의 지극한 충정에 너그러움을 보여주고 싶었다. 돌이켜 보면 손철문은 자신의 야욕 때문에 희생양이 된 것과 다를 바 없었다. 자신이 백독문 공략을 강력하게 주장하지 않았다면 그런 참패도 없었을 것이고 손철문 또한 비참한 패배자가 되지 않았을 것이다.

"철문아, 총상 또한 널 벌하고 싶지 않은 듯하니 조만간 네 신분을 회복시켜 주겠다. 다소 고생스럽더라도 조금만 참아라."

"부주의 하해와 같은 은혜 백골난망입니다."

"그 술이 어떤 술인지 알겠느냐?"

초위강의 물음에 술을 한 모금 마신 손철문은 깊이 음미했다. 그는 이내 고개를 끄덕였다.

"울금향이 아닙니까? 거금을 주고도 구하기 힘든 명주입니다."

"맞다. 금환회 금상들이 상납한 술이다. 아직 열 단지나 남았지. 그것은 조만간 개최될 천하무림대회 축하연 때 쓸 생각이다."

"무림대회가 임박했다는 것은 곧 부주께서 패업을 달성하셨음을 의미합니다. 하오나 그전에 해결하셔야 할 일이 있습니다. 그 점을 아뢰고자 부주께 면담을 요청한 것입니다."

손철문은 고개를 조아리며 나직이 청했다.

"워낙 중대한 사안이라 부주께만 말씀드리고 싶습니다."

"괜찮다. 사대호위는 본좌의 분신과 같고, 십병무장은 수족과 같다.

외부로 새어나갈 일은 없을 것이다."

"내부적인 문제이기 때문입니다. 간압해 주십시오."

손철문이 간곡히 청하자 초위강은 눈살을 찌푸렸다.

"내부적인 문제라고?"

"반드시 부주만 아셔야 할 중대한 사안입니다."

초위강은 의혹의 눈빛으로 손철문을 쏘아보다가 흔쾌하게 고개를 끄덕였다.

"알겠다."

그는 손을 쳐들어 흔들었다.

"사대호위는 후원으로 물러가 쉬어도 좋다. 십병무장들은 전각 주변을 감시해라."

"예, 부주."

가벼운 파공성과 함께 천왕각 내의 호위무장들이 모두 사라졌다. 초위강은 몸을 일으켜 벽에 걸어놓은 열 개의 병기 앞에 섰다.

"이제 말해 봐라."

고개를 조아린 손철문은 심각하게 표정을 굳혔다.

"부주, 속하는 부수관 전투에서 패해 달아나던 중 구중천주를 만나게 되었습니다."

"뭐야?"

초위강의 눈에서 안광이 번득였다.

"네가 그 신비의 구중천주와 대면했다고? 사실이냐?"

"그자는 속하를 통해 한 가지 사실을 부주께 아뢰라고 하였습니다."

"흐음, 네 말이 사실이라면 왜 총상이 있는 자리에서 밝히지 않았단 말이냐?"

"그럴 수가 없었습니다."

초위강은 고개를 옆으로 꺾었다.

"왜?"

"총상께서… 타 파의 첩자일 수도 있기 때문입니다."

"닥쳐라!"

초위강은 벽에 걸린 열 개의 병기 중에서 창을 뽑아 들었다. 그는 손철문의 면전에 창을 들이대며 격분의 모습으로 질책했다.

"네 이놈! 감히 본좌 앞에서 총상을 모략하려 든단 말이냐? 아무래도 네놈이 구중천주의 사주를 받은 것 같구나!"

"부주, 속하도 그자의 말을 듣고 이것은 부주와 총상의 사이를 갈라놓기 위한 반간계로만 생각했습니다. 부주와 총상은 삼십 년 넘게 생사를 함께해 온 형제와 같은 사이가 아닙니까?"

"그것을 알면서 감히 본좌에게 고했단 말이냐?"

손철문은 예리한 창날이 뇌정혈에 닿아 있었지만 분명한 어조로 말을 이었다.

"구중천주는 천하를 반으로 갈라 함께 지배하기를 원한다고 했습니다. 자신이 천하에서 가장 두려워하는 상대가 천병부주이기에 부주 살아생전에는 절대 맞서지 않을 것이라 했습니다."

"날 가장 두려워한다고? 구중천주가 그렇게 말했단 말이지?"

초위강의 입가에 희미한 미소가 감돌았다.

자신을 인정해 주는 상대가 있다는 것은 즐거운 일이다. 더군다나 그 상대가 자신과 맞서 싸울 적이라면 더욱 그렇다.

"카하핫, 그래도 보는 눈은 있는 놈이군."

초위강이 자부심에 겨운 웃음을 터뜨리자 손철문은 정중히 고개를 숙였다.

"구중천주는 총상이 파천궁을 접수하게 될 수도 있으니 조심하라고 경고했습니다."

"그건 또 무슨 소리냐?"

"총상이 파천궁과 은밀한 관계를 유지하고 있다고 했습니다. 보신책(保身策)으로 총상이 파천궁주와 밀약을 했다는 것입니다. 하기에 오랜 세월 파천궁과 천병부가 첨예한 대립 관계를 유지할 뿐 서로의 영역을 침공하지 않았다 했습니다. 즉, 총상이 파천궁과 천병부를 사이에 두고 이중적 행동을 취했다는 얘기입니다."

"……."

종이건에 대해 절대적으로 신뢰하고 있었던 초위강도 손철문의 보고에 조금씩 흔들리기 시작했다.

사실 초위강은 파천궁과의 건곤일척 승부를 몇 번이나 벼른 적이 있었다. 파천궁만 격파하면 백독문이나 천사교가 백기항복을 할 것임을 확신했기 때문이다. 하지만 그때마다 종이건은 완곡하게 반대했고 화살을 천사교와 백독문으로 돌렸다.

그렇다고 백독문과 천사교를 괴멸시킬 완벽한 책략을 내놓지도 않았다. 게다가 종이건은 지난번 백독문에 대한 침공이 패배할 것을 예상하고 있었으면서도 대안을 제시하지 않았다.

초위강은 내면에서 샘물처럼 솟는 의구심에 사로잡히다가 황급히 고개를 저었다.

'아니야. 절대 그럴 리 없어. 내가 이런 반간계에 흔들려서는 안 된다. 종 총상의 높은 지략이 없었다면 내가 어떻게 천병부를 창건할 수 있었겠는가.'

그는 손철문을 향해 겨누던 창을 회수하고는 냉담하게 응수했다.

"손철문, 넌 문상의 신분으로 왜 이렇게 생각이 없느냐? 아무런 근거도 없는 모략에 현혹돼 감히 본좌마저 혼란에 빠뜨리려는 것이냐?"

"분명한 근거가 있습니다."

"뭐야, 근거가 있다고?"

초위강이 안광을 폭사하며 직시하자 손철문은 차분하게 대답했다.

"종 총상이 고향에 엄청난 재물을 쌓아두고 있다며 그것을 확인해보라 하였습니다. 수년 이래 다섯 채의 장원을 사들였고 막대한 토지와 상권을 확보했다고 했습니다."

"그런 터무니없는 소리를 믿는단 말이냐?"

초위강은 냉소를 치며 홱 돌아섰다.

"종 총상이 어떤 사람인데 강천후와 뒷거래를 한단 말이냐?"

손철문은 삼각건을 두른 팔을 다른 손으로 받쳐 들었다. 천으로 감싸진 팔이 초위강의 등 뒤로 겨누어졌다.

"맞습니다!"

동시에 천으로 감싸진 팔에서 섬광이 발출되었다.

번— 쩍—!

섬광은 한 자루 붉은 비수였다. 불과 세 걸음도 안 되는 거리인데다 비도의 속도는 너무도 빨랐다.

초위강이 위기를 느껴 호신강기를 펼치려 했지만 너무 늦었다. 그러나 그는 당대 최강고수 중 하나였다. 그는 본능적으로 손을 뒤로 돌려 비수를 후려쳤다.

퍼억!

비수는 그의 손바닥을 꿰뚫고 그대로 등판 깊숙이 꽂혔다. 초위강으로서는 급소인 명문혈을 비껴낸 것이 그나마 다행이었다.

"이놈!"

초위강은 빙글 몸을 회전시키며 창을 휘둘렀다. 바닥이 폭발했지만 손철문은 어느새 뒤로 피신했다.

내부의 소란에 십병무장 중 둘이 앞서 집무실로 뛰어들었다.

"부주, 무슨 일이십니까?"

손철문이 십병무장들을 향해 먼저 외쳤다.

"암습이다! 어서 부주를 경호해라!"

두 명의 무장이 좌우로 내려서자 초위강은 창끝으로 손철문을 가리키며 사납게 소리쳤다.

"저놈이 배신자다! 어서 죽여라!"

"예, 부주!"

두 명의 무장은 도끼와 칼을 쳐들고는 몸을 날렸다. 그러나 또 한 번의 예상치 못한 기습이 전개되었다.

그들의 목표는 손철문이 아니었다.

공력을 운기해 혈관을 타고 퍼지는 독기를 막으려 하던 초위강은 대경실색하고 말았다. 도끼가 머리로 내리 꽂히고 칼이 심장으로 파고들어 왔던 것이다. 꿈에도 생각지 못한 기습이었다.

"허억?"

초위강은 경악에 젖어 고개를 옆으로 꺾고 몸을 비틀었다.

도끼 날이 어깨로 파고들고 칼이 옆구리 깊숙이 꽂혔다. 삽시간에 등과 어깨, 옆구리에 치명상을 입었지만 초위강은 그래도 쓰러지지 않았다. 그의 강인한 체력과 정신력은 가히 초인적이었다.

"차아앗!"

초위강이 창술을 전개하자 도끼를 쥔 천부무장(天斧武將)과 칼을 든 천도무장(天刀武將)의 목이 대번에 날아갔다.

"크으윽!"

털썩 주저앉은 초위강은 검은 피를 토하며 손을 등 뒤로 돌려 등판에 꽂힌 비수의 손잡이를 쥐었다. 하지만 비수 날은 흔적도 없고 손잡이만 뽑혀져 나왔다.

초위강은 비수에 관통된 자신의 손을 보고는 참담하게 부르짖었다.

"크으윽, 천독화혈비(千毒化血匕)!"

그는 절망하고 말았다.

천독화혈비는 쇠로 제작된 비수가 아니었다. 천 가지 독을 제련해 만든 비수로 몸에 꽂히는 순간 피로 화해 버린다. 워낙 순식간에 심장으로 침투하기에 해독할 방법이 없다. 그것을 알기에 초위강은 자신의 운명을 받아들일 수밖에 없었다.

뒤늦게 사대호위가 내려서며 그를 경호했다.

"부주, 괜찮으십니까?"

초위강은 역한 피를 토하며 자신의 혈도 여덟 군데를 봉쇄했다. 웬만한 고수라면 즉사할 극독에 중독되고도 그는 용케 신지를 유지했다.

"어, 어서 총상을 귀환시켜라."

땡땡땡—!

요란한 경종 소리에 천병부가 발칵 뒤집혔다. 천왕각에서 벌어진 청천벽력 같은 암습과 동시에 외부의 기습이 전개된 것이다.

콰아앙—!

엄청난 폭음과 함께 천병부의 성곽 일부가 와르르 무너져 내렸다.

발길질 한 번으로 성곽을 붕괴시킨 인물은 아주 권태로운 표정의 흑면 중년인이었다. 그를 향해 달려들던 천병부 전사들은 빙글 회전하는 각법에 맞아 대번에 날아가 버렸다.

　놀랍게도 암흑마전의 전주인 암흑사신 북궁현이 출현한 것이다.

　그 주변으로 검붉은 옷의 무사들이 연이어 내려섰다. 암흑마전의 마장(魔將)과 마병(魔兵)들이었다.

　북궁현은 수하들에게 지시했다.

　"소존은 내가 모시겠다. 너희들은 주변의 쓰레기들이나 처리해라."

　"예, 전주."

　암흑마전의 마인들이 좌우로 흩어지자 북궁현은 뒷짐을 진 채 축지성촌의 신법으로 미끄러졌다.

　그의 각법에 천병각 정문이 대번에 박살났다.

　뒤늦게 사태의 진상을 파악하고 손철문을 에워싸고 있던 팔대무장은 느닷없는 외부인의 출현에 경악을 금치 못했다. 천병부 창건 이래 외부의 침공을 받은 경우는 이번이 처음이었다.

　북궁현을 보자 손철문은 비로소 안도했다.

　"혈천왕(血天王), 왜 이제 오시는 거요?"

　북궁현은 권태롭게 말을 받았다.

　"어쨌든 소존은 무사하지 않소?"

　팔대무장 중 넷은 손철문에 대한 포위망을 유지하고 다른 사대무장이 북궁현을 막아섰다.

　"웬 놈이냐?"

　"감히 천병부를 침공하다니!"

　"뒈지려고 환장했구나!"

북궁현은 네 무장은 무시한 채 유연하게 미끄러져 왔다.

"꺼져."

네 무장은 반원형으로 에워싼 채 일제히 공격을 펼쳤다.

"쳐라—!"

극(戟), 월(鉞), 편(鞭), 검 네 자루 병기가 찬란한 광휘를 발하며 북궁현을 향해 날아들었다.

천병부 십병무장들은 강호에서도 절정급 고수로 손꼽힌다. 그들 넷의 합공을 막아낼 수 있는 고수는 그다지 많지 않다. 특히 그들의 합격술은 강호일절로 불릴 만큼 뛰어났다.

"웬 잡술이냐?"

북궁현은 웅얼거리듯 내뱉고는 가볍게 치솟았다. 그는 뒷짐을 진 채로 현란한 각법을 전개했다.

차차창—!

극, 월, 편, 검 네 자루 병기가 그의 발에 부딪치자 얼음처럼 산산이 부서졌다. 이어 사대무장은 북궁현의 발길질에 걸어 채여 뒤로 튕겨졌다.

손철문을 에워싸고 있던 네 무장은 놀라움을 금치 못했다. 단 두 번의 발길질로 네 무장의 병기를 파괴하고 격퇴시킨 상대의 기괴한 무공은 생전 듣도 보도 못한 것이었다.

"이, 이럴 수가?"

"절세마왕이다!"

북궁현이 다가서자 네 무장은 전의를 잃고 주춤 물러섰다.

북궁현은 그들에게는 전혀 관심이 없는 듯 손철문의 소매를 쥐고 둥실 떠올랐다. 북궁현이 축지성촌을 펼치자 두 사람은 순식간에 천병각 정문을 통해 사라져 버렸다.

팔대무장은 마치 악몽을 꾸는 것만 같았다.

하늘처럼 믿었던 십병천왕이 암습을 받은 것만으로도 놀라운 일인데 불과 스무 명에 의해 천병부의 막강한 방어망이 파괴된 것이다. 특히 손철문을 대동하고 유유히 떠나간 흑면 중년인의 절세적 무공 앞에 절망하고 말았다.

"놈은… 마왕이다!"

3

서협을 거슬러 올라가 보면 회하도(廻河島)란 곳이 나온다.

뱀처럼 구불구불하게 흐르는 물줄기가 마치 말굽처럼 크게 휘며 섬과 같은 지형을 만들어냈다. 평소에는 물이 흐르지 않는 유일한 통로도 갑작스레 불어난 물에 잠기는 수가 있어 가운데 지역이 섬으로 변모한다.

회하도란 지명도 그로 인해 지어진 것이다.

회하도 주변은 삼 장도 넘는 울창한 죽림으로 둘러져 있는데 얼마나 빽빽한지 어린아이도 지나기 힘들 정도였다.

이런 천연의 요새 안에 장원을 세운 사람은 과거 금군장군을 지낸 관서(關瑞)였다. 그는 견흉을 물리친 혁혁한 전공에 힘입어 서협 일대의 수백 리를 녹읍으로 받아 안락한 노후를 보냈다.

그 후 자식에 전해진 이 장원이 누군가에게 팔렸지만 근경 양민들은 여전히 회하도의 장원을 관안장(關安莊)으로 불렀다.

관안장은 자연적으로 형성된 죽림으로 둘러싸여 있는 데다 주변이 평지라 그 내부를 살피기가 쉽지 않다. 오 리 밖의 동산에서나 관안장의 지붕을 겨우 찾아볼 수 있을 정도였다.

"저곳이 확실하오?"

동산의 능선에 서서 관안장을 살피던 용오랑이 물었다.

소무향이 옆으로 서며 대답했다.

"틀림없습니다. 비화들이 귀주성에서부터 오랜 기간에 걸쳐 추적해 겨우 찾아낼 수 있었습니다. 자문교의 모습을 직접 보지는 못했지만 수족 같은 좌우상비(左右上妃)가 상주해 있는 것을 확인했습니다. 게다가 은하성전에서 상대했던 천화들이 다수 포진해 있는 것으로 미루어 반도의 거처가 틀림없습니다."

진소교는 지난 패배를 떠올리며 부득 이를 갈았다.

"주공, 소첩이 선봉에 서겠습니다. 자문교 그년과 한 번 더 겨룰 기회를 주십시오."

"소교는 진정해. 자문교는 천부 출신이야. 사문의 규칙을 어기고 동문을 살해한 죄는 천부의 규칙에 따라 단죄되어야 돼."

진소교를 진정시킨 용오랑은 회하도를 두루 살폈다.

"외부의 침입이 용이치 않으니 내부에서 달아나는 것 또한 쉽지 않겠군."

그는 다혜에게 물었다.

"다혜, 진세가 펼쳐져 있는지 확인할 수 있겠냐?"

"워낙 먼 거리라 확실치 않습니다. 오히려 밤이라면 등불의 움직임을 통해 진세의 유무를 확인하기가 쉽습니다."

"그렇다면 공격은 새벽이 좋겠군. 곧 해가 저물 텐데 지형도 모르는 곳에 함부로 뛰어드는 것은 우리가 불리해."

용오랑이 결정을 내리자 소무향은 비화들에게 휴식을 지시했다.

진소교가 용오랑 옆으로 서며 부드럽게 말했다.

"주공께서도 운공조식을 취하십시오. 소첩이 호법을 서겠습니다."

"그렇다면 고맙지."

용오랑은 평석에 찾아 가부좌를 틀고 앉았다.

그는 귀주성 은하성전에서 대결을 벌였던 자문교를 떠올렸다. 천부 최강의 고수답게 확실히 그녀의 절학은 절세적이었다. 신지를 회복한 자단과 백봉 두 상화의 기습으로 패배를 모면할 수 있었던 것이 그나마 다행이었다.

'자문교를 격패시키기 위해서는 천마진경의 절학 외에 쌍성께서 하사하신 절기를 보다 강화시켜야 한다.'

도불쌍성의 두 가지 절기는 독보적이라 그의 무공 수위를 한 단계 높여주었다. 게다가 그는 이제 사뢰구겁참의 최후 초식마저 구사할 수 있는 수준에 이르렀다.

그러나 이 모든 절기를 지니고도 자문교를 상대할 수 있을지는 자신할 수 없었다.

그는 문득 은하동으로 무사히 입동했다는 화옥미를 떠올렸다.

'최악의 경우를 당한다 해도 옥미가 있다는 것이 다행이군. 그녀가 은하천서를 터득한다면 은하성후의 분신이 될 수 있을 거야.'

화옥미의 존재가 크게 위안이 되었지만 마음 한편으로는 저리는 듯한 아픔을 느껴야 했다. 그녀를 향한 사랑은 결국 아름다운 환상으로 끝날 것이라는 생각 때문이었다.

4

관안장 후원에는 대리석으로 축조된 독특한 전각이 세워져 있었다.

전각 주변으로는 여덟 명의 여인이 삼엄한 경비를 펼치고 있었다. 밤을 꼬박 새웠는데도 주변을 경계하는 그녀들의 눈빛은 여전히 반짝거렸다.

전각 안 대리석 석실은 그녀만의 연공실이었다.

길고 짙은 눈썹이 여인의 도도한 기질을 대변해 준다. 볼에 새겨진 상흔만 아니면 완벽하다 할 만큼 빼어난 용모를 지닌 여인이었다.

그녀가 눈을 뜨자 석실 안이 환하게 밝혀질 만큼 강렬한 안광이 폭사됐다.

여인이 다시 눈을 감았다 뜨자 안광이 안으로 갈무리돼 잠시 전 같은 강렬함이 발출되지 않았다. 반박귀진의 높은 경지에 이르렀기 때문이다.

그녀는 바로 은하성전의 주인 자문교였다.

천하인들의 추앙을 받는 천부의 제자였지만 개인적 욕망을 위해 동문을 살해하고 천부를 배신한 반도이기도 했다.

그녀는 은하성전에서 자단과 백봉의 예상치 못한 암습으로 자칫 죽을 뻔한 위기를 겪기도 했었다. 다행히 치명적인 급소를 비꼈기에 그녀는 빠르게 회복되고 있었다.

"……."

문득 미간을 찌푸린 자문교는 지풍을 날려 옥으로 만든 종을 울렸다. 전각을 경호하던 두 명의 천화가 연공실 안으로 들어섰다.

"부르셨습니까, 천후."

자문교는 연공실 좌대에서 내려서며 영을 내렸다.

"좌우상비를 들여라."

"예, 천후."

두 명의 천화가 지체없이 연공실을 나갔다.

자문교는 돌 의자에 앉아 차를 따랐다. 향긋한 차가 오늘따라 입에 쓰게 느껴졌다.

그녀는 아미를 찌푸리며 가볍게 고개를 저었다.

"이상하군. 예감이 좋지 않아."

잠시 후 그녀의 수족 같은 좌우상비가 연공실 안으로 들어섰다.

붉은 눈썹의 홍작(紅鵲)과 푸른 모발의 청하(靑霞)였다. 그녀들 역시 천부의 비화 출신이었지만 자문교에게 포섭된 후 좌우상비가 되었다.

아직 잠자리에서 나오기에 이른 새벽이라 좌우상비는 화장도 하지 않은 맨 얼굴이었다.

"부르셨습니까, 천후."

좌우상비가 고개를 조아리자 자문교가 차갑게 물었다.

"자고 있었느냐?"

그녀의 질책에 좌우상비는 얼른 부복했다.

"송구합니다, 천후. 잠시 전 잠깐 눈을 붙였습니다."

"자더라도 번갈아 자면서 천화들을 다독여야지. 내가 믿을 수 있는 아이들이 너희밖에 더 있느냐?"

"명심하겠습니다, 천후."

"경계 상태에는 문제가 없었더냐?"

"속하들이 확인할 때까지는 아무런 문제도 없었습니다."

자문교는 자신이 너무 과민했다 싶어 고개를 끄덕였다.

"그렇다면 다행이고. 하지만 천부의 계집들은 집요해 어떻게든 우리의 소재를 찾아내려 할 것이다. 이제 한 달만 더 요양하면 상세를 완전히 회복할 수 있다."

그녀는 지난 패배를 되새기며 입술을 곱씹었다.

"이제 천부에 대한 미련은 없다. 내 몸이 회복되는 대로 천부의 잔당들을 모조리 죽일 것이다. 은하동을 때려 부수는 한이 있더라도 반드시 은하천서를 얻어 나만의 천부로 삼을 것이다."

이때였다. 요란한 경종 소리와 함께 다급한 함성이 전각 안으로 흘러들어 왔다.

"앗!"

"아니, 이럴 수가?"

좌우상비가 크게 당황해하자 자문교가 냉소를 치며 몸을 일으켰다.

"역시 내 예감이 틀리지 않군. 이곳까지 침범할 자들이라면 천부의 계집들뿐일 것이다."

그녀는 연검이 숨겨진 허리띠를 맸다.

"서두를 것 없다. 이번 기회에 천부의 숨통을 끊어놓겠다."

◀제54장▶

또 하나의 변수

퍼퍼펑—!

관안장의 유일한 출입로 위에서 치열한 접전이 전개되고 있었다. 소무향과 하영채를 비롯한 네 명의 상화와 열 명의 비화는 은하성전 천화들의 방어진을 향해 총공세를 펼치는 중이었다.

"자전강기!"

소무향은 빙글 회전하며 천부의 절학을 펼쳐 냈다. 자색 기운이 강력한 회오리를 일으키며 천화들을 휘감았다.

천화들 몇이 동시에 자전강기로 응수했다. 그녀들도 자문교로부터 천부의 절기를 수련한 고수들이었다. 비록 화후에서 뒤졌지만 유사한 절기를 구사하기에 천부 제자들의 맹공에도 잘 버텼다. 게다가 수적인 면에서도 두 배는 많았기에 양측의 격돌은 박빙의 대결이었다.

자문교는 좌우상비와 여덟 악사를 대동한 채 앞마당으로 나섰다. 그녀는 접전장을 둘러보고는 의혹의 눈빛을 발했다.

"뜻밖이군. 하예운이 직접 인솔했는 줄 알았는데 고작 상화들뿐 아니냐?"

청하가 나직이 아뢰었다.

"복장을 보십시오, 천후. 검은 옷에 상장을 매단 것으로 미루어 아마도 대선랑이 죽은 것 같습니다."

"대선랑이라니!"

자문교가 매섭게 쏘아보자 청하가 얼른 고개를 숙였다. 대선랑이라는 호칭은 하예운에 대한 존칭이었기 때문이다.

"요, 용서하십시오, 천후."

"저들은 무능한 하예운의 추종자일 뿐이다."

자문교는 일침을 가하고는 싸늘한 미소를 머금었다.

"맞아. 하예운이 죽은 것이 확실해. 하예운이 살아 있다면 이런 무모한 공격을 허락했을 리가 없지. 마치 복수를 위해 불 속으로 뛰어드는 불나방 같군."

그녀는 느긋하게 팔짱을 낀 채 좌우상비에게 턱짓을 보냈다.

"너희들이 가서 제압해라."

"예, 천후."

좌우상비는 둥실 떠오르며 접전장을 향해 날렵하게 몸을 날렸다. 그녀 둘이 접전장으로 뛰어들자 천화들은 번갈아가면서 천부의 공격을 막아낼 수 있는 여유를 갖게 되었다.

자문교는 잠시 접전장을 응시하다 고개를 갸웃했다.

"이상하군. 전력을 다하는 것 같지가 않아. 게다가 저들의 무공으로는 감히 나를 상대하지 못할 것임을 잘 알고 있을 것이다. 아무리 복수심에 치우쳤다 해도 이런 무모한 공격을 감행했다는 것은 믿는 데가 있기 때문일 것이야."

과연 그녀의 판단은 틀리지 않았다.

콰아앙―!

엄청난 폭음과 함께 측면의 대나무 숲이 붕괴되며 붉은 광채가 날아들었다. 은은한 혈광에 둘러싸여 있는 여인은 바로 혈혈마후 진소교였다.

그녀는 자신의 앞을 가로막는 네 명의 천화를 향해 손을 뒤집었다.

"꺼져!"

강력한 혈옥장에 네 명의 천화는 피를 토하며 나가동그라졌다. 진소교의 가공할 공력은 천부의 절기로는 감당할 수 없을 만큼 파괴적이었다.

"흥, 과연 조력자가 있었군."

자문교는 눈을 가늘게 뜨며 빠르게 주변 대나무 숲을 둘러보았다.

'혈혈마후가 왔다면 용오랑이란 놈도 함께 왔을 것이다. 한데 왜 놈의 모습이 보이지 않는 거지?'

네 명의 천화를 날려 버린 진소교는 곧바로 자문교를 향해 달려들었다.

"요사한 년아! 지난번 끝내지 못한 대결을 마저 벌이자!"

뒤에 시립한 여덟 악사가 앞으로 나서려 하자 자문교가 가볍게 손을 치켜들었다.

"너희들이 감당할 수 있는 계집이 아니다."

자문교는 구름처럼 미끄러지며 진소교와 마주 섰다.

"훗, 패배한 주제에 또 덤비겠다는 거냐?"

"지난번에는 내가 잠시 방심했다는 것을 인정하겠다. 하지만 오늘은 다를 것이다."

"혈옥문의 잡술 따위로는 상대가 안 된다고 했을 텐데?"

"닥쳐! 네년의 주둥이부터 찢어주겠다!"

진소교는 양손을 머리 위로 치켜들었다.

두 손 사이에서 눈부신 발광체가 형성된다. 그녀의 절학 혈옥파멸강기였다. 그녀는 자문교에게 한 번 패배를 당한 적이 있어 사뭇 신중했다. 이번마저 패한다면 수모와 치욕은 영원히 회복하기 어렵다.

"받아랏!"

그녀는 혼신의 힘을 다해 발광체를 내던졌다.

콰아아아!

그녀의 손에서 뻗어나간 발광체는 급격히 확대되며 거대한 불덩이로 화했다. 불덩이는 긴 꼬리를 이끌고 추락하는 혜성처럼 자문교를 향해 내리 꽂혔다.

자문교의 손아귀에서 일곱 자 길이의 심기검이 솟아올랐다. 그녀는 심기검을 양손으로 감싸며 그대로 발광체를 내려쳤다.

"은하단천폭(銀河斷穿暴)!"

화려한 섬광이 허공 높이 치솟으며 일진 굉음이 피어올랐다. 혈옥파멸강기가 대번에 베어져 버렸다.

"이야아!"

진소교는 악에 받친 기합성을 외치며 연속적으로 혈옥파멸강기를 전개했다.

마치 밤하늘에 가득 피어오르는 별무리처럼 무수한 불덩이가 자문교를 향해 쏟아져 내렸다. 지난번의 패배를 설욕하기 위해 고심 끝에 창안한 수법이었다.

자문교의 짙은 눈썹이 상큼 치켜 올라갔다.

"흥, 제법이군."

그녀는 불덩이 속으로 파고들며 화려한 은하검법으로 맞섰다. 그녀의 심기검이 번득일 때마다 불덩이가 폭발했다. 그녀는 정확한 수법으로 혈옥파멸강기를 하나씩 가르며 진소교를 향해 접근했다.

진소교는 심후한 공력을 바탕으로 한 자신의 절학이 무산되자 잔뜩 독기를 뿜어냈다.

"오냐, 이년. 오늘 너 죽고 나 죽기다!"

그녀는 양손을 꼿꼿이 세우며 자문교를 향해 달려들었다.

공작혈란에 의해 단련된 그녀의 두 손은 신병과도 같은 위력을 지녔다. 투명한 광채를 발하는 혈옥수가 뻗어나갈 때마다 대지가 한 자 깊이로 패었다.

차차창!

심기검과 혈옥수가 격돌하며 뇌전과 섬광이 십 장 이내를 휩쓸었다.

다른 곳에서 소무향과 하영채가 좌우상비와 대결을 벌이고 있었지만 두 절세고수의 격돌과는 확실히 비교가 되었다. 눈에 보이지 않을 정도로 빠르게 이동하며 접전을 벌이는 진소교와 자문교의 대결에 양측의 제자들은 감히 근처에 접근할 수도 없었다.

십 초를 넘어서자 진소교의 움직임이 크게 둔화되었다. 매 초식마다 공력을 집중하느라 점점 진기가 고갈되기 시작한 것이다.

반면 자문교의 변화무쌍한 검법은 더욱 위력을 발휘했다. 공력의 소진도 적었기에 이십여 초에 이르러서는 진소교를 거의 궁지에 몰아넣을 수 있었다.

"은하비성월!"

수백 개의 검화가 피어오르며 진소교의 전신 요혈을 향해 호선을 그리며 내리꽂혔다.

은하검법이 뛰어난 점은 정교함과 화려함에 있었다. 정교함을 지녔기에 공력의 소모가 적었고 환상 같은 화려함으로 상대의 시야를 현혹시킨다. 이와 맞서기 위해서는 자신을 화려한 검형에 휘말리지 않고 차분하게 대응할 수 있는 심력을 지녀야 했다.

진소교는 현묘한 검화에 정신이 아득해졌다. 본능적으로 혈옥수를 휘둘러 방어했지만 이미 몸 여러 곳이 검화에 베어지며 피로 물들었다.

이 순간, 자문교의 머리 위로 거대한 암경이 내리꽂혔다.

"혈류마겹장!"

산악이 붕괴하는 듯한 어마어마한 장력에 기겁을 한 자문교가 훌쩍 몸을 뒤집으며 자전강기를 발출했다.

콰아앙!

천지를 진동시키는 굉음과 함께 광풍이 동심원을 그리며 사위를 휩쓸었다. 십 장 밖의 전각 한 채가 기둥째 뽑혀 날아갔다.

"으음……!"

갑작스런 기습을 겨우 막아낸 자문교는 칠 장 밖으로 내려서며 겨우 신형을 바로잡았다.

진소교 옆으로 내려선 용오랑이 걱정스런 표정으로 물었다.

"괜찮아?"

진소교는 얼굴을 붉히며 고개를 떨구었다.

"주, 주공, 부끄럽습니다."

"소교는 최선을 다했어. 만일 내가 반도를 감당하지 못하면 소교가 다시 나서."

용오랑은 그녀의 어깨를 다독여 위로해 주고는 자문교를 향해 다가섰다. 그는 진소교와 함께 진작 잠입해 있었지만 진소교가 자문교와의 재대결을 고집하는 바람에 여태껏 지켜만 보고 있었던 것이다.

자문교는 용오랑을 직시하며 이를 부득 갈았다.

"교활한 놈! 비열하게 차륜전을 펼칠 셈이냐?"

"너 같은 악녀를 상대하는 데 무슨 수법을 못 쓰겠냐? 그동안 너희들이 꾸민 더러운 술책과 독계가 어디 한두 가지였더냐? 네년의 배후를 노리는 암습을 펼치지 않은 것만도 다행으로 생각해라."

용오랑은 탕마산을 풀어 단단히 거머쥐었다.

"난 너희에게 당하고만 있지 않을 것이다. 당한 만큼 갚아주는 게 내 신조다. 오늘 네년의 목을 베어 대사고의 영전에 바치겠다."

"흥, 하예운이 죽은 것이 확실하군?"

"네년이 한 가닥 양심도 없는 게 다행이다. 네가 대사고의 영령을 위해 슬퍼하는 모습을 조금이라도 보였다면 널 죽여야 할지 깊이 고민했을 것이다."

"호호홋, 네놈이 단단히 착각하고 있구나? 지난 대결에서 난 자단과 백봉 두 계집의 암습에 당한 것이지 네놈 손에 쓰러진 것이 아니야."

자문교는 심기검을 회수하고는 허리춤에서 연검을 뽑아 들었다. 은하성후의 신병인 여의신검이었다. 여의신검은 지극히 예리해 그녀의 손에 쥐어지는 순간 주변의 지표가 검기에 의해 깊이 패었다.

자문교는 여의신검의 위력에 대해 믿어 의심치 않았다.

"네놈에 대해서는 모두 알고 있다. 은하성후에 의해 패배된 사대천마의 잡기를 수련했을 뿐이 아니더냐? 혼천마녀가 창안한 잡술로는 절대 천부의 절학을 능가할 수 없다."

"천부의 절학은 맑은 심성을 지녀야만 제 위력을 발휘할 수 있다. 너 같은 악녀는 절기의 절반도 펼쳐 낼 수 없다."

"호호호, 그 정도만으로 충분해."

자문교가 가볍게 연검을 휘젓자 화려한 검화가 하늘 가득 피어올랐다.

용오랑은 탕마산을 들어 그녀를 가리켰다.

"어머니와 대사고에 대한 복수다!"

"오냐, 네놈마저 두 계집에게 보내주겠다."

자문교는 둥실 떠오르며 은하검법을 전개했다. 그녀는 초장부터 현묘한 검기를 발출했다.

용오랑은 사뢰구겁참을 전개해 이에 맞섰다.

두 사람은 은하성전의 지하뇌옥에서 한번 겨룬 적이 있기에 탐색전 따위는 아예 생각지 않았다. 자문교는 무학을 재구성하는 뛰어난 안목을 지녔기에 사뢰구겁참의 허점을 찾아 파고들었다.

차차창!

허공에서 한 번 교차할 때마다 무수한 금속성이 사위를 진동시켰다. 둘의 격돌은 순식간에 십 초를 돌파했다.

"은하상만천!"

자문교는 빙글 회전하며 동시에 삼십육검을 발출했다. 차디찬 검광이 마치 서릿발처럼 새하얗게 뿌려진다. 지극히 화려하면서도 예리한 공세였다.

"사뢰폭강섬!"

용오랑은 공력을 운기해 사뢰구겁참의 제팔식으로 맞섰다.

그의 몸이 탕마산에 흡수되며 신병합일(身兵合一)을 이루었다. 탕마산이 춤을 추듯 허공을 가로질렀다.

검기와 강기가 충돌하며 하늘과 땅이 요동친다. 쪼개진 검기의 파편들이 사위로 흩뿌려지며 죽림과 정원석을 파괴한다. 부딪치는 모든 것이 가루로 변한다.

일순, 세상이 정지했다.

모든 소음이 사라지고 빛마저 차단된다. 철저한 암흑 속에서 한줄기 섬광만이 용오랑을 향해 내리 꽂힌다. 섬광은 한 자루 여의신검이며 자문교의 신형은 보이지 않는다.

검도 최절정이라는 어검술이 펼쳐진 것이다.

"엇?"

용오랑은 등골이 오싹해졌다. 이런 절대절기와 맞서기는 처음이었다. 그는 탕마산을 힘껏 감싸 쥐었다.

"구겁황멸천(九劫荒滅天)!"

사뢰구겁참의 최후 일식이었다.

그동안 머리 속으로만 수련했을 뿐 탕마산으로 펼쳐 보기는 처음이었다. 전신 공력을 모두 소진시키는 가공할 절기인데다 워낙 현묘해 아직 그 요결을 완벽하게 터득하지 못했기 때문이었다.

당대 최강절기의 격돌이었다.

꽈— 꽈꽝—!

뇌성과 섬광이 교차하며 하늘과 땅이 뒤집히는 굉음이 터져 나왔다. 수만 근의 화약이 터진 듯 대지가 폭발하고 회하도 전체가 진동했다. 무섭게 휘감는 폭풍은 구름까지 솟구쳤고 삼십 장 이내는 참혹하게 초토화되었다.

한참 접전을 벌이던 비화와 천화 몇이 쏟아지는 강기의 파편에 맞아 애꿎은 죽임을 당했다. 너무도 어마어마한 격돌에 장내의 모든 싸움이 잠시 중단되었다.

자욱한 흙먼지가 뭉클뭉클 피어올랐다. 양측의 제자들은 멀리 물러선 채 장내의 상황에 신경을 곤두세웠다. 대결하는 양측의 두 절세고수의 승패가 곧 그들의 운명과 직결되기 때문이다. 이윽고 먼지가 가라앉으며 두 사람의 모습이 드러났다.

두 사람 모두 피투성이가 되었다.

보석 머리 끈이 풀어진 자문교의 머리카락이 심하게 나부낀다. 심한 내상을 입은 듯 안색이 백지장처럼 창백하다. 앞자락이 길게 베어져 한쪽 젖가슴이 드러났지만 전혀 동요하지 않는다. 심한 부상 속에서도 입가에 맺힌 미소가 당당하다.

자문교는 바닥에 쓰러져 있는 용오랑을 향해 여의신검을 겨누고 있었다.

용오랑의 앞자락은 피로 홍건하게 물들어 있었다. 겨우 탕마산을 움켜쥐고 있지만 충격과 고통으로 전신을 와들와들 떨었다.

"으윽! 과, 과연 놀라운 절기로군."

자문교는 회심의 미소를 지으며 느릿느릿 다가섰다.

"네놈의 천마절기 또한 예상 밖이었다. 하지만 천부의 절학을 이길 수는 없지."

용오랑은 힘겹게 몸을 일으켜 세웠다. 그는 탕마산을 지팡이처럼 짚으며 겨우 신형을 유지했다.

"아직… 끝나지 않았다."

"호호, 정말 질긴 놈이군. 하기는 등에 천강비가 꽂히고도 살아난 놈이니까."

　자문교는 자신의 어검술로 용오랑의 가슴을 꿰뚫었음을 확신했기에 천천히 검을 쳐들었다.

　"하지만 목이 잘리고도 다시 살아날 수 있는지 지켜보겠다."

　순간, 용오랑은 한 발을 축으로 회전하며 탕마산을 힘껏 휘둘렀다.

　"무섬파천황!"

　번— 쩍—!

　눈부신 광휘 속에서 여덟 가닥의 섬전이 폭출되었다. 도성 천맹무선이 하사한 개세절기였다.

　본래 육십사 개의 섬전이 동시에 발출되어야 하지만 용오랑의 공력이 현저하게 떨어져 겨우 여덟 가닥만 뿜어져 나왔다. 그러나 이런 반격을 전혀 대비하지 못한 자문교에게는 도저히 감당할 수 없는 공세였다.

　"아앗?"

　그녀는 급히 물러서며 여의신검을 휘둘렀다.

　차차창—!

　여섯 가닥의 섬전이 여의신검에 의해 차단되었다. 하지만 두 줄기 섬전은 그녀의 복부와 가슴으로 깊숙이 파고들었다.

　"아악!"

　처절한 비명과 함께 그녀는 여의신검을 떨구며 뒤로 나가동그라졌다. 웬만한 고수라도 즉사할 만큼 치명상을 당했지만 그녀의 질긴 목숨은 아직 끊기지 않았다.

　"아앗, 천후!"

　놀란 청하가 자문교를 향해 급히 몸을 날렸다. 용오랑 옆으로 내려선 진소교가 청하를 향해 탄지검을 발출했다.

"어딜!"

청하는 갑작스럽게 날아드는 탄지검을 피하지 못하고 대번에 두개 골이 파열되었다. 이미 천부의 선랑 한 명과 동귀어진한 홍작에 이어 그녀마저 목숨을 잃었다.

자문교가 쓰러지고 좌우상비마저 절명하자 은하성전의 천화들은 절망하고 말았다.

"아, 성전은 끝났다."

일부는 천령개를 쳐 자결했고 나머지는 꿇어앉으며 항복을 표했다.

혈전은 겨우 마무리되었다.

천부의 제자들은 마침내 반도들을 처단하고 원한을 해소하게 되자 감격의 눈물을 뿌리며 서로를 얼싸안았다. 천부 쪽에서도 한 명의 선랑과 비화 넷이 죽었지만 값진 희생이며 장렬한 전사였다.

진소교는 용오랑을 부축하며 존경 어린 눈빛을 표했다.

"대단하십니다, 주공. 소첩의 눈으로 이렇듯 멋진 격돌을 볼 수 있었던 것이 행운입니다."

"그런 소리 마. 막상 겨루는 사람에게는 지독한 고통이었어."

용오랑은 진소교의 부축을 받으며 자문교에게로 다가섰다.

자문교는 피를 흘리며 가쁜 숨을 몰아쉬고 있었다. 회복하기 힘든 치명상을 입었지만 그녀의 눈빛은 여전히 매서웠다.

"크으! 네놈… 네놈은 분명 어검술에 적중되었거늘……."

"그건 맞아. 하지만 금강기환술을 펼쳐 치명상을 막을 수 있었다. 네 방심을 유도한 것이지."

그러했다. 용오랑은 자문교가 노리는 부위를 정확히 판단하고 불성의 절기를 펼쳐 경맥을 보호하고 있었다. 외견상 치명적인 부상처럼 보였지만 심각한 내상을 입은 상태는 아니었다. 하기에 그의 기습이 성공할 수 있었던 것이다.

자문교는 비로소 자신의 오만을 자책했다. 조금만 신중했다면 상대의 기습을 막아낼 수 있었으리라.

"교, 교활한 놈."

"너희들만 남을 속일 수 있는 게 아니다. 다른 모든 사람들이 바보는 아니니까."

소무향이 자문교의 여의신검을 집어 들고 옆으로 다가서자 용오랑이 고개를 끄덕여 보였다.

"소 상화가 천부의 규칙대로 반도를 참수하시오. 반도의 수급을 대사고 영전에 바치면 대사고께서도 비로소 눈을 감으실 것이오."

소무향은 한쪽 무릎을 꿇으며 사의를 표했다.

"고맙습니다, 상공."

은비와 다혜가 자문교를 일으켜 앉혔다.

자문교는 여의신검을 치켜든 소무향을 쏘아보며 무서운 독기를 뿜어냈다.

"네 이년! 네가 감히 상전이었던 내 목을 베겠단 말이냐?"

소무향이 냉담하게 질책했다.

"반도 자문교! 대선랑께서는 너의 악업 때문에 세상을 떠나시면서도 눈을 감지 못했다."

"날 죽이면 너희들 모두는 세상에서 가장 참혹한 죽음을 당하게 될 것이다."

"독한 계집! 최후까지 회개할 줄 모른단 말이냐!"

소무향은 여의신검을 높이 쳐들며 그대로 내려쳤다.

순간, 한줄기 섬광이 날아들며 소무향의 등판으로 내리 꽂혔다. 수십 장 밖에서 날아든 격공지강이었다. 소무향은 급히 팔을 뒤로 돌려 여의신검으로 섬광을 후려쳤다.

"웬 놈이냐?"

진소교가 섬광이 날아든 방향으로 탄지검을 날렸다.

부공비행술로 날아들던 여인은 진소교의 탄지검을 향해 지강을 날렸다.

퍼펑─!

간단히 탄지검을 해소한 여인은 자문교 옆으로 내려서기 무섭게 채찍을 휘둘렀다. 예리한 파공성과 함께 소용돌이 광휘가 주위를 휘감았다. 지표면이 연이어 폭발했다.

진소교는 신병(神兵)에 의한 무서운 공세에 기겁했다.

"물러서!"

그녀가 용오랑을 부축해 뒤로 미끄러지며 외치자 천부의 제자들도 급히 몸을 말아 물러섰다.

현란한 편법으로 주위를 물리친 여인은 이내 공세를 회수하며 채찍을 손목에 감았다. 굳이 싸울 생각는 없어 보였다.

그녀를 직시한 용오랑은 눈을 커다랗게 떴다.

"네, 네가?"

자문교를 막아선 여인은 세상에 다시없을 절색의 미녀였다. 옥처럼 흰 피부가 지나치게 희다는 것 외에는 흠을 잡아볼 수 없는 십전완미의 미인. 그녀는 바로 표향공주 주운려였다.

주운려는 용오랑을 바라보며 서글픈 표정을 지었다.

"오랑, 왜 요동으로 떠나지 않은 것입니까?"

"내가 왜 요동으로 가야 한단 말이냐?"

"소녀와 약조하지 않으셨나요? 소녀는 당신이 요동으로 이동 중이라는 보고를 듣고 얼마나 안도했는지 모릅니다."

"가증스런 수작 그만 해. 혜령이 요동에 없다는 것을 알고 있으니까."

용오랑은 진소교의 손을 밀치고는 한 걸음 앞으로 나섰다.

"넌 비켜. 이건 천부의 문제이니 넌 나서지 마라."

"천후는 소녀의 생모입니다. 딸로서 어떻게 생모의 죽음을 방관할 수 있겠습니까?"

"방해하면 너도 죽는다."

"황혜령을 포기하겠단 말입니까?"

주운려가 황혜령을 걸고넘어지자 용오랑은 일순 당황하지 않을 수 없었다. 천부의 제자들을 둘러본 그는 난감한 모습으로 고민했다.

황혜령의 존재는 그에게 있어 절대적이다. 자신을 위한 살신지계를 펼쳐 주운려의 정체를 밝혀낸 소중한 여인이다. 세상을 저버리는 한이 있더라도 포기할 수 없는 여인이다. 하지만 천부의 복수 또한 포기할 수 없다. 그것은 그의 개인적인 복수일 뿐 아니라 천부 제자들 모두의 간절한 바람이다.

마침내 용오랑은 이를 악물며 차갑게 내뱉었다.

"자문교는… 반드시 죽여야 한다. 혜령과는 연관 짓지 마라."

천부 제자들은 그와 황혜령의 관계에 대해 알고 있기에 그가 얼마나 고통스러운 결정을 내렸는지 가슴 깊이 느끼고 있었다. 은비와 다혜는 눈물을 글썽이며 소무향을 바라보았다.

소무향은 아랫입술을 달달 떨었다. 사문의 복수를 포기해야 하는 고통으로 말이 이어지지 않았다.

"사, 상공, 자문교는 이미 폐인이 되었습니다. 게다가… 은하성전은 괴멸된 것이나 다름없습니다. 하오니……"

"더는 말할 것 없소. 나도 천부의 혈육이오. 사사로운 감정 때문에 대사를 그르칠 수는 없소."

용오랑은 결연한 어조로 명했다.

"당장 자문교를 죽이시오! 자문교의 간악한 딸년은 내가 막겠소!"

누구보다 그의 비통한 심정을 잘 아는 진소교가 반박했다.

"주공, 혜령을 구해야 합니다. 이따위 년들은 혜령을 구한 후 죽여도 늦지 않습니다. 나중에 얼마나 후회하려고 그런 결정을 내리신 겁니까?"

이때였다.

"와아아아!"

힘찬 함성 소리와 함께 파괴된 정문을 통해 한 떼의 무리들이 들이닥쳤다. 감은형과 구양탄이 이끄는 표향호위대였다. 그들은 죽림을 등진 채 커다란 원형을 이루며 장내의 모든 사람들을 에워쌌다.

"천강회련(天罡廻聯) ― 지살진명(地煞震鳴)!"

감은형과 구양탄은 표향호위대를 움직여 진세를 형성했다. 지난번 용오랑과 진소교에 의해 상당수 호위대가 죽는 바람에 진세는 육십사 명이 펼치는 풍운팔괘진(風雲八卦陣)으로 바뀌어 있었다.

자문교는 싸늘한 웃음을 지으며 주운려를 질책했다.

"운려야, 고작 향천의 조무래기들만 데리고 왔단 말이냐? 혈천과 독천의 고수들을 대동했어야 이 연놈들 모조리 죽일 수 있어!"

"살고 싶다면 입 다무세요. 오랑의 감정을 건드리면 이 자리에서 우리 모두는 죽게 될 겁니다."

매몰차게 응수한 주운려는 용오랑을 향해 간절하게 호소했다.

"오랑, 천후를 죽여서는 안 됩니다. 지금 천후를 죽이면 구중천주는 천하를 향해 엄청난 보복을 펼칠 것입니다. 그분의 분노에 수만 명이 죽게 될 수도 있습니다."

"그따위 협박이 통할 것 같아? 혜령을 포기한 나야. 천하인들 수만이 아니라 수십만 명이 죽는다 해도 난 눈 하나 깜짝하지 않는다. 자문교는 반드시 죽어야 한다."

"안 돼요, 오랑. 너무도 무서운 일이 생기게 됩니다. 제발 천후를 풀어주세요."

"닥쳐라! 자문교는 결코 용서할 수 없다. 네년도 죽여야겠지만 약조를 했기에 죽이지 않는 거다. 어서 혜령을 돌려보내라."

용오랑의 강경한 태도에 주운려는 몹시 괴로운 표정을 지었다. 협박도 통하지 않고 회유도 통하지 않는 상황이라 그녀로서도 별다른 방도를 찾을 수 없었다.

자문교는 가슴의 상처를 감싸 쥐며 간특한 웃음을 흘렸다.

"호호홋. 그래, 죽여라. 훗날 네놈은 세상에서 가장 비참한 죽음을 당하게 될 것이다. 바로 네 아이……."

"닥쳐요!"

주운려는 자문교의 말을 끊고는 새파란 독기를 뿜어냈다.

"한마디만 더 하면 내가 용서치 않을 겁니다."

"……."

자문교가 입을 다물자 주운려는 길게 탄식을 지으며 앞으로 나섰다.

"오랑, 천후를 풀어주세요. 대신 오랑의 아버님을 만나게 해드리겠어요."

"뭐, 뭐라고?"

"당신의 아버님은 소녀가 모시고 있습니다. 천후가 죽게 되면 그분의 목숨을 보장할 수 없습니다."

용오랑은 이마를 짚으며 비틀 한 걸음 물러섰다.

"아버지… 내 아버지가 네 손에 있단 말이냐?"

부친 용화군과 헤어진 지도 벌써 사 년이 다 되어간다.

술귀신이며 무정한 아버지로만 알았던 용화군의 내력을 안 후부터는 더없이 존경스러운 아버지였다. 팔 하나를 잃으면서까지 의연한 모습을 보여준 부친이기에 용오랑은 항상 죄책감을 가슴에 담고 살아왔어야 했다.

출도 이후 부친을 찾기 위해 얼마나 수소문했던가. 한데 주운려가 자신의 부친을 인질로 잡고 있을 줄은 꿈에도 생각지 못했다.

용오랑은 당장이라도 달려가 만나보고 싶었다. 하지만 상대가 워낙 계략과 속임수에 능한 집안이기에 그는 이내 혼란스런 정신을 바로잡았다. 이 또한 속임수일 수 있기 때문이다.

그는 의심쩍은 눈빛으로 물었다.

"네가 내 아버님을 어떻게 안단 말이냐?"

"당신의 아버님은 손 대부인과 함께 계셨습니다. 세상의 추적을 피해 몇 차례 거처를 옮기셨죠. 다행히 소녀가 두 분을 찾아 안전하게 모실 수 있었습니다."

"풍엽곡에서 아버지를 만났느냐?"

용오랑이 그녀의 심중을 파악하기 위해 넘겨짚었지만 주운려는 주저하지 않고 대답했다.

"아닙니다. 풍엽곡은 당신의 아버님께서 처음 피신한 곳이었죠."

용오랑은 이제 주운려의 말을 믿을 수밖에 없었다.

황혜령이 알아낸 정보에 의하면 그의 아버지는 풍엽곡에서 지내다 두 번 거처를 옮기던 중 실종되었다. 주운려가 그것까지 정확히 알고 있다면 거짓은 아닌 게 분명했다.

용오랑은 소무향을 바라보며 참담한 표정을 지었다.

"미안하오, 소 상화. 차마 아버지를 잃을 수는 없소. 용서하시오."

소무향은 여의신검을 내리며 손을 모았다.

"아닙니다, 상공. 지난번 은하성전에 인질로 끌려간 동문을 구했고 이번에 이렇듯 복수를 할 수 있었던 것도 모두 상공 덕분이었습니다. 구천에서 지켜보시던 대선랑께서도 이제 한을 푸셨을 것입니다."

"고맙소. 정말 고맙소."

용오랑은 천부의 제자들 모두에게 사의를 표하고는 주운려를 향해 다가섰다.

"너의 청을 받아 자문교는 살려주겠다. 하지만 이번에는 너와 함께 가야겠다."

주운려도 어느 정도 예상을 한 듯 순순히 수긍했다.

"알겠어요."

그녀는 자문교를 부축해 일으켜 세웠다.

"성천(聖天)을 잃었으니 이제 천후도 천부 계승에 대한 염원을 포기하세요."

"못된 년. 그게 딸년으로서 어미에게 할 소리냐?"

"날 낳아준 생모이기에 구해 드리는 겁니다. 하지만 이게 마지막이 될 겁니다."

"오냐, 날 무시하고서 네가 얼마나 잘되는지 두고 보겠다."

자문교는 주운려의 손을 뿌리치고는 비틀비틀 걸음을 옮겼다.

그녀는 천부의 비화들 사이를 걸으며 원독 어린 눈빛으로 좌우를 쏘아보았다.

"이 원한은 결코 잊지 않겠다. 네년들 모두 곱게 죽지는 못할 것이다!"

표향호위대 넷이 교자를 메고 달려왔다. 자문교는 교자 위에 몸을 실었다.

주운려는 감은형을 불러들여 지시했다.

"천강수좌는 천후를 모시고 퇴각하세요."

"표향공주께서는 어쩌시렵니까?"

"이매전사와 잠시 가볼 곳이 있어요."

"예에?"

감은형이 불안한 표정을 짓자 주운려는 부드러운 표정으로 그를 안심시켰다.

"황혜령이 우리 손에 있으니 날 해치지는 못해요."

"알겠습니다."

감은형이 물러가자 용오랑은 주운려의 혈도 몇 곳을 제압했다.

"날 속이려 했다면 가만두지 않겠다."

"소녀는 당신이 너무 놀라워하지 않기만을 바랄 뿐입니다."

"그건 또 무슨 소리냐?"

"직접 보시면 알게 될 겁니다."

주운려가 숙연한 표정으로 앞장을 섰다. 진소교가 얼른 용오랑 옆으로 붙어 섰다.

"소첩이 동행하겠습니다."

그러자 주운려가 정색을 하며 거부했다.

"마후는 함께 갈 수 없어요."

"흥, 네년이 주공께 또 무슨 수작을 부리려는 거냐?"

용오랑이 길길이 뛰는 진소교를 달랬다.

"소교는 표풍회 총단에 가 있어. 내가 없는 동안에 구중천 무리들이 쳐들어오면 그것을 막아줄 사람은 소교뿐이야."

"주공, 저년이 어떤 악녀인지 누구보다 잘 아시지 않습니까? 몸도 성치 않은데 저 계집이 변심을 하면 어쩌시렵니까?"

"내 탕마산이 가만 있지 않을 거야."

진소교는 몹시 불안한 듯 연신 그와 주운려를 번갈아 보았다.

"소첩이 모셔야 하는데……."

용오랑은 소무향에게 다가서며 작별 인사를 했다.

"소 상화, 부디 천부의 재건을 기원하겠소."

"아닙니다. 저희들은 중원에 남아 구중천과의 대결에 나서겠습니다."

"아니오. 천부는 무림의 마지막 희망이오. 천부로 돌아가시오. 옥미가 무사히 수련을 마치고 은하동을 나왔을 때 누군가 함께 있어야 하지 않겠소?"

소무향은 굳이 용오랑을 불편하게 하고 싶지 않았다. 일단 귀환하여 천부를 재건한 후 다시 나서도 될 상황이다 싶었다.

"알겠습니다. 상공의 뜻에 따르겠습니다."

그녀는 하영채의 시신을 안아 들고는 주르륵 눈물을 흘렸다.

"영채야, 구천에 가더라도 대선랑을 잘 모셔."

천부 제자들이 차례로 관안장을 나서자 은비는 용오랑의 손을 쥐며 이별을 아쉬워했다.

"대가, 다시는 못 만나는 건가요?"

"참, 네게 전할 것이 있다."

용오랑은 그녀를 이끌고 한쪽으로 물러섰다. 그는 품속에서 서찰을 꺼내 들었다. 관안장을 공격하기 전에 써두었던 서찰이었다.

"은비, 이것을 옥미에게 전해다오."

"이것만 전하면 되나요?"

"그래."

용오랑은 그렇게 말해 놓고 아쉬운 듯 은비의 손을 쥐었다.

"아니, 다시 생각해 보니 한 가지 내용이 빠진 것 같구나. 네가 대신 말로 전하면 되겠다."

용오랑은 과거의 한 장면을 떠올리며 읊조리듯 말했다.

"선유림 관제묘의 추억은 영원히 잊지 못하리라."

그는 그녀에게 괴로운 모습을 보이기 싫어 얼른 몸을 돌렸다.

"어서 가라. 천산까지는 먼 길이니 부디 몸조심하고."

"흑, 대가. 옥체 보중하세요."

은비는 맑은 눈물을 주르륵 흘리고는 몸을 날렸다.

용오랑은 서쪽 하늘을 바라보며 마음속으로 설움에 찬 눈물을 뿌렸다.

'옥미, 천부와의 인연은 내 대에서 끝내고 싶소. 우리의 딸이 천부의 제자가 되는 것도 원치 않고, 우리의 아들을 엄마 없는 아들로 키우고

싶지 않기 때문이오. 나의 불행을 더 이상 후대에 전하고 싶지 않소.'

2

　강남무림계의 패자 천병부 전사들은 침통한 분위기 속에서 장례를 준비하고 있었다.

　무적지체로 불리는 십병천왕 초위강의 피습은 그들에게 있어 꿈에도 생각지 못한 충격이었다. 더군다나 그 암습에 손철문과 십병무장 중 둘까지 가세했기에 혼란과 경악을 금할 수 없었다.

　또한 천병부 내부에서 벌어진 암습에도 불구하고 손철문을 제압하지 못했다는 사실에 모두가 아연실색하고 말았다. 천병부가 이대로 와해될 것이라는 불안한 풍문마저 심심찮게 떠돌고 있었다.

　초위강의 거처는 백 명에 달하는 전사들에 의해 겹겹이 둘러싸여 있었다. 늦은 밤이었지만 십 보 간격으로 밝혀진 화톳불에 의해 대낮처럼 밝았다.

　대리석 침상 위에 눕혀져 있는 초위강은 인간이라 할 수 없을 만큼 참혹한 모습으로 변모해 있었다. 사지는 이미 극독에 의해 흐물흐물 녹았고 이목구비에서 역겨운 피고름이 흘러나오고 있었다.

　"부주!"

　종이건은 초위강의 참담한 몰골에 그만 눈을 감고 말았다.

　초위강은 피고름이 달라붙어 눈도 제대로 뜨지 못했다. 그의 문드러진 입술이 파르르 떨린다.

　"초, 총상……."

종이건은 침상 앞에 조용히 부복했다.

"모두 노신의 불찰이오. 노신은 부주에 대한 암습이 펼쳐질 것을 예상하고 있었지만 대비할 방도가 없었소. 하지만 부주의 강건한 존체와 걸출한 무공을 믿었는데… 결국 이렇게 되셨구려."

"철문… 철문 그놈이 배신할 줄 몰랐소."

"원통한 일이외다. 게다가 십병무장 중 두 놈까지 암습에 가세하리란 것은 노신도 생각지 못했소."

종이건은 길게 탄식했다.

"노신은 부주를 지켜 드리지 못했지만 철저한 복수로 반드시 부주의 원한을 풀어드리겠소. 그것만은 노신이 약속드리겠소."

"미안하오. 놈의 요사한 주둥이에 현혹돼… 총상을 의심하는 바람에 이리된 것이오."

"구중천주는 진정 악마와도 같은 놈이외다."

"총상, 부디… 부디 놈의 계략을… 조심……."

초위강은 말을 채 끝내지도 못하고 한 말이나 되는 피를 쏟으며 절명하고 말았다.

십병천왕 초위강!

출도 이래 무적의 명성을 구가하며 강남의 패권을 거머쥔 당대의 패웅. 그는 그렇게 숨을 거뒀다. 강호일절로 불리는 그의 십병절기를 채 펼쳐 보기도 전에 가장 믿었던 수하들에 의해 암습을 당했으니 죽어도 눈을 감지 못할 원통한 최후였다.

종이건에 의해 천병부주 부고가 통보되자 천병전사들은 모두 꿇어앉으며 비통한 눈물을 뿌렸다.

불과 보름 사이에 부주와 문무상, 십병무장 중 둘과 삼백에 달하는 천병전사들이 사라졌다. 천병부 최대의 위기였다. 천병부는 더 이상 강남의 패자가 아니었다. 그들의 현 전력으로는 천사교조차 감당키 힘들 정도였다.

종이건은 의사청에서 천병부 수뇌들과 대책 회의를 논의했다. 아니, 그의 일방적인 지시가 하달되었다.

"예헌전주는 부주의 장례 의식을 주관하고, 총병전주는 각 지부에 통문을 하달해 분타장 이상의 모든 고수들을 총단으로 집결시켜라."

총병전주가 의아한 표정으로 물었다.

"총상, 그렇게 되면 지부와 분타를 모두 비우게 되는 것이 아닙니까?"

"너희들에게 해명할 문제가 아니니 즉각 시행하라."

"알겠습니다."

두 전주가 나가자 십병무장 중 수좌인 천궁무장(天弓武將)이 조심스럽게 물었다.

"총상, 이제 본 부는 어찌 되는 것입니까? 모두가 총상께서 차기 부주에 등극하시기를 갈망하고 있소이다."

"새로운 천병부주는 이미 내정되었다."

"예에?"

천궁무장을 비롯한 수뇌들은 크게 놀라워하며 서로를 바라보았다. 초위강은 살아생전 후계자에 대해 전혀 거론한 적이 없었기 때문이다.

종이건은 소매를 저어 그들을 물렀다.

"비찰각주만 남고 모두 물러가라. 지금은 위급 상황이니 지시한 사항을 위반하는 자는 무조건 참수하겠다."

수뇌들은 종이건의 깊은 심기를 헤아릴 수 없기에 묵묵히 고개를 숙이며 의사청을 나갔다.

불안함과 의구심을 지울 수는 없지만 그들은 종이건의 지략과 안목을 절대적으로 믿었다. 종이건이 존재하는 한 천병부가 와해되는 일은 없을 것이라는 확신은 그나마 천병부를 지탱해 줄 유일한 위안이었다.

종이건은 두 개의 봉첩을 비찰각주에게 건넸다.

"이 봉첩은 천사교의 뇌미령과 파천궁의 강매염에게 직접 전달되어야 한다. 최대한 기밀을 유지하되 신속을 기하라."

"알겠습니다."

비찰각주마저 나가자 넓은 의사청에는 종이건 혼자만 남게 되었다.

그는 긴 귀밑머리를 손가락으로 말아 올리며 깊은 고뇌에 빠져들었다.

칠십 년을 살아오면서 누구한테도 지략과 식견에 대해 뒤져 본 적이 없는 그였다. 하지만 그는 보이지 않는 적인 구중천주에 의해 철저하게 당했다.

천병부주가 당당한 대결 끝에 숨졌다면 자신으로서도 어떻게 해볼 수 없는 상황이다. 하지만 총단 내에서 피습을 당했다는 것은 결과적으로 그의 책임이다.

사실 그가 총단을 떠나 있었던 것도 구중천주의 노림수를 간파할 자신이 없었기 때문이다. 초위강의 암습을 예상했으면서도 경계를 강화하지 않은 일은 직무 유기에 해당되는 중대한 불찰이기도 했다.

그는 냉정한 사람이었지만 오랜 세월 섬겨왔던 초위강을 지키지 못했다는 죄책감에 몹시 괴로웠다. 그것은 그 자신의 무능에 대한 자책이기도 했다.

종이건은 지그시 입술을 깨물었다.

"구중천주, 난 네가 누구인지 짐작할 수 있다. 너의 실체를 알아낸 이상 세상일이 너의 뜻대로 되지는 않을 것이다."

3

땅… 땅……!

단풍이 곱게 물든 수목에 둘러싸인 단아한 전각 안에서 맑은 음률이 흘러나오고 있었다.

실내의 화로에서 향연이 모락모락 피어오른다. 좌우에 도열해 앉은 여악사들은 제각기 악기를 탄주하고 있었다. 여덟 개 악기에서 흘러오는 음률은 완벽한 조화를 이루며 천상의 화음을 만들어냈다.

실내 가운데 단상은 수정 구슬을 꿰어 만든 주렴으로 둘러져 있었다. 주렴 사이로 보이는 인물은 느긋하게 섭선을 저으며 음률을 감상하고 있었다.

이때 덜컥 문이 열리며 한 여인이 들어섰다.

중년의 여인으로서는 놀랍도록 빼어난 미모를 갖추고 있었다. 한쪽 볼에 새겨진 상흔이 유일한 흠이었지만 그 또한 독특한 매력이었다. 그녀는 새 옷을 갈아입고 있었지만 머리카락은 산발로 길게 늘어뜨리고 있었다.

바로 자문교였다. 그녀의 등장에 실내의 음률이 뚝 끊겼다.

주렴 안에서 손뼉 치는 소리가 들리자 여악사들은 고개를 조아리고는 뒤편의 문을 통해 사라졌다.

자문교는 서릿발처럼 차가운 안색을 하며 단상 아래로 다가섰다. 그녀는 신경질적으로 향로를 걷어찼다.

"소첩이 죽을 위기에 처했는데 당신은 한가롭게 음률이나 감상하고 있었단 말입니까?"

주렴 뒤의 구중천주가 담담하게 응수했다.

"운려를 보내 당신을 구원토록 지시했는데 부족했단 말이오?"

"혈천과 독천의 고수들을 파견했다면 이번 기회에 천부의 계집들과 용오랑을 모두 죽일 수 있었어요!"

자문교가 야멸차게 외치자 구중천주는 낭랑한 웃음을 흘렸다.

"하하, 어처구니가 없군. 당신의 무공은 천하제일이 아니오? 당신이 감당할 수 없었다면 혈천왕과 독천왕이 나섰어도 결과는 마찬가지였을 것이오. 아직 대업이 완수되지 않았는데 그들마저 잃는다는 것은 큰 손실이오."

"그렇다면 당신이 나섰어야죠."

"천후, 내가 싸움을 즐기지 않는다는 것을 누구보다 잘 알고 있지 않소?"

자문교는 독기를 뿜으며 대리석 계단을 올라섰다. 주렴을 홱 젖힌 그녀는 안으로 들어섰다.

"어찌 나를 이렇게 대할 수 있는 겁니까?"

황금 면구를 쓴 구중천주는 돌 원탁 앞에 앉아 있었다. 그는 섭선을 접어 손바닥을 툭툭 쳤다.

"천후는 너무 경망스럽군. 아무리 나의 아내라도 예의는 갖춰야 하는 게 도리가 아니오?"

"당신… 천하를 거의 쥐게 되니 마음이 변했군요. 내가 누구 때문에 천부를 등지고 나왔는데? 당신을 위해 천부의 절학을 아낌없이 베풀어

주었건만 이제 와서 날 저버리려 한단 말입니까?"

자문교는 북받치는 비애에 전신을 와들와들 떨었다.

구중천주는 여전히 태사의에 편안히 기댄 채 그녀를 바라보았다.

"내 어찌 당신의 공을 잊을 수 있겠소? 구중천 창건의 절반은 당신의 피와 땀이오."

그의 다정한 어조에 자문교는 그가 자신을 저버리지는 않을 것이라 확신하며 안도했다. 겨우 마음을 놓고 마주 앉은 그녀는 강렬한 눈빛을 발했다.

"이번 일로 천부에 대한 한 가닥 미련마저 버렸어요. 당장 고수를 파견해 천부를 박살 내주세요. 은하동을 파괴해서라도 은하천서를 찾아내야 합니다. 은하천서만 손에 쥔다면 나만의 천부를 창건할 수 있습니다."

"천후, 지금은 대업을 목전에 둔 상황이오. 천부에 대한 공격은 무모한 짓이오."

"이미 사패의 지존들이 모두 죽었지 않습니까? 이제 당당히 구중천의 존재를 천하에 공표한다 해도 맞설 세력은 없습니다. 대체 무엇을 망설이십니까?"

"여태까지 숱한 방파가 바로 이 순간에 무너졌소. 조급증을 참지 못해 패업을 서두르는 바람에 반격을 받아 괴멸된 것이오. 난 그런 전철을 밟고 싶지 않소."

자리에서 일어선 구중천주는 섭선을 펼쳐 저으며 천천히 실내를 거닐었다.

"사패의 지존들이 제거되었지만 그들의 세력은 여전히 막강한 전력을 보유하고 있소. 게다가 단협맹이 여전히 건재하오. 물론 가장 큰 골칫거리는 용오랑이오. 운려에게 맡기는 것이 아니었소. 난 녀석을 누구보다 믿었는데 결국은 날 실망시켰소."

그는 자문교의 뒤로 서며 그녀의 어깨에 손을 얹었다.

"물론 가장 큰 실망은 당신이었소."

"처, 천주?"

면구 뒤에서 뿜어지는 눈빛이 너무도 차가웠다.

"당신은 천부 탈환에 매진하라는 나의 뜻을 어기고 어쭙잖게 은하성전을 창건해 천부를 흉내 내려 했소. 비화와 상화들을 납치해 회유하면 천부를 계승할 수 있을 거라 생각했지만 그것은 크나큰 오판이오. 당신은 무공이 강할지 몰라도 천부를 계승할 자격이 없는 여인이었소."

자문교는 발밑이 와르르 무너지는 참담한 심정에 젖었다. 그녀는 그 앞에 털썩 부복하며 그의 손을 쥐었다.

"천주, 제발 도와주세요. 은하천서만 터득하면 천부를 계승할 수 있습니다. 소첩의 소원만 풀어주면 당신을 위해 봉사하겠어요."

구중천주는 간절히 청하는 그녀의 볼을 다독이며 부드럽게 말했다.

"당신은 여전히 아름다워. 하지만 당신은 이제 무공을 수련할 수 없는 몸이 되었소."

"천주의 능력은 무한하지 않습니까? 천주의 의술 능력이라면 소녀를 치유해 주실 수 있습니다."

"물론 당신을 예전처럼 치유해 줄 수 있소."

구중천주는 자신의 소매를 쥔 그녀의 손을 냉혹하게 뿌리치며 조용히 돌아섰다.

"하지만 난 당신을 치유해 줄 생각이 없소."

"천, 천주?"

"당신은 그동안 너무 오만했었소. 당신의 공로와 자신의 무공을 너무 과시했었단 말이오. 그로 인해 나는 수차례 계획을 다시 수정하는 애로를 겪어야 했소. 난 이십 년을 생각했지만 유감스럽게도 당신의 훼방으로 사 년이나 더 소모해야 했소."

"오, 천주!"

자문교는 무릎걸음으로 다가서며 그의 바짓가랑이를 움켜쥐었다. 그녀로서는 구중천주의 자비만이 구명줄이기에 결사적으로 쥐며 눈물을 뿌렸다.

"흑, 소첩을 용서하십시오. 다시는 천주의 뜻을 거스르지 않겠어요. 제발… 제발 소첩을 버리지 마십시오, 천주."

구중천주는 연민의 눈빛으로 그녀를 내려다보았다.

"고정하시오, 문교. 당신은 자랑스런 천부의 제자였소. 이런 모습이 너무 구차하지 않소?"

"천주, 제발."

"대선랑이 기다리고 있을 테니 어서 가서 만나보시오. 아, 당신이 해친 동문들도 애타게 당신을 기다리고 있겠군."

구중천주가 섭선으로 옷자락을 긋자 자문교는 베어진 조각만 움켜쥔 채 털썩 바닥으로 엎어졌다.

참담한 배신감에 젖은 자문교는 전신을 와들와들 떨며 악에 받쳐 외쳤다.

"이 악마! 네놈은 인간이 아니야! 어, 어떻게 내게 이럴 수가 있어? 난 모든 것을 바쳤는데!"

구중천주는 뒷짐을 진 채 단상을 내려서며 담담하게 응수했다.

"탁자에 술이 준비돼 있으니 한잔하시구려. 어렵게 구한 짐주(鴆酒)요."

두 걸음을 옮기자 그의 모습이 연기처럼 사라졌다.

자문교는 바닥을 치며 대성통곡했다.

"으흑흑……!"

그녀는 비로소 배신이 가져다주는 처절한 심정을 통렬하게 느낄 수 있었다. 그것은 자부심이 꺾이는 패배보다 백배는 더 극심한 고통이었다.

울컥 피를 토해낸 그녀는 피눈물을 흘리며 돌 원탁으로 향했다.

그녀는 남편에게 버림받고 딸에게도 인정받지 못한 외톨이가 되어버린 것이다. 구중천주는 실로 잔인한 자였다. 그녀에게 죽음을 명하면서 죽은 후에 공포마저 심어주었다.

자문교는 삶에 대한 절망과 사후의 공포를 동시에 느끼며 머리카락을 손으로 쥐어뜯었다.

"사저, 예운 사저, 제발 소매를 용서하십시오. 흑흑, 제발 소매를 용서해 주십시오!"

그녀는 도자기 술병을 손에 쥐며 처절하게 부르짖었다. 하지만 돌이킬 수 없는 너무도 큰 죄를 지었기에 죽어서도 용서받을 수 없을 것 같았다.

그녀는 덜덜 떨면서 술병을 입으로 가져갔다.

짐(鴆)이라 불리는 새의 깃털에 술을 적셔 담근 짐주는 천하에서 가장 극렬한 독주 중 하나다. 마시는 순간 절명하며 해독약도 없다.

짐주를 들이킨 자문교는 가슴이 타는 듯한 고통을 느끼며 풀썩 쓰러졌다.

그녀가 숨을 거두기까지는 오래 걸리지 않았다.

죽은 후의 공포가 너무도 두려워 그녀는 눈을 감지 못했다. 그녀의 마지막 바람은 자신의 사악한 영혼이 곧바로 십팔층 지옥으로 떨어지는 것이었다.

자신의 손에 죽어간 동문들을 대하는 것이 너무도 두려웠기 때문이었다.

◀제55장▶

마른하늘에 날벼락

1

"허허, 고놈 참."

외팔이노인은 대나무 평상에 누워 버둥대는 아기를 내려다보며 입을 다물지 못했다. 갓 백일이 지난 아기의 눈은 아직 초점이 분명치 않았지만 세상을 고스란히 비쳐 낼 만큼 맑고 깨끗했다.

모옥의 주방에서 밤을 한 소쿠리 삶아 안고 나온 중년 여인이 이를 보며 눈을 흘겼다.

"에구, 그렇게 좋수?"

"이 녀석 좀 봐, 손랑(孫娘). 벌써 할아비를 알아보는 것 같아."

"그런 소리 말아요. 난 벌써 할머니 소리를 들어야 하는 게 징그럽다고요."

말은 그렇게 하면서도 평상 위에 소쿠리를 내려놓은 여인은 아기를 덥석 끌어안았다.

"아이구, 귀여운 것. 내 평생 이렇게 예쁜 아기는 처음이야."

"허어, 자꾸 안지 마. 애 버릇없어져."

"그런 소리 말아요. 종일 업고 다니는 사람이 누군데?"

커다란 느티나무 아래서 웃음을 터뜨리는 두 사람은 바로 용오랑의 부친 용화군과 손 대부인이었다.

이때 두 남녀가 산기슭으로 내려섰다. 세상에서 가장 비극적인 운명으로 결부된 두 남녀는 다름 아닌 용오랑과 주운려였다.

용오랑은 음성만 듣고도 그들이 부친과 손 대부인임을 확신할 수 있었다.

"아버님……."

가슴 뭉클한 감동에 젖은 그는 주운려의 완맥을 놓아주었다. 그녀를 응시하는 눈빛이 다소 온화해졌다.

"운려, 솔직히 혜령을 돌려보내 주었어도 난 널 죽이려 했다. 하지만 이제 진심으로 너에 대한 원한을 접겠다. 그렇다고 용서한다는 얘기는 아니야. 혜령만 돌려보내다오. 그것으로 우리의 관계를 청산하자. 널 죽이지 못하는 것이 원통하지만… 죽이는 것 또한 내게 고통이다."

주운려는 고개를 돌려 외면했다.

"일단 아버님부터 만나보세요."

"그래야지."

용오랑은 서둘러 모옥으로 향하며 한마디 던졌다.

"이제 가도 좋아."

"……."

주운려는 그가 밭이랑을 넘어 중턱으로 사라질 때까지 물끄러미 올려다보았다. 불안과 초조함에 젖은 그녀의 눈빛은 쉴 새 없이 흔들렸다.

그녀는 곧바로 닥칠 엄청난 상황에 가슴이 터질 것만 같았다.

'아, 그는 끝내 날 용서치 않을 거야.'

무려 사 년 만의 재회였다.

평상 앞으로 다가선 용오랑은 감격에 벅차 몸이 덜덜 떨렸다. 단순한 이별이 아니라 숱한 죽을 고비를 넘겨서 이루어진 해후가 아니던가.

용화군 앞으로 다가선 그는 털썩 무릎을 꿇었다. 뜨거운 눈물이 절로 뺨을 적셨다.

"아버지, 소자 오랑입니다. 이 불효 자식을 용서하십시오."

갑작스런 외부인의 출현에 깜짝 놀란 손 대부인은 용오랑을 확인하고는 환한 웃음을 지었다.

"오랑? 오랑 네가 왔구나!"

그녀는 아기를 용화군에게 넘겨주고는 와락 끌어안았다. 그녀는 용오랑의 등을 철썩철썩 때리며 반가워했다.

"에구, 이 무심한 녀석. 왜 이제야 찾아온 것이냐? 얼마나 보고 싶었다고."

"손 아주머니가 아버지와 함께 계시다는 말에 얼마나 안도했는지 모릅니다. 아버지를 돌봐주셔서 정말 고맙습니다."

손 대부인은 다소 이해가 가지 않는 듯 의아한 표정으로 연신 고개를 갸웃거렸다.

"얘가 무슨 소리를 하는 거야?"

용오랑은 가슴 벅찬 감동을 억누르며 용화군 앞으로 섰다.

"아버지, 살아 계셔서 감사합니다. 소자 이제야 마음을 놓겠습니다."

그가 포옹하려 하자 용화군은 아기를 돌려 안으며 그를 홱 밀쳐 냈다.

"이놈아, 아기 다칠라."

용오랑은 자신에 대한 부친의 무심한 처사를 익히 알고 있었지만 조금은 서운했다.

"아버지, 사 년 만에 찾아뵈었는데 반갑지 않으세요?"

"반갑기는 뭐가 반가우냐? 네놈 때문에 아비가 팔 하나를 잃고 곤욕을 치른 생각을 하면 아직도 이가 갈려. 도대체 뭐 하느라 사 년 동안 코빼기도 보이지 않더니 이제야 낯짝을 들이미는 거냐?"

용오랑은 한쪽 소매가 헐렁한 부친을 보고는 가슴이 저려왔다.

"당시 상황은 뭐라 드릴 말씀이 없습니다."

그는 비로소 부친의 품에 안겨 있는 아기의 존재를 인식하고는 눈을 커다랗게 떴다.

"……?"

손 대부인과 부친을 번갈아 보던 그는 계면쩍은 표정을 지었다.

"두 분이 그… 그렇게 되신 겁니까?"

손 대부인은 용오랑을 말똥말똥 바라보았다.

"뭐가 그렇게 됐다는 거니?"

용오랑은 어색한 웃음을 지으며 아기를 가리켰다.

"제… 제 동생 말입니다. 저와 나이 차이가 너무 나는데요?"

손 대부인은 비로소 그의 말뜻을 알아듣고는 어처구니가 없는 듯 덜퍼덕 주저앉았다.

"아이구, 망측스러워라! 오랑, 네 녀석이 지금 제정신이냐?"

용화군은 안색을 굳히며 벌떡 일어섰다. 그는 아기를 손 대부인에게 안겨주고는 용오랑에게 가까이 다가섰다.

그는 자식을 호되게 질책했다.

"이 못된 녀석, 그동안 대체 얼마나 많은 계집들을 건드렸기에 네 자식이 태어났는지도 모른단 말이냐?"

"예에? 자식이라니요?"

용오랑이 눈을 동그랗게 뜨자 용화군은 냅다 그의 뺨을 갈겼다.

"이런 망나니 같은 놈! 사내로서 계집질은 할 수 있어도 씨는 챙겨야 할 것 아니냐?"

"아버지? 대체 무슨 말씀을 하시는 겁니까?"

뺨을 감싸 쥐던 용오랑은 문득 떠오르는 생각에 등골이 서늘해졌다. 손 대부인에게 안겨 방실방실 웃고 있는 아기를 본 그는 벼락을 맞은 듯 일순 굳어지고 말았다.

"하… 하면 이 아기가?"

"그래, 이놈아. 네 자식이란 말이다. 네놈은 아비가 이 나이에 손 대부인과 궁합이 맞아 아이를 낳았다고 생각했단 말이냐?"

"아닙니다! 그럴 리가 없어요!"

용오랑이 정색을 하며 발작적으로 외쳤다.

용화군은 엄한 모습으로 꾸짖었다.

"이런 쳐 죽일 놈을 보았나?"

용화군이 죽장을 집어 들고는 용오랑을 후려치려 하자 손 대부인이 얼른 가로막았다.

"고정하세요, 용 대가. 이제는 애 아빠인데 대접을 해주어야지요."

"제 자식이 태어났는지도 모르는 놈이 무슨 아비야? 저런 난봉꾼 같은 놈은 머리가 깨지도록 맞아야 돼!"

"아이구, 그래도 사정 얘기는 들어봐야 하잖아요?"

용화군과 손 대부인의 음성이 귓속에서 웅웅거린다. 아찔한 현기증을 느낀 용오랑은 눈을 질끈 감았다.

'말도 안 돼. 이건 악몽이야, 악몽!'

그는 고개를 세차게 흔들고는 꿈속에서 깨어나려는 듯 눈을 번쩍 떴다.

그러나 분명한 현실이었다. 눈앞에 있는 두 사람은 분명 그의 아버지와 손 대부인이었다. 손 대부인의 품에 안겨 해맑게 웃는 아기도 허상이 아니었다.

용오랑은 이마를 짚은 채 비틀비틀 물러섰다.

"아… 아닙니다! 이럴 수는 없습니다!"

손 대부인이 안쓰러운 표정으로 물었다.

"오랑아, 너 왜 이러는 거냐? 너 정말 모르고 있었던 거니? 설마 네 아이를 낳은 여인이 누구인지도 모른다는 뜻은 아니겠지?"

"설마… 아이 엄마가 주… 주운려란 말입니까?"

용오랑이 심한 격동에 휩싸이자 용화군이 사납게 외쳤다.

"이놈아, 그럼 그 아이 말고 다른 여자들이 또 있단 말이냐?"

용오랑은 자신의 머리카락을 쥐어뜯었다.

마른하늘에 날벼락도 이럴 수는 없는 일이었다. 혼란과 격동으로 숨이 턱턱 막혀왔다. 지반이 그대로 폭발하며 그를 아득한 암공 속으로 떨어뜨렸다.

그는 여전히 현실을 받아들일 수 없었다.

'그래, 이건 음모야. 날 옭아매려는 간악한 술책이다!'

겨우 혼란 속에서 벗어난 그가 단호하게 외쳐 물었다.

"제가 아버지와 헤어진 지 사 년이나 되었습니다. 이 아기가 제 아이라고 어떻게 단정하십니까?"

"뭐야?"

용화군은 기가 막힌다는 듯 헛웃음을 흘리며 평상에 걸터앉았다. 그는 죽장을 흔들며 꾸짖듯이 말했다.

"이놈아, 똑똑히 들어. 만삭의 몸으로 며늘아기가 찾아왔다. 손랑이 손수 아기를 받았고 아비가 목욕을 씻겨주었다. 골상과 체질을 확인한 결과 운아(雲兒)는 우리 집안의 혈통이 틀림없어. 이 아비의 의술 조예를 걸고 장담할 수 있다."

용오랑은 그만 할 말을 잊었다.

그는 부서져라 이를 악물었다. 주운려의 우려가 주마등처럼 그의 뇌리를 스쳐 지나갔다.

"오랑, 안 됩니다. 너무도 무서운 일이 생기게 됩니다. 제발 천후를 풀어주세요."

"소녀는 당신이 너무 놀라워하지 않기만을 바랄 뿐입니다."

"직접 보시면 알게 될 겁니다."

용오랑은 전신의 피가 싸늘하게 식고 말았다. 그가 만에 하나 우려했던 최악의 상황이 현실로 드러난 것이다.

'그 악녀가 내 핏줄을 낳았어!'

2

주운려는 용오랑의 지시대로 차분히 부복해 앉았다.

용오랑은 탕마산을 움켜쥔 채 그녀의 목에 들이댔다. 아직도 격정이 용솟음쳐 숨이 가빴다. 그의 손에 쥐어진 탕마산이 부들부들 떨렸다.

"이 악랄한 계집! 한 치의 숨김도 없이 말해야 한다. 잠시라도 머뭇거렸다가는 네 목을 칠 것이다."

"말씀하세요."

"네가 내 아이를 낳았단 말이냐?"

"맞습니다."

"거짓말! 네년이 내 등에 천강비를 꽂고 금마뇌옥을 떠날 때까지 넌 잉태를 하지 않았어!"

주운려는 정면으로 시선을 고정시킨 채 차분하게 대답했다.

"그건 맞습니다. 소녀가 잉태 사실을 알게 된 것은 금마뇌옥을 떠난 며칠 후였습니다. 당신이 철강석을 뚫고 탈출로를 찾아낸 후 우리는 격정에 겨워 모처럼 잠자리를 함께했죠. 그때 잉태된 겁니다."

용오랑은 잔뜩 미간을 찌푸리며 당시의 상황을 되새겨 보았다.

그녀의 말은 틀리지 않았다. 그의 기억 속에서도 탈출을 목전에 두고 둘은 한껏 고무돼 있었다. 오랫동안 잠자리를 하지 않았던 둘은 흥분과 감동에 젖어 뜨거운 잠자리를 가진 것이 분명했다.

용오랑은 결국 아기가 자신의 아들임을 인정할 수밖에 없었다. 아무리 부정하고 싶어도 그것은 엄연한 현실이었다. 그러나 여전히 현실을 받아들이기가 힘들었다. 세상에서 가장 사악한 여인이 어떻게 자식의 생모가 될 수 있단 말인가?

용오랑은 이를 악물었다.

"오… 오냐, 그 말은 믿겠다. 하지만 왜 아이를 낳은 것이냐? 너도 원치 않았을 텐데?"

"물론 소녀도 원치 않았어요. 그 아이를 키우게 되면 평생토록 당신을 떠올려야 하니까요."

"그런데 왜 낳았어? 왜 너같이 사악한 계집이 내 아이를 낳았느냔 말이다!"

용오랑은 참을 수 없을 만큼 분개했지만 주운려의 태도는 당당하면서도 의연했다.

"당신의 아이만은 아닙니다. 소녀의 아이이기도 합니다. 소녀는 우리의 아이를 구중천의 후계자로 삼고 싶었습니다. 당신은 어떻게 생각할지 모르지만 우리의 아이가 구중천을 계승하게 되면 조금이라도 당신의 원혼을 위로할 수 있을 거라……."

"닥쳐!"

용오랑은 그녀의 머리채를 힘껏 움켜쥐었다. 얼마나 격분했는지 그의 얼굴에 푸른 힘줄이 돋아났다.

"내 원혼을 위로한다고? 네년이 그런 말을 할 자격이 있단 말이냐? 내가 언제 무림황제라도 되고 싶다고 했어? 내 아들이 악마의 자식이 되는데 내가 기뻐할 것이라 생각했단 말이냐?"

"오랑, 왜 구중천을 나쁘게만 생각하십니까?"

"뭐, 뭐야?"

용오랑의 안광이 칼날이 되어 주운려에게 꽂혔다. 하지만 주운려의 태도는 시종 담담했다.

"당신은 무림을 너무 모릅니다. 강호의 패권 다툼은 오랜 세월 이어져 왔지요. 강한 자가 약한 자를 지배하는 것은 세상의 순리입니다. 당금 천하를 지배하는 사패가 과연 정의입니까? 그들 역시 숱한 모략과 살상을 일삼으며 오늘날의 사패를 형성한 것입니다. 하지만 구중천의 목표는 천하분란을 해소하는 데 있습니다."

용오랑은 피를 뿜듯이 반박했다.

"어디서 그따위 궤변을 늘어놓는 것이냐? 너희들의 사악함은 하늘과 땅이 알고 있다. 간악한 술수와 악독한 계략으로 천하인을 속여왔어. 너희가 떳떳하게 구중천의 존재를 세상에 알리고 정당한 대결을 벌였다면 나는 관여치 않았을 거야. 난 협객이 아니야. 정의를 부르짖는 의인도 아니지. 하지만 너희들의 더러운 수작은 용서할 수 없어!"

"흑백을 논하자면 당신은 소녀를 이길 수 없습니다."

"그래, 너의 사악한 주둥이를 어떻게 내가 당하겠냐?"

용오랑은 그녀의 어깨를 쥐고 일으켜 세웠다. 일단은 흥분을 가라앉히는 것이 중요했다.

자신의 아들을 낳은 주운려…….

이제 그녀를 죽이는 것은 불가능한 일이 되었다. 혼례의 의식을 거치지 않았지만 그녀는 자신의 아내가 된 것이다. 강호의 세계가 아무리 혼란스러워도 패륜은 용납될 수 없는 일이다.

용오랑은 주운려를 어떻게 대해야 할지 몹시 고통스러웠다.

"아이 이름은…….."

"성운입니다. 용성운(龍星雲). 아버님께서 지어주신 이름입니다."

"성운이라… 아버지답게 지으셨군. 한데 왜 구중천에서 낳지 않고 내 아버지를 찾아 맡긴 것이냐?"

주운려는 쓸쓸한 표정으로 하늘을 올려다보았다.

"우리의 아이로 구중천을 계승케 하려 했지만 구중천주는 그것을 용

납치 않았어요."

"다행이군. 정말 끔찍한 일이 일어날 뻔했어."

용오랑이 진저리를 치자 주운려는 침울하게 말을 이었다.

"불행하게도 구중천주에게는 이미 후계자가 있었던 것입니다."

"후계자? 대체 어떤 놈이냐?"

"당신도 잘 아는 사람입니다."

"……?"

용오랑이 의아한 표정을 짓자 주운려는 느슨해진 그의 손을 밀쳐 냈다.

"추측하기는 어렵지 않습니다. 세상에서 가장 죽이기 어렵다는 십병천왕이 어떻게 죽었는지를 생각하면 됩니다."

"손철문? 철문 형님이란 말이냐?"

용오랑은 경악에 젖어 한 걸음 물러섰다.

주운려는 천천히 몸을 일으켰다. 그녀는 붉게 물든 하늘을 올려다보았다.

"천병부주에 대한 암습은 아주 위험한 시도였습니다. 과연 그가 천병부 문상이란 직위를 버리고 왜 그토록 모험적인 암습을 펼쳤겠습니까? 그 대가가 무엇일까요?"

"마, 말도 안 돼! 구중천주가 무엇 때문에 철문 형님을 후계자로 선택했단 말이냐?"

"선택된 것은 그의 혈통 때문이죠. 그는 소녀의 이복 오라비입니다. 즉 구중천주의 아들입니다."

또 한 번의 충격!

용오랑은 너무도 엄청난 비밀에 뒤통수를 둔기로 맞은 듯 멍해졌다.

극도의 혼란과 경악으로 한동안 입을 다물 수가 없었다. 수많은 사건들이 거미줄처럼 뒤엉켜 머리가 터질 것만 같았다.

'대체 무슨 소리인가? 철문 형님이 구중천주의 아들이라고? 그, 그럼 손 아주머니가 구중천주의 아내란 말인가?'

주운려는 팔짱을 낀 채 천천히 걸음을 옮겼다.

"구중천주는 척천혈맹의 후예입니다."

마침내 당금 천하에서 가장 신비로운 구중천주의 내력이 그녀의 입을 통해 밝혀지기 시작했다.

척천혈맹은 사십여 년 전 무림천하(天下)의 절반을 석권한 거대 마단이었다.

그들은 내부적인 알력에 의해 반으로 쪼개졌고 천부의 공격으로 크게 위축되었다. 그 와중에 도불쌍성이 이끄는 백도연합에 의해 괴멸되며 마도천하의 꿈을 접어야 했다.

앞서 척천혈맹에서 탈퇴한 마도인들이 창건한 방파가 바로 암흑마전이다. 하지만 암흑마전은 세상에 모습을 드러내는 순간 전 무림의 공격을 받을 것을 우려해 오랜 세월 어둠 속에서 힘을 키워야 했다.

척천혈맹은 괴멸했지만 후예는 남아 있었다. 당시 다섯 살에 불과했던 어린아이 북궁비(北宮秘)가 바로 그였다.

북궁비는 척천혈맹의 충복들에 의해 은밀하게 성장했다. 그는 냉철한 심기를 지닌 자로 가문의 복수와 더불어 척천혈맹이 이루지 못했던 패업을 달성하기 위해 장구한 계획을 설계했다.

그는 세력을 구축하기 위한 자금력을 확보하기 위해 귀주성의 부호 손가장(孫家莊)을 목표로 삼았다. 그는 무난히 손가장의 사위가 되었는데 그 아내가 바로 지금의 손 대부인인 손완완이었다.

그는 손가장을 거점으로 수년에 걸쳐 척천혈맹의 잔당들을 찾아내 수하로 거둬들이며 점점 세력을 키워 나갔다.

천부의 상화였던 자문교를 만나 천부의 반란을 꼬드긴 것도 그 무렵이었다. 그는 자문교를 통해 천부의 절학을 배우게 되었고 대신 천부를 뒤엎을 무서운 계책을 일러주었다.

그러던 중 장인인 손 장주의 의심을 사게 되자 그는 수하들을 녹림의 도적으로 분장시켜 손가장을 멸절시키는 잔혹한 만행을 저질렀다.

당시 세 아이의 엄마였던 손완완은 만삭의 몸으로 겨우 탈출할 수 있었다.

손완완은 멀리 호북으로 피신해 아이를 낳았는데 그 아이가 바로 손 아문이었다. 이후 그녀는 갖은 고생 끝에 객잔을 구입해 겨우 안정을 찾게 되었다.

그녀는 자신의 이름을 버리고 손 대부인으로 행세했는데 이 무렵 용 오랑의 아버지인 용화군을 만나 서로 의지하게 되었다.

북궁비는 손가장의 막대한 재물을 취한 후 천하제패에 대한 원대한 꿈을 하나씩 이루어나갔다. 자문교를 통해 천하 최강 세력인 천부의 절반을 획득한 그는 암흑마전을 찾아가 담판을 벌였다.

암흑마전주는 같은 혈족인 북궁 가문이었기에 과거의 반목을 접고 그와 손을 잡게 되었다.

북궁비는 절대 실패하지 않겠다는 일념으로 오랜 시간에 걸쳐 휘하 세력들을 하나씩 늘려 나갔다.

아홉 개 하늘 구중천(九重天)!

그중 척천혈맹의 잔당들로 결성한 조직이 밀천(密天)이었다.

북궁비는 천하에서 가장 방대한 조직망을 지닌 표풍회를 장악하는 데 주력했다. 오랜 세월에 걸쳐 금사표객인 철담신룡을 포섭해 표풍회를 접수할 만반의 준비를 갖추었다.

만일 용오랑이 갑작스럽게 표풍회주로 추대되지 않았다면 그는 진작에 표풍회를 장악했을 것이다. 북궁비가 직접 관장하는 밀천은 아직 완성되지 않은 상태였다.

금천(金天)의 창건은 최근에 이루어졌다.

그가 금환회 수뇌들을 없애고 엄청난 상권을 손에 쥔 것은 주운려가 금마뇌옥에서 탈출한 후의 일이었다.

금환회가 막대한 황금을 확보하기 위해 만든 지하광산의 비밀은 그들에게 있어 치명적인 약점이었다. 북궁비가 금환회 금상(金商)들을 협박하고 회유하는 데 있어 칼자루를 손에 쥔 셈이었다.

사천(邪天)은 치밀한 계획 하에 이루어졌다.

주세창이 북궁비를 만난 것은 우연이라 하기에는 너무도 운명적이었다. 주세창은 사교의 대법을 통해 짧은 시간 내에 절세고수로 성장했고 북궁비의 교묘한 계략으로 천사교를 장악하는 데 성공했다.

또한 오래전부터 노려왔던 십야회는 회주인 단월천살이 용오랑에 의해 죽게 되자 비교적 손쉽게 복속시킬 수 있었다. 십야회는 살천(殺天)으로 변모했다.

그의 행보는 거침이 없었다.

백독문을 장악하는 동시에 가장 까다로운 파천궁주의 척살마저 성공했다. 절사곡에서 끄집어낸 사대마단 잔당들 중 상당수는 독인들이라 백독문을 지배하기란 어려운 일이 아니었다.

독천(毒天)은 구중천 중 가장 강력한 조직이 되었다.

최근 들어 천병부주인 초위강의 암습까지 성공하면서 목표는 이제 구 할 이상 달성되었다. 그의 장구한 목표인 구중천의 세상이 목전에 이른 것이다.

용오랑은 너무도 치밀하고 너무도 완벽한 계책에 잠시 넋을 잃고 말았다. 그는 이마를 짚으며 비틀비틀 걸음을 옮겼다.

이건 공포였다. 그 어떤 악독함과 잔혹함조차 넘어선 극한의 공포였다. 그는 한순간 절망하고 말았다.

자문교의 성천(聖天)을 격파하고, 사천(邪天)인 천사교를 제압했으며, 향천(香天)인 표향림에 상당한 타격을 주면서 구중천을 어느 정도 견제했다 자부했지만 그것은 그의 커다란 오판이었다.

다리가 풀리면서 그는 바위 위에 털썩 걸터앉았다.

'이제 어찌해야 한단 말인가? 대체 어떻게 해야 구중천과 맞설 수 있단 말인가?'

그는 구중천주를 거의 손에 쥐었다고 자신했지만 구중천주의 존재는 다시 하늘 높이 사라져 버렸다. 자신의 능력으로는 도저히 그와 맞설 수 없다 싶은 것이다.

그는 천천히 고개를 들어 주운려를 응시했다. 좀 전과 달리 그의 눈빛은 광채를 잃었고 자신감조차 결여되었다.

"그렇다면 넌 추란도 아니고 주운려도 아닌 북궁운려였구나?"

"그것은 중요치 않습니다."

"하기는 세상을 속여온 너희들이 성명 하나를 바꾸는 일은 아무것도 아니겠지."

용오랑은 맥없는 웃음을 흘리다 문득 떠오르는 것이 있어 한 가닥 희망을 가졌다.

"아니야. 아직 반격의 기회는 있어. 사패의 지존들이 모두 죽었어도 그 휘하 세력은 아직 건재하다. 게다가 단협맹이 있어. 어둠 속 횃불이 존재하는 이상 구중천은 결코 뜻을 이루지 못할 것이다."

"과연 그럴까요?"

주운려, 아니, 비로소 본래의 신분을 밝힌 북궁운려는 용오랑을 바라보며 안쓰러운 표정을 지었다.

"부질없는 생각입니다. 사패지존이 모두 죽은 이상 단협맹주의 척살이 구중천주의 다음 목표입니다."

"뭐… 뭐라고?"

"물론 최후의 목표는 당신이지요."

"난 상관없어! 하지만 구중천주가 아무리 천하의 악당이라도 단협맹주는 못 죽여."

용오랑이 강하게 반박하자 북궁운려는 싸늘한 미소를 머금었다.

"천하에서 가장 완벽하다는 십전대표객이 어떻게 죽었지요? 심기제일이라는 파천궁주가 척살될 것이라고 누가 상상이나 했겠습니까? 또한 금강지체를 지닌 천병부주가 믿었던 수하에 의해 암습을 받게 될 줄을 짐작한 사람이 있었나요?"

"그… 그것은……."

"구중천주는 소녀의 아버님이지만 너무 두렵습니다. 그분이 뜻한다면 이루어지지 않는 것이 없습니다."

"설마 그 악마는 단협맹의 맹주가 누구인지 이미 파악하고 있었단 말이냐?"

용오랑이 주먹을 불끈 쥐며 외치자 북궁운려가 지체없이 대답했다.

"도불쌍성이 아닙니까? 군사는 현천대선생이지요."

"……!"

용오랑은 다시 한 번 참담한 절망을 곱씹어야 했다. 너무도 분해 땅을 치며 통곡이라도 하고 싶은 심정이었다. 주체할 수 없는 격동과 충격으로 전신이 와들와들 떨린다.

"으으… 놈은 진정 악마다! 인간으로서 어떻게 그 모든 것을 알 수 있단 말이냐?"

몸을 일으킨 그는 비틀비틀 북궁운려를 향해 다가섰다. 눈에 잔뜩 핏발이 돋은 그는 거의 이성을 상실한 상태였다.

그는 두 손으로 그녀의 목을 움켜쥐었다.

"악마의 딸년인 너부터 죽이겠다. 너희들의 그 사악함은 내가 용서치 않을 것이다!"

북궁운려는 목이 조여지는데도 전혀 반항하지 않았다. 기도가 막히며 그녀의 얼굴이 검붉게 물들었다. 조금만 더 힘이 가해지면 그대로 절명할 상황이었다.

"엇?"

불현듯 정신을 차린 용오랑은 깜짝 놀라며 손을 풀었다. 바닥으로 쓰러진 북궁운려는 컥컥거리며 숨을 몰아쉬었다. 혈도가 제압된 그녀였기에 평범한 여인과 다를 바 없었다.

용오랑은 그녀 옆으로 탕마산을 푹 찍었다.

"약속대로 널 죽이지는 않겠다. 하지만 내 눈앞에서 사라져라."

"운아는 소녀가 키우겠습니다."

"미쳤어! 너같이 사악한 계집이 무슨 자격으로 운아를 키운단 말이냐?"

북궁운려는 집요하게 고집을 부렸다.

"소녀가 키워야 합니다."

"그 아이를 위해서라도 멀리 떠나라. 다시는 나타나지 마. 그 아이의 엄마는 혜령이 되어야 한다. 혜령이 그 아이를 키울 것이야."

북궁운려는 길게 탄식했다.

"황혜령은 구중천주에게 보내졌습니다."

용오랑의 머리 속에서 뇌성이 울려 퍼졌다.

"뭐, 뭐야?"

"구중천주는 그녀의 지혜를 높이 평가해 철문 오라버니의 아내로 삼겠다 했습니다. 철문 오라버니의 부족함을 그 후예로 대신하겠다는 의도이지요."

용오랑의 피가 확 달아올랐다. 끓어오르는 분노에 심장이 터질 것만 같았다.

"이야아!"

그는 탕마산을 뽑아 들면서 번쩍 치켜들었다.

"이 나쁜 년! 혜령을 돌려보내 준다고 했잖아?"

북궁운려는 몸을 일으켜 앉았다.

"어쩔 수 없었어요. 황혜령을 보내지 않으면 운아를 데려가겠다고 했으니까요. 당신을 위해서라도… 우리의 아이는 지키고 싶었습니다."

용오랑은 그녀의 얘기를 더 듣고 있다가는 미칠 것만 같았다.

"으아아아!"

그가 격분에 차 탕마산을 휘두르자 수림이 통째로 날아갔다. 그는 악에 받친 고함을 지르며 탕마산을 마구 내려쳤다.

쾅— 콰쾅—!

잇단 폭음과 함께 주변이 삽시간에 초토화되었다. 한바탕 폭풍이 휩쓸어간 듯 나무는 모조리 쓰러졌고 바위는 흉측하게 파괴되었다.

용오랑은 광인이 되어 계속 탕마산을 휘두르며 멀어져 갔다. 그가 스쳐 간 주변은 악마의 손톱에 할퀸 듯 참혹하게 변모하고 말았다. 폭음이 멀어지면서 그의 모습도 사라졌다.

북궁운려의 두 눈에 맑은 이슬이 흐른다. 그녀는 손으로 얼굴을 가리며 서럽게 흐느꼈다.

"미안해요, 오랑. 소녀로서는 어쩔 수 없는 선택이었습니다. 당신을 지킬 능력이 없기에… 우리의 아이라도 보호해야 했습니다."

그녀는 상앗빛 치아를 붉은 입술에 깊숙이 박았다.

"운아는 소녀가 목숨을 바쳐서라도 보호할 것입니다."

3

호북 동쪽에 위치한 동호(東湖)는 근경의 동정호(洞庭湖)에 가려 평범한 호수로 취급된다.

하지만 동호 주변을 덮고 있는 엄청난 갈대 숲은 대륙 최고의 절경을 자랑한다. 장정의 키를 훨씬 넘기는 갈대는 바람이 불 때마다 이리저리 흔들리며 마치 하얀 파도를 연상케 한다.

특히 동호는 가을밤의 정취가 으뜸이다. 하늘의 달이 수면에 그대로 투영되는 정경은 그 어떤 화가의 붓으로도 표현할 수 없는 대자연의 솜씨다.

휘장이 둘러진 놀잇배들이 유등을 밝힌 채 수면 위를 미끄러지고 있었다. 동호 주변은 주루나 기루가 그다지 많지 않아 놀잇배에는 대다

수 한가한 정취를 만끽하려는 문인들이 타고 있었다.

하나의 배에서 칠현금이 탄주되면 다른 배에서 피리 소리가 이에 화답한다. 음률로서 마음이 통하는 문인들은 배를 옮겨 타 합주를 즐기면서 시를 논하기도 한다.

이런 정경은 동호에서 흔히 이루어지기에 놀잇배들이 뱃전을 나란히 붙인다 하여 이를 이상히 여길 사람은 없었다.

자신들의 배를 붙여 휘장이 둘러진 놀잇배로 옮겨 탄 두 문사도 그런 경우였다.

나이 차이는 조금 있지만 두 문사의 용모는 가히 절세적 미장부였다. 갸름한 눈매와 마늘쪽 같은 콧날은 오히려 여인의 모습에 가깝다.

놀잇배에는 관모를 머리에 쓴 작은 체구의 노인이 칠현금을 안고 앉아 있었다. 두 청년은 그가 차려놓은 작은 술상 앞에 대좌했다.

다소 나이 든 청년이 답답하다는 듯 앞자락을 잡아 풀었다.

"아유, 정말 답답해 미치는 줄 알았네? 꼭 이런 방법으로 만나야 했어요?"

놀랍게도 여인의 음성이었다. 그녀는 바로 천사교의 문상인 뇌미령이었다. 차분한 표정으로 옆에 앉아 있는 청년도 역시 남장여인이었다. 그녀는 파천궁의 소궁주인 강매염이었다.

그들은 천왜무현 종이건의 은밀한 봉첩을 받고 동호에서 접선해 문사 차림으로 변복한 것이다.

관노를 쓴 노인은 물론 종이건이었다.

그는 두 여인에게 술 한 잔 권하지 않고 스스로 술을 따라 마셨다. 술잔을 내린 그가 대뜸 물었다.

"눈엣가시 같던 십병천왕이 타계했으니 천병부를 침공할 준비는 되었겠지?"

뇌미령이 눈빛을 반짝이며 물었다.

"정말 그래도 되는 겁니까?"

"두 눈에 욕심이 가득하군."

"호호, 왜 아니겠어요? 이렇게 좋은 기회를 놓칠 수야 없지요. 내 반드시 교주를 설득해 천사교와 표풍회의 고수를 총동원해서 천병부를 공략할 것입니다."

뇌미령은 자신의 잔에 술을 따르며 강매염에게로 시선을 돌렸다.

"물론 교주와 돈독한 관계를 맺고 있는 파천궁에서도 동조할 테지요. 천병부만 격파한다면 우리 교주께서 당당히 무림제왕이 되실 수 있습니다."

뇌미령이 아무것도 모른 채 떠들어대자 강매염이 가볍게 질책했다.

"언니, 종 총상의 얘기를 마저 들은 후 결정하세요. 종 총상께서 어떤 분인데 자신의 기반인 천병부가 와해되도록 방관하겠어요?"

"뭐야? 그럼 우리를 놀리고 있단 말이야?"

뇌미령의 눈꼬리가 확 치켜 올라갔다.

종이건은 나직이 냉소를 치고는 강매염을 응시했다.

"역시 파천궁주는 영민한 딸을 두었어. 파천궁주가 타계했어도 그 기반이 흔들리지 않은 것은 소궁주가 어린 나이임에도 불구하고 심기가 굳기 때문이지."

"이봐요, 종 총상. 우리 천사교는 두 명의 교주를 잃었어도 여전히 건재하다고요. 소녀를 너무 우습게 보시는군요?"

종이건이 차갑게 응수했다.

"뇌 문상은 가급적 입을 다무는 게 좋겠군. 욕정에 눈이 멀어 제 오라비를 해친 주제에 여전히 뻔뻔해.”

“뭐야, 이 늙은 난쟁이가?”

뇌미령은 탁자를 치며 벌떡 일어섰다.

“당신 눈으로 봤어? 내가 오라버니를 해쳤다고 어떻게 장담해?”

그녀가 표독스럽게 외치자 강매염이 그녀의 소매를 잡아끌어 앉혔다.

“언니, 나와 약속하지 않았나요? 이렇게 멋대로 행동하면 동맹을 파기할 겁니다.”

“동생, 나… 나를 너무 나쁜 년으로 매도하는데 어떻게 참아?”

뇌미령은 씩씩거리며 거푸 술잔을 들이켰다.

강매염이 종이건을 향해 나직이 말했다.

“지금은 타 문파의 내부 상황에 대해 거론할 상황이 아니라고 생각됩니다. 소녀의 판단으로 우리의 회동은 구중천 때문입니다. 그렇지 않은가요?”

구중천이란 명호가 거론되자 뇌미령은 바싹 긴장하며 강매염과 종이건을 번갈아 보았다.

종이건은 가볍게 고개를 끄덕였다.

“그래, 시간이 별로 없으니 요점만 얘기하지.”

그는 밤하늘로 시선을 들어 상현달을 올려다보았다.

“구중천의 계략에 의해 사패지존이 모두 죽었네. 또한 십전대표객도 사망했지. 이매전사에 의해 단월천살이 죽은 것까지 감안하면 천하십정 중 여섯 곳의 총수들이 불과 일 년 내에 연쇄적으로 횡사한 셈이야.”

“……”

"노부의 판단에 의하면 신비로운 천부 역시 분란에 휩쓸린 것 같네. 그렇다면 십정 중 남은 셋은 암흑마전과 금환회, 그리고 단협맹뿐이지. 그중 암흑마전과 금환회는 이미 구중천에 의해 장악되었고, 단협맹은 우리와 색깔이 틀리니 서로 뜻을 맞추기는 힘든 일일세."

"총상은 구중천에 대해 얼마나 파악하고 계십니까?"

강매염의 물음에 종이건은 고개를 저었다.

"모르는 부분이 더 많다고 해야겠지. 하지만 저들을 상대할 복안이 있으니 결코 두려워할 일만은 아니다."

"그것이 이번 천병부 침공과 연관이 있습니까?"

"맞아. 파천궁과 천사교는 최강의 고수들을 선발해 지체없이 천병부를 접수하게. 신속한 행동을 요구하는 일이니 많은 숫자는 필요없네."

종이건은 품속에서 지도를 꺼내 탁자 위에 펼쳐 놓았다.

"파천궁에서는 백 명의 고수를 선발해 이쪽 길로 진입하게. 천사교는 오십 명 정도만 파견해 동쪽 길을 택하게."

뇌미령이 핏대를 세우며 반론을 제기했다.

"파천궁이 백 명인데 왜 우리 천사교는 오십 명입니까? 본 교 내에는 사도의 고수들이 구름같이 많다고요."

"쓰레기들은 필요없어."

"뭐, 뭐야?"

뇌미령이 또 한 번 발작을 하려 하자 강매염이 매섭게 질책했다.

"그만둬요. 종 총상의 계책에 동조하지 않겠다면 당장 돌아가세요!"

"동생까지 이러기야?"

뇌미령이 입술을 깨물며 씨근거렸지만 종이건은 개의치 않고 말을 계속했다.

"이매전사에게 연통이 되면 표풍회 최강 표객들을 오십 명 정도만 이끌고 합류토록 얘기하게."

"단지 이백 명만으로 천병부를 공략할 수 있을까요?"

"노부는 지부 방어를 지시해 총단 내에 백 명만 남길 것이네. 나머지 천병전사들은 각 지부로 파견되겠지. 삼 개 파의 합공을 받게 되면 노부는 백 명의 전사들을 이끌고 즉시 사천성 경계지로 퇴각하겠네. 자네들은 이매전사와 함께 지체없이 추격을 감행해 사천성 경계지로 오게."

뇌미령이 이해가 가지 않는 듯 투덜거렸다.

"쳇, 싸울 요량이면 천병부에서 대판 벌일 것이지 왜 사천까지 달아나겠다는 거예요?"

반면에 강매염은 종이건의 책략을 간파한 듯 빙그레 미소를 지었다.

"기막힌 만천과해(滿天過海) 계책입니다. 사천에서 합류한 삼백 고수들을 이끌고 구중천의 거점인 백독문을 기습하겠다는 거로군요?"

뒤늦게 깨달은 뇌미령은 커다란 눈망울을 깜빡이며 어색한 웃음을 흘렸다.

"호호, 그런 거였군?"

그녀도 조금은 두뇌 회전이 빠른 여인이었다. 여태까지 멍청이가 된 것을 변명하는 듯 한마디 던졌다.

"사실 소녀도 이미 눈치채고 있었어요."

종이건은 술을 한잔 들이키고는 냉담하게 말을 이었다.

"사천성에서 합류할 때까지는 실전처럼 행동해야 하네. 아마 구중천주라면 우리의 의도를 이내 간파할 거야. 우리의 목적은 저들의 경계심을 최대한 늦추면서 백독문까지 접근하는 데 있으니 이 점 각별히

유념하게."

그는 뇌미령을 매섭게 쏘아보았다.

"뇌 문상은 특히 그 입을 조심하고."

뇌미령은 고개를 홱 돌리며 냉소로 응수했다.

"흥, 날 철없는 어린애 취급 말아요!"

종이건은 할 말을 마친 듯 몸을 일으켰다.

"노부 먼저 떠날 테니 잠시 후 나서게."

강매염이 따라 일어서며 다소 우려의 표정으로 물었다.

"종 총상, 두 가지 확인하고 싶은 것이 있습니다."

"뭔가?"

"삼백의 정예고수만으로 구중천을 격파할 수 있는 겁니까?"

종이건은 귀밑머리를 천천히 내리쓸었다.

"구중천의 주력은 암흑마전과 과거 척천혈맹의 잔당들일세. 거기에 절사곡에서 이끌어낸 사대마단의 잔당들이 전부라 할 수 있지. 그들의 수효는 많지 않지만 하나같이 무서운 고수들일세. 그런 절정급 고수들과의 대결에서 많은 숫자는 쓸데없는 혼란만 가중시킬 뿐일세. 누가 이길지는 장담할 수 없어."

"다행히 승리할 경우에도 동맹은 유지되는 것입니까?"

"물론 아닐세."

종이건은 당연하다는 듯 응수했다.

"우리의 동맹은 구중천을 격파하는 것으로 끝난다. 연후 어떻게 처신할지는 각자 판단할 일이지."

뇌미령이 눈을 가늘게 뜨며 직시했다.

"그러니까 목적을 달성하면 곧바로 우리의 등에 칼을 꽂겠다 이건가요?"

"그건 두 사람도 마찬가지 아닌가?"

종이건의 직설적인 반문에 강매염과 뇌미령은 선뜻 답변을 하지 못했다.

그들 삼패의 대립과 반목은 삼십 년을 유지해 왔다. 서로를 제압해 패업을 달성하는 것이 목표이니 사실 이렇게 술잔을 마주하는 것도 극히 이례적인 일이었다.

강매염이 공손하게 포권을 취해 보였다.

"솔직하신 답변에 감사드립니다."

종이건은 천천히 몸을 돌렸다.

"노부야 이매전사와 별 연관이 없어 훗날 자연스럽게 동맹을 깰 수 있지만 자네 둘이 과연 언제까지 언니, 동생으로 지낼지 의문이군."

휘장을 연 그는 강매염과 뇌미령이 몰고 온 조각배를 타고 미끄러져 갔다.

놀잇배 안에 둘만 남게 되자 뇌미령은 다소 경계하는 눈빛으로 강매염을 응시했다.

"동생, 과연 저 늙은이 말을 믿어도 될까?"

"표풍회와 우리 삼패의 연합은 필연입니다. 그렇지 않으면 사악한 구중천의 계략에 하나씩 먹히게 될 테니까요."

"그건 알겠는데 말이야… 구중천을 격파한 후 동생도 내 등에 칼을 꽂겠다는 거야?"

"……."

강매염이 선뜻 답변을 하지 않자 뇌미령이 묘한 미소를 머금었다.

"나야 교주를 모시는 몸이니 교주의 뜻에 따르겠지만 매염 동생은

그토록 연모하는 용 교주와 과연 맞설 수 있을까?'

강매염은 술잔을 들어 입으로 가져갔다.

"그 문제는 나중에 생각합시다."

"동생, 깊이 생각할 것 없어. 계집이란 그저 사내만 잘 만나면 돼. 일단 우리 둘이 힘을 합쳐 저 교활한 종이건부터 죽여 버리자고."

뇌미령은 악마의 속삭임처럼 달콤하게 제안했다.

"구중천을 격파하고 천병부만 와해시키면 패업은 순식간에 달성돼. 동생도 공연히 교주를 상대로 싸울 필요 없어. 승부는 우리 둘이 벌이는 거야. 지는 사람이 깨끗하게 포기하는 거지."

"언니는 지략과 무공에서 내 상대가 못돼요."

"아니, 내 말은 누가 먼저 교주의 사랑을 받느냐에 달려 있지. 어때, 정말 여자다운 승부 아니겠어?"

뇌미령이 한껏 색기를 뿜어내자 강매염은 잠시 생각하다 고개를 끄덕였다.

"좋아요. 과연 언니다운 발상이군요."

"호호, 그럼 밀약은 성사된 셈이군. 나 먼저 갈게."

뇌미령은 훌쩍 몸을 솟구쳐 휘장 밖으로 날아갔다.

그녀는 가장 가까이 있는 놀잇배에 내려서고는 시를 읊조리는 문인들을 대번에 물속에 처박았다.

"니들 재수 좋은 줄 알아. 예전 같았으며 모두 죽였을 거야."

그녀는 수면으로 장풍을 날려 탈취한 배를 타고 순식간에 미끄러져 갔다.

놀잇배에 혼자 남게 된 강매염은 경멸에 찬 조소를 머금었다.

"어리석은 것. 용 공자에게는 이미 두 명의 여인이 있어. 한 명은 마음속 연인이고 한 명은 현실 속 연인이지. 네가 아무리 유혹을 해도 그분의 사랑을 얻을 수 없어."

문득 그녀는 가슴이 저리듯 아파왔다.

천하의 요녀인 뇌미령이 용오랑을 유혹할 수 없는 것과 같이 그녀도 그의 마음속에 파고들 자리가 없음을 깨달았기 때문이다.

그녀가 파천궁을 통째로 바쳐도 결과는 마찬가지일 것이다. 용오랑은 복수를 위해 구중천과 맞서는 것이지 강호 정의 구현이나 개인적 야망을 위해서가 아니기 때문이다.

그녀는 쓸쓸한 시선을 들어 밤하늘을 응시했다.

어두운 구름이 달을 윤간하듯 두텁게 휘감고 있었다. 용오랑과의 격렬한 정사가 상기되며 그녀의 피가 갑작스레 끓어오른다.

'나도 어쩔 수 없는 여인인가? 하지만… 파천궁을 포기할 수는 없어. 아버님의 평생 기반을 저버린다는 것은 죄악이야!'

그녀는 이마를 짚은 채 깊은 고뇌에 빠져들었다.

그녀는 야망의 화신인 강천후의 딸이었다. 사사로운 정(情)보다 패업에 대한 욕망이 더욱 강했다. 하지만 처음으로 그녀의 가슴속 깊이 새겨진 용오랑에 대한 연정은 너무도 강렬했다.

사랑과 야망!

그것은 사내들만의 전유물은 아니었던 것이다.

◀제56장▶
밝혀진 구중천주의 정체

1

콰르르릉……!

높은 벼랑에서 쏟아지는 폭포수가 소로 떨어지며 희뿌연 포말을 자아낸다. 얼마나 깊은지 시퍼런 물결이 소의 외곽을 타고 흐르며 터진 봇물처럼 하류로 흘러간다.

소 옆의 평석에 한 사람이 죽은 듯 누워 있었다. 눈도 깜빡이지 않아 언뜻 죽은 것처럼 보일 정도였다.

그의 손 옆에는 거무튀튀한 삽이 한 자루 놓여져 있었다. 청년으로는 희한하게 백발이지만 덥수룩한 수염은 희지 않았다.

청년은 바로 용오랑이었다.

그가 평석에 누운 채 꼼짝도 하지 않은 지가 벌써 사흘째다. 북궁운려의 입을 통해 흘러나온 너무도 엄청난 비밀에 그는 세상이 뒤집히는 충격에 빠지고 말았다.

차디찬 폭포수가 그를 식혀주지 않았다면 그는 격분과 좌절 속에 심장이 터져 버렸을 것이다.

세 번의 낮이 왔지만 그는 밝음을 느낄 수 없었고 세 번의 밤이 지나갔지만 그는 어둠을 감지할 수 없었다. 망아지경에 빠진 그는 시간과 공간의 개념마저 잊었다.

그는 지나온 모든 세월을 하나씩 되새기는 중이었다. 자신이 왜 이렇듯 처절한 고통을 겪어야 하는지 과거의 기억 속으로 배를 저어 올라갔다.

그의 운명이 뒤바뀐 것은 천부의 비화인 화옥미를 만난 후부터다. 아니, 조금 더 깊이 헤아리면 모친이 그를 잉태했을 때부터라 해야 옳다.

구중천주 북궁비와 야합을 한 자문교의 배반으로 인해 천부가 분란에 휩싸이고 그로 인해 모친이 죽음에 이르게 되었기 때문이다.

그의 부친이 손 대부인과 만나게 된 것도 운명적 인연이었다.

손 대부인은 구중천주의 야욕에 의해 희생된 기구한 여인이다. 이 넓은 천지에서 천부와 구중천에 연관된 두 사람이 함께 살아왔으니 참으로 모를 일이 세상사였다.

그리고 그는 너무도 어처구니없게 천궁지시의 음모에 걸려들어 희생물이 되었다. 다행히 그는 죽지 않고 금환회의 비밀 광산인 지중뇌로 떨어졌다.

거기까지는 그도 수긍할 수 있었다. 한데 함께 탈출을 꾀했던 추란이 왜 구중천주의 딸이었느냐는 점이었다.

결국 그가 금마뇌옥에서 등에 천강비가 꽂히는 처절한 배신과 참담한 고통을 겪어야 하는 것은 이대에 걸친 끈질긴 악연의 연속이었다.

그가 금마뇌옥을 탈출한 후 황혜령을 만난 일은 그 일생의 가장 행복한 인연이었다. 화옥미는 환상 속 연인이었지만 황혜령은 자신의 몸을 던지면서까지 그를 사랑했던 현실의 여인이 아닌가.

천부의 비화인 은비를 만난 덕분에 요지선부로 들어가 그는 자신의 신세내력을 확실히 알게 되었다. 그는 당당한 천부의 후예로서 자신의 복수가 결코 개인적인 복수가 아닌 운명적 사명임을 깨닫게 되었다.

천부의 분란은 이제 매듭지었다.

자문교에게 두 번씩이나 치명적 부상을 입혔고 은하성전을 격파했으니 나름대로 원한은 해소한 셈이다. 천부를 위한, 그리고 모친을 위한 복수는 어느 정도 이룬 셈이다.

만일 그가 악녀 추란을 죽였다면 모든 것을 포기할 만큼 만족했을 것이다. 하지만 그녀는 자신의 아이를 낳은 여인이다. 그녀가 천하의 악녀라 할지라도 아들의 생모를 죽일 수는 없는 일이었다.

너무도 고통스러웠지만 이제 추란, 아니, 북궁운려에 대한 복수는 포기할 수밖에 없었다.

그러나 그의 처절한 비극은 아직도 끝나지 않았다.

마음속 여인 화옥미와의 인연을 추억 속에 묻고 선택한 황혜령을 잃고 만 것이다.

더군다나 그녀가 철천지원수인 구중천주의 며느리로 선택되었다는 말에 그는 삼혼칠백이 뒤틀리고 말았다. 만일 그의 정신력이 조금만 약했다면 탕마산으로 자신의 머리를 후려쳤을 것이다.

돌이켜 보면 너무도 참담하고 너무도 처절한 삶이었다.

그동안 그가 구중천을 상대로 펼쳐 왔던 보복은 그저 개미의 몸부림에 불과했다. 어둠 속에 앉은 채 세상을 굽어보며 숱한 간계와 악업을 짜 맞추는 구중천주는 그야말로 악마였다.

그는 인간의 힘으로는 도저히 대항할 수 없는 악신(惡神)이었던 것이다.

용오랑의 눈까풀이 아주 오랜만에 깜빡였다. 기나긴 과거로의 회상 속에서 현실로 돌아온 것이다.

그는 천천히 몸을 일으켜 앉았다.

한바탕 홍역을 앓고 난 사람처럼 무기력했지만 정신은 의외로 맑았다. 극한에 이른 정신적 충격과 심적 고통은 그에게 새로운 정신력을 가져다주었다. 수백 번의 담금질 끝에 완성된 보검의 날처럼 그의 정신은 인간 한계를 넘어섰다.

슬픔과 기쁨, 좌절과 분노, 원한과 집착, 미련과 욕망……

그 모든 감정의 시련을 겪어낸 그의 두 눈에 광채가 감돌았다. 동공은 또렷했고 심연처럼 깊어졌다. 마치 백 년 수련 속에 득도한 고승의 눈빛이었다.

"잃은 것은 없다. 잠시 내게서 멀어졌을 뿐이지."

그는 탕마산을 손에 쥐었다. 탕마산에서 흘러나오는 희미한 범패 소리가 그의 마음을 편안하게 가라앉혀 주었다.

"좌절은 없다. 잠시 흔들렸을 뿐이니까."

탕마산을 쓰다듬은 그는 천천히 고개를 들어 하늘을 올려다보았다. 어슴푸레한 하늘 동쪽으로 여명의 빛이 급속도로 확산되고 있었다.

이 순간 그는 모호했던 수많은 사건들을 꿰뚫어 보는 천리안(千里眼)을 지니게 되었다.

귀로는 계속 북궁운려의 말이 들려온다.

그녀가 비밀스런 얘기를 하나씩 말해 줄 때마다 희뿌연 안개가 걷히며 사건의 윤곽이 명확하게 드러난다. 휘장이 걷혀지듯 무수한 의혹들이 하나씩 벗겨지며 실체를 드러내기 시작한다.

마침내 자신이 전혀 예상치 못한 절대적 위선을 간파한 용오랑은 절로 탄식을 지었다.

"아, 그랬었단 말인가?"

그는 어느새 환하게 밝아오는 태양을 직시하며 나직이 뇌까렸다.

"그래, 이제부터 반격이다."

순간 그의 신형이 한줄기 연기로 화해 사라졌다. 천마귀전행공의 비행술이 두 배는 빨라졌다. 그의 상승된 정신력과 함께 무공 역시 무극지경에 이른 것이다.

2

표풍회 총단은 여느 때와 다름없이 의뢰된 사건을 해결하기 위한 표객들의 움직임으로 활기를 띠고 있었다.

표풍회는 무림계에 속해 있지만 패권 다툼과는 무관한 단체라 사패지존들의 연쇄적인 죽음에도 커다란 동요를 보이지 않았다. 그저 맡은 바 사건에만 주력할 뿐이었다.

이 시각 표풍회의 유일한 금역인 만서각에서 중대한 회의가 벌어지고 있었지만 대다수 표객들은 전혀 눈치채지 못하고 있었다. 용오랑은 표풍회주가 된 이후 항상 당당한 모습으로 들어섰었다. 하기에 표객들로서는 회주가 소리없이 귀환했다고는 전혀 생각지 못했다.

만서각 회의에는 다섯 명이 참석해 있었다.

용오랑과 뒤에 시립해 있는 진소교, 그리고 사대 밀사표객 중 셋이었다. 정체가 발각돼 자결한 현무표객 철담신룡의 후임은 아직 내정되지 않은 상태였다.

용오랑은 강매염과 뇌미령이 보내온 전서통문을 꼼꼼하게 살피고는 청룡표객에게 건넸다.

"파천궁은 출동이 결정되었고, 천사교 역시 출동을 허락해 달라는 서찰을 보내왔소. 세 분의 의견을 듣고 싶소."

청룡표객은 서찰을 검토하고는 백호표객에게 넘겼다.

"결정은 회주께서 하시면 되는 것이오. 노신들은 회주의 뜻에 따르겠소."

용오랑이 백호표객에게로 시선을 돌리자 백호표객은 흰 수염을 움켜쥐며 신중한 표정으로 의견을 제시했다.

"표풍회는 강호의 패권 다툼에는 개입하지 않았소. 하기에 표풍회의 지부와 분타가 천하 도처에 자리를 잡을 수 있었던 것이오. 노신의 생각에는 굳이 천병부에 대한 협공에 본 회가 가세할 필요는 없을 것 같소."

비교적 과격한 성격의 청룡표객이 눈을 부릅떴다.

"백호, 회주께서는 본 회의 총수일 뿐 아니라 천사교의 교주이시기도 하네. 또한 파천궁과는 동맹을 맺은 사이일세. 두 파가 본 회의 지원을 요청하는 것은 당연하며 본 회는 회주의 입장을 생각해서라도 당연히 출병을 해야 할 것이야."

주작표객이 서찰을 내리며 말을 받았다.

"회주께서 명하신다면 언제라도 출동할 수 있소이다. 하지만 상중(喪中)에 있는 방파를 공격한다는 것은 도리에도 어긋나며 명분이 뚜렷하지 않소이다. 더군다나 최강 표객 오십 명이 출병하게 되면 총단의 방비가 너무 허약해집니다."

용오랑은 가볍게 고개를 끄덕였다.

"주작표객의 지적대로 외견상 명분이 없는 출병이오. 또한 총단이 허약해지는 것도 사실이오. 하지만 이 출병의 이면에는 아주 중대한 비밀이 숨겨져 있소."

"……?"

세 명의 밀사표객은 의아한 표정으로 용오랑의 다음 말을 기다렸다.

용오랑은 삼매진화를 일으켜 서찰을 재로 만들었다. 그는 음성을 낮추었다.

"파천궁과 천사교가 천병부를 공격한다는 것은 위장이오. 사실은 본회와 삼패가 협력해 하나의 비밀스런 단체와 상대하려는 전략이오. 어둠의 단체는 바로 구중천이오. 이제야 밝히지만 그들의 계략에 의해 십전대표객과 두 밀사표객이 절사곡에서 운명하게 되었소."

용오랑은 구중천의 무서운 음모를 소상히 말해 주었다.

세 밀사표객은 한동안 말을 잇지 못했다. 그들은 황혜령을 통해 구중천이란 존재를 알게 되었지만 그들이 펼쳐 놓은 엄청난 음모를 이렇듯 접해보기는 처음이었던 것이다.

청룡표객의 얼굴 근육이 푸들푸들 떨렸다.

"으음, 세상에 이렇듯 흉악한 놈들이 있단 말인가?"

그는 주먹을 불끈 쥐며 탁자를 내려쳤다.

"십전대표객과 두 밀사표객의 원한을 갚는 길이라면 무엇을 주저하겠소? 표풍회 일천 표객들 모두가 기꺼이 나설 것이오."

백호표객과 주작표객도 격분을 씹어 삼키며 동조했다.

"그렇소이다, 회주. 금사표객들뿐만 아니라 전 표객을 동원해야 마땅하오."

"당장 모든 표객들의 활동을 중지시키고 출병을 명하시오, 회주."

용오랑이 차분하게 말을 받았다.

"다수가 동원될수록 시일이 지체되오. 이번의 결전은 신속함이 요구되며 굳이 많은 고수들이 필요치 않소. 이번 전략이 천왜무현의 두뇌에서 나온 것인만큼 그는 사 개 파의 고수 삼백여 명이면 충분하다 생각한 것 같소. 이번에 동원되는 금사표객들에게는 천병부 공략을 위한 지원군으로 나서는 것으로만 설명하시오. 천병부 총단에 삼 개 파가 모두 모이면 사건의 전모를 밝히겠소."

"명을 받겠소, 회주."

세 밀사표객은 예를 취하고는 만서각을 나갔다.

뒤에 시립해 있던 진소교가 용오랑의 잔에 차를 따라주며 넌지시 물었다.

"종이건은 강호의 늙은 여우입니다. 크게 믿을 자가 못됩니다."

"지금으로서는 구중천주의 사악한 두뇌와 맞설 유일한 사람이야. 일단은 그의 전략을 믿는 수밖에 없어."

"말씀은 그리하셔도 주공 역시 그를 신뢰하지 않는 것 같습니다."

"그렇게 보여?"

용오랑이 희미한 미소를 짓자 진소교가 자리에 앉았다. 그를 바라보는 그녀의 눈빛이 경이로움에 젖어 있었다.

"주공의 신위가 예전 같지 않습니다. 어떤 기연이라 입으셨나요?"

"기연?"

"용모에서 풍겨지는 귀기스런 분위기가 완전히 사라졌습니다. 게다가 문득문득 주공의 존재를 느끼지 못할 때도 있습니다. 어떻게 된 연유인지 몰라도 예전보다 훨씬 높은 단계에 이르신 듯합니다."

"기연 따위는 없었어. 악연이라면 모를까."

용오랑은 차를 한 모금 마시고는 시리도록 맑은 눈으로 진소교를 바라보았다.

"이번이 마지막 싸움이 될 것 같아. 이번 결전이 끝나면 소교는 자유야. 물론 결전에서 살아남아야겠지만."

"너무 비장한 말씀은 마십시오. 소첩은 절대적으로 주공을 믿습니다."

용오랑은 의아한 표정을 지었다.

"자유로운 몸이 된다는 데에도 별로 좋아하지 않는 것 같군."

"지금도 자유롭습니다."

"내 하녀인데도?"

진소교는 다정한 미소를 지었다.

"하녀이면 어떻습니까? 주공께서는 당대 최고의 영웅이 아니십니까? 영웅을 모시는 하녀라면 누구에게도 부끄럽지 않습니다."

"소교……?"

용오랑이 눈을 커다랗게 뜨자 진소교는 온화한 미소를 지었다.

"우리의 약조는 결전이 끝난 후에 다시 논의하십시다. 지금은 구중천주라는 악마를 어떻게 죽일지 고민해야 하니까요."

용오랑은 손을 뻗어 그녀의 손을 굳게 쥐었다.

"고마워. 소교가 아니었다면 난 많은 것을 이루지 못했을 거야. 말은 하지 않았지만 항상 미안하게 생각하고 있었어."

"주공은 소첩의 주인이십니다. 상전으로서 그런 말씀은 하시면 안 됩니다."

"하하, 그런가?"

용오랑은 담담한 웃음을 지으며 몸을 일으켰다.

"출병 준비가 갖춰지는 대로 천병부로 출동해."

진소교가 따라 몸을 일으켜 세웠다.

"주공께서는 먼저 가시렵니까?"

"아니야. 잠시 들를 곳이 있어."

"또 이별입니까?"

진소교가 아쉬운 표정을 짓자 용오랑은 그녀의 어깨를 다독여 주었다.

"이번에는 오래 걸리지 않을 거야."

3

산촌의 화전민 마을이 천하의 악을 징계하는 단협맹의 총단이라는 사실을 아는 사람은 많지 않다.

단협맹의 의인들 대다수는 이름조차 감춘 채 비밀스럽게 협행을 수행해야 한다. 하기에 의로운 최후를 당해도 묘비 하나 갖지 못하는 쓸쓸한 삶을 살아야 한다.

그러나 이러한 단협맹의 의인들이 있었기에 힘없는 양민들이 도적의 위협에서 벗어날 수 있었고, 억울하게 죽어간 사람들이 그 한을 해소할 수 있었던 것이다. 이들이야말로 어둠 속의 등불이며 절망을 가를 희망이었다.

화전민 마을로 내려선 용오랑은 썰렁한 분위기에 가슴이 철렁 내려앉았다.

"이게 어찌 된 일이지?"

그는 빠르게 주변을 둘러보다 멀리서 다가서는 인물을 알아보고는 겨우 안도의 한숨을 내쉬었다. 다가서는 검은 경장 차림의 청년은 바로 탈명추혼 사도명이었다.

"용 회주께서 어쩐 일이시오?"

사도명은 먼저 포권의 예를 취하며 반가운 표정을 지었다.

"반갑소, 사도 형. 단협맹 제자들이 보이지 않아 무척 걱정했소."

"모든 제자들은 군사의 명을 받고 출타했소. 소생도 사천성으로 가려던 길이었소."

"사천성?"

"지금 파천궁을 비롯한 천사교와 표풍회의 고수들이 천병부 공략에 나서고 있지 않소? 군사께서는 천하대결전이 벌어질 것을 예감해서 단협맹 제자들에게 총출동을 명하셨소."

용오랑이 의아한 표정으로 물었다.

"그건 사실이지만 어째서 목적지가 사천성이오? 천병부로 향해야 하는 것이 아니오?"

사도명은 용오랑과 나란히 걸음을 옮기며 대답했다.

"군사께서는 천병부를 향한 삼파의 공격은 구중천의 경계심을 늦추기 위한 위장 전술이라 하셨소. 삼파는 천병부에서 규합한 후 곧바로 천병전사들이 달아난 사천성 경계지로 향할 것이며 비로소 사대세력이 연합해 구중천과 정면 대결을 벌일 것이라 예상하셨소. 본 맹 제자들은 상황을 지켜보면서 은밀하게 사대세력을 도와 구중천을 괴멸시키는 데 일조하라고 명하셨소."

용오랑은 현천대선생 정무량의 뛰어난 안목에 감복하고 말았다.

앉아서 천 리를 본다는 말 외에는 달리 표현할 길이 없었다. 정무량은 산골 깊은 곳에 앉아서 종이건의 전략을 환하게 꿰뚫어 보고 있었다.

외견상 천병부 침공을 내세워 삼파의 정예고수들을 규합한 천병전사들과도 연합해 구중천을 공략한다. 이런 종이건의 깊은 계책을 앞서 헤아렸던 것이다.

용오랑은 사도명의 손을 쥐었다.

"과연 군사께서는 신인이시오. 사실 나도 그 문제로 단협맹의 도움을 요청하러 왔는데 공연한 걸음을 한 것 같소."

"잘 오셨소. 군사께서는 용 회주가 찾아올 것도 예상하셨소."

"하하, 그러시겠지요."

용오랑이 밝게 웃는 모습을 본 사도명이 탄성을 발했다.

"아, 용 회주께서 새로운 심득을 얻으셨나 보구려. 예전의 귀안도 씻은 듯 사라졌소. 게다가 마치 쌍성 어르신을 뵌 듯이 절로 숙연한 마음에 젖게 합니다."

"과찬이시오."

사도명은 우측 계곡을 가리켰다.

"군사께서는 은성동(隱聖洞)에서 쌍성과 숙의 중에 계시오. 어서 가 보시오."

"알겠소. 그럼 사천에서 만납시다."

사도명은 가볍게 손을 모아 쥐었다.

"노파심에서 드리는 말이지만 그곳에서 용 회주를 만난다 해도 아는 체를 할 수 없으니 양해해 주시오."

"걱정 마시오."

정기 어린 눈빛을 교환한 사도명은 가볍게 몸을 날려 능선 아래로 사라졌다.

용오랑은 순식간에 검은 점으로 화해 사라지는 그를 바라보며 피식 실소를 지었다. 잠시 탈명추혼이란 별호로 행세하면서 사기를 쳤던 일이 생각난 것이다.

"사도 형, 당신만 보면 부끄럽소."

은성동은 화전민 촌락이 끝나는 계곡 안쪽에 위치해 있었다. 한데 계곡은 몇 걸음을 들어서면서 깎아지른 벼랑에 막혀 더는 갈 수가 없었다.

계곡의 지형상 이럴 수는 없다 싶어 주변을 둘러본 용오랑은 그 연유를 알 수 있었다. 계곡의 지형이 뒤바뀐 이유는 진법에 의한 허상(虛想) 때문이었다.

그는 여전히 기문둔갑에 대해 문외한이었지만 출도 이래 여러 번 진법을 경험했기에 본능적으로 그것을 감지할 수 있었다.

물론 과거의 그였다면 쉽게 간파할 수 없었겠지만 처절한 정신적 시련을 겪은 이후 그의 안목은 놀랍도록 높아졌다. 어지간한 진법은 느낌만으로 파훼할 수 있는 경지에 이른 것이다.

용오랑은 걸음을 멈춘 채 더는 움직이지 않았다. 공연히 소란을 피울 필요가 없기 때문이었다.

잠시 후 벼랑 뒤에서 낭랑한 웃음이 흘러나왔다.

"하하, 용 회주가 아닌가? 어서 들어오게나."

정무량의 음성이었다. 용오랑은 정무량이 일러주는 방위를 밟고 움직이자 이내 진법을 통과할 수 있었다.

삼면이 병풍 같은 벼랑으로 둘러진 계곡 안은 태고의 정취가 느껴지는 원시림으로 덮여 있었다.

벼랑을 타고 흘러내리는 물이 작은 내를 이루며 원시림 사이를 지나고 있었다. 사람의 손길이 타지 않은 바위는 두터운 이끼에 둘러싸여 기묘한 형상을 이루고 있었다.

손에 죽장을 쥔 정무량이 냇가에 서서 그를 맞이했다. 지난번 암흑마전의 기습에 의한 부상에서 완전히 회복한 듯 안색은 무척 밝아 보였다.

"어서 오게나."

용오랑은 가까이 다가서며 정중히 예를 취했다.

"군사의 안색을 보니 부상이 말끔히 치유된 듯싶소."

"모두 두 분 맹주 덕분이지."

"오는 길에 사도 영주를 만나 얘기를 들었소. 단협맹에서 이번 결전에 동참해 준다니 정말 다행이오. 기필코 구중천을 괴멸시키겠소."

정무량은 죽장을 짚으며 천천히 걸음을 옮겼다.

"쉽지는 않을 것이네. 천왜무현의 전략을 내가 간파했다면 구중천주라는 자도 예측하고 있을 테니까."

"그래도 일단은 지켜볼 수밖에 없을 것이오. 삼 개 파의 정예들이 사천성 경계지에서 천병부와 합류한 후 비로소 확신을 하게 될 테니까."

정무량은 가볍게 고개를 끄덕였다.

"하기는 아주 교묘한 계책이지. 삼파의 정예들이 천병부를 점거한 뒤 곧바로 추격을 빌미 삼아 사천성 경계지까지 쳐들어간다. 연후 천병부와 연합해 구중천의 기반인 백독문을 기습한다. 확실히 천왜무현다운 전술일세."

"문제는 구중천이 대결을 회피할 경우 곤란해질 수 있소. 사대세력은 서로 색깔이 다르기에 연합이 오래가지 못할 것이오."

"그렇지는 않을 것이네. 저들이 수천의 무사들을 대동한 대규모 침공을 감행하지 않은 이상 구중천도 군이 회피할 이유가 없겠지. 오히려 환영할 것이네. 이번 기회에 표풍회와 삼패의 수뇌급들을 몰살시킬 수 있다면 손쉽게 패업을 완성시킬 수 있을 테니까."

용오랑은 시리도록 밝은 눈빛을 반짝였다.

"하지만 여태까지 해왔듯 구중천이 정당한 대결을 벌이지는 않을 것이오."

"당연하지 않겠나? 과연 천왜무현이 어떻게 저들과 대적할 수 있을지 조금은 우려가 되네."

정무량은 고개를 저으며 나직이 한숨을 내쉬었다.

두 사람은 완만한 원시림 사이를 지나갔다.

원시림은 벼랑까지 이어져 있는데 벼랑 아래로 작은 동굴이 아가리를 쩍 벌리고 있었다. 동굴 입구에는 기다란 넝쿨이 주렴처럼 늘어져 있어 여간해서는 발견하기 어려울 정도였다.

"이곳이 은성동입니까?"

용오랑이 동굴 앞에 서자 정무량은 가슴을 두드리며 기침을 토해냈다.

"쿨럭, 두 분 맹주께서 심력을 모아 한 가지 절기를 연성 중에 계시네. 아마도 두 분의 최후 절학이 되겠지."

용오랑은 쌍성의 절학을 하사받은 덕분에 백팔천강지살대진을 무난히 격파할 수 있었던 기억을 되새겼다. 또한 자문교를 속여 대반격을 펼칠 수 있었던 것도 쌍성의 절학을 수련했기에 가능한 일이었다.

"쌍성께서는 당대 최강의 고수이시니 천고에 남을 절학을 창안하실 것이오."

그는 힘있게 고개를 끄덕이고는 정무량을 향해 돌아섰다.

"사실 급히 단협맹을 찾아온 이유는 쌍성의 안위 때문이오."

"두 분 맹주 때문이라고?"

"소생은 구중천주의 딸을 만나 많은 비밀을 듣게 되었소. 그 악녀는 파천궁주와 천병부주의 죽음을 언급하면서 쌍성께서도 무사하지 못할 거라 하셨소."

"하하, 그런 터무니없는 말을. 누가 감히 두 분 맹주를 해칠 수 있단 말인가?"

정무량이 어처구니없다는 듯 웃음을 짓자 용오랑이 심각하게 말을 받았다.

"당대 제일의 심기를 지녔다는 파천궁주가 함정에 빠질 것이라고 누가 예상이나 했겠소? 또한 천병부주가 심복에 의해 암습을 받을 것이라고 누가 짐작이나 했겠소? 구중천주는 악마적 두뇌를 지닌 자이기에 그 악녀의 말을 결코 무시할 수 없었소."

잠시 생각에 잠기던 정무량이 정색을 지었다.

"물론 세상을 살다 보면 전혀 예상치 못한 일이 생길 수도 있네. 하지만 두 분 맹주를 암습한다는 것은 불가능한 일일세."

"소생도 그리 생각했소."

용오랑은 동굴을 향해 돌아섰다.

"쌍성께서 무사하시다니 정말 다행이오."

그 순간, 그는 등줄기로 파고드는 날카로운 예기에 숨이 턱 막히고 말았다.

퍼억!

정무량의 손에 쥐어진 죽장이 잘게 쪼개지면서 뾰족한 첨도가 모습을 드러냈다. 이미 첨도는 한 자나 깊게 용오랑의 등에 꽂혔다.

"우욱!"

붉은 선혈을 토한 용오랑은 통나무처럼 꼿꼿하게 앞으로 엎어졌다.

정무량이 첨도를 뽑아 들자 용오랑의 등에서 대살 같은 핏줄기가 뿜어져 나왔다.

용오랑은 눈을 부릅뜬 채 턱을 덜덜 떨었다.

"구… 군사?"

정무량은 소매에서 하얀 수건을 꺼내 첨도에 묻은 피를 닦으며 회심의 미소를 지었다.

"운려가 그래도 아비를 배신하지는 않았군. 물론 그 아이도 내가 단협맹의 군사인지는 모른다. 하지만 내가 현천대선생으로 활동하고 있는지는 알고 있으면서도 전혀 언급하지 않은 것 같군. 역시 믿을 사람은 핏줄뿐이지."

용오랑은 동굴을 향해 기어가다가 힘이 다해 몸을 뒤집으려 숨을 헐떡였다.

겨우 바위에 몸을 기댄 그는 정무량을 가리키며 덜덜 떨었다.

"네… 네가 구중천주……?"

정무량은 첨도를 허리춤에 꽂으며 칼날 같은 눈빛을 발했다.

"오냐, 본좌가 바로 구중천주 북궁비(北宮秘)이다."

현천대선생 정무량!

천하삼현으로 손꼽히며 학식과 시문에 있어서는 당대 최고로 추앙받는 박학다식의 현자이다.

그의 내력을 모르는 대다수 사람들은 그를 시성(詩聖) 이태백과 같이 천하를 주유하는 문사로만 알고 있다. 하지만 그는 의인들의 공동체인 단협맹의 군사였었다.

단협맹 제자들은 정무량의 지휘를 받아 천하 도처에서 활약하며 악을 징계하고 정의의 등불을 밝혀왔다. 한데 정무량은 또 다른 신분을 지니고 있었다.

구중천주 북궁비!

이 얼마나 통천경악할 일인가. 악마적 두뇌로 세상의 모든 분란을 꾀해왔던 음모와 술수의 구중천주가 바로 현천대선생이라는 이중적 삶을 살아왔던 것이다.

무공이라고는 일초 반식도 모른다는 그가 반박귀진을 넘어선 절세고수였음을 쌍성조차 몰랐으니 그의 용의주도함은 귀신도 속일 정도였다.

비록 기습이라 해도 당금 천하에서 용오랑을 암습할 수 있는 사람은 극히 드물다. 그러나 그는 섬전 같은 수법으로 용오랑의 명문혈을 꿰뚫었다. 그 수법 하나만으로도 그가 용오랑에 버금갈 절세적 고수임을 보여준 셈이다.

꿈에도 생각지 못한 기습을 당한 용오랑.

그는 멍하니 풀린 눈으로 하늘을 올려다보았다. 울창한 원시림이라 푸른 하늘이 잎사귀 사이로 깨져 보인다.

"어떻게… 어떻게 이럴 수가? 넌 분명 암흑마전에 의해 중상을 입었는데… 그럼 그것도 고육지계였단 말이냐?"

북궁비는 뒷짐을 진 채 천천히 걸음을 옮겼다.

"천하 경영을 위한 대업인데 그 정도 고육계는 아무것도 아니지. 사실 널 죽일 기회는 여러 번 있었다. 하지만 난 두 가지 이유 때문에 널 죽이지 않았다. 네가 금마뇌옥을 탈출하면서 대체 어떤 상황을 겪었는지가 몹시 궁금했다. 운려에 의해 사대천마의 마공절기는 모두 지워졌다고 들었는데 네가 어떻게 죽지 않고 살아나 절세고수가 되었는지 알고 싶었다. 그것이 첫 번째 이유다."

그는 회심의 암습을 성공시켰지만 그다지 기뻐하는 기색은 보이지 않았다. 상대를 감쪽같이 속이고 있었으니 사실 그의 능력으로는 식은 죽 먹기였다.

"난 너의 행보를 파악하고 있었기에 암흑마전을 동원해 나를 부상케 하도록 지시했다. 예상대로 넌 암흑마전의 마인들을 물리치고 날 구했다. 너는 나름대로 구중천에 대해 파헤치려고 노력을 했기에 과연 네가 구중천에 대해 얼마나 많은 것을 파악했는지를 알아볼 생각도 있었지. 이것이 두 번째 이유다."

용오랑은 바위에 머리를 기댄 채 눈을 감고는 묵묵히 그의 얘기를 듣기만 했다.

북궁비는 이끼를 밀어내고는 나뭇등걸에 앉았다. 그는 느긋하게 팔짱을 끼었다.

"결국 너는 내게 모든 것을 털어놓았다. 혼천마뇌가 천마진경을 남겼다는 사실은 실로 의외의 소득이었지. 하지만 네가 자문교와의 대결에서 우위를 점하지 못한 것으로 미루어 그다지 두려워할 절기는 아니라 판단했다. 물론 천마진경의 마공절학이 아무리 뛰어나도 네가 늦은 나이에 독학으로 수련한 상태에서는 그 위력을 제대로 발휘할 수 없었겠지.”

등줄기에 타고 흐른 피로 용오랑의 백삼은 점차 붉게 물들었다. 그의 바싹 마른 입술이 힘겹게 달싹거린다.

“왜 굳이 주세창에게 날… 죽이도록 명했나?”

“그 이유를 설명하기는 조금 번거롭군. 하지만 너와는 깊은 인연이 있으니 모든 것을 말해 주겠다. 넌 인정하고 싶지 않겠지만 난 너의 장인에 해당되니까.”

“닥쳐…….”

용오랑은 이를 악물며 외쳤지만 음성은 너무 미약했다.

그 사실만은 어떻게든 부정하고 싶었다. 북궁운려가 자신의 아이를 낳았지만 그녀를 아내로 인정할 수 없었다. 그녀를 아내로 인정한다면 북궁비의 말대로 그의 사위가 되는 셈이다.

북궁비는 유유히 흐르는 구름을 바라보며 숨김없이 말해 주었다.

“물론 주세창은 너의 적수가 될 수 없었다. 난 주세창을 통해 네가 수련한 쌍성의 절기에 대해 확실히 파악할 생각이었지. 쌍성은 네게 금강기환술과 무섭파천황을 전수했는데 그 두 가지 절기는 사실 내가 가장 두려워하는 무공이었다. 특히 불성의 금강기환술은 소림의 금강부동신공을 바탕으로 창안된 절세무공이지. 내가 그 파훼법을 알지 못하는 한 도불쌍성을 죽일 기회를 가질 수 없기에 그 파훼법을 알아내는 것은 아주 중요한 문제였다.”

용오랑은 전신을 부르르 떨었다. 그의 악마적 계책에 절로 몸서리가 쳐졌다.

“어느 하나도… 허술함이 없었구나.”

“아마 네 성격상 주세창을 쉽게 죽이지는 못할 것이라 생각했다. 그것은 주세창에게 암습의 기회가 있다는 것을 의미하지. 폭뢰화섬창은 숨겨진 병기이기에 암습에 아주 효과적이다. 한데 넌 살아났고 주세창은 패했다. 결국 폭뢰화섬창과 같은 신병으로도 금강기환술을 격파할 수 없다는 것을 난 확신하게 되었지."

북궁비는 용오랑의 눈빛을 통해 그가 무엇을 묻고 싶어하는지 앞서 간파하고는 말을 이었다.

"그렇다. 내가 쌍성에게 절기를 하사토록 청한 이유는 너의 의심을 피하기 위해서였다. 내 신분이 밝혀질 때까지 일말의 의심도 받아서는 안 되니까. 또한 너를 통해 쌍성의 절기를 파훼할 방법을 찾기 위해서이기도 했다. 결국 난 그 방법을 찾아내는 데 성공했고 쌍성마저 죽일 수 있었다."

"허억… 쌍성 어르신마저?"

용오랑은 너무도 주도면밀한 그의 계책에 입술을 악물며 은성동 쪽으로 눈길을 돌렸다.

수긍하고 싶지 않지만 그는 북궁비의 말을 믿지 않을 수 없었다. 쌍성이 건재하다면 북궁비가 어떻게 동부 앞에서 자신에게 암습을 가할 수 있단 말인가. 더군다나 그가 이렇듯 자신만만하게 모든 비밀을 털어놓을 수 있는 것은 계획했던 모든 암습이 성공했기 때문이 분명한 일이었다.

용오랑이 절망적인 모습을 지었지만 북궁비는 그다지 즐거워하지 않았다.

그는 안타까운 표정을 지으며 고개를 흔들었다.

"쌍성은 존경할 만한 무림의 대원로다. 내 손으로 그들을 해친 사실이 몹시 괴롭다. 난 그들이 천수를 다하기를 기다렸지만 생각보다는 너무 오래 살았어."

"이… 이 악마!"

북궁비는 유현한 눈빛으로 그를 직시했다.

"용오랑, 난 네게 마지막 기회를 주었다. 운려의 말에 따라 멀리 요동으로 떠났다면 굳이 죽일 생각은 없었다. 내 딸이 너의 아들까지 낳았으니 넌 나의 사위와도 같기 때문이다. 또한 나의 첫 번째 아내인 손완완과 네 아버지도 요동으로 보내주려 했다. 완완에게는 항상 미안했으니까. 물론 운려에게 다짐을 받고 너의 가족 모두가 편안히 살 수 있는 기회를 베풀 생각까지 했지."

용오랑은 이를 악물었다.

"거짓말 마라, 이 사악한 짐승!"

"왜 나를 나쁘게만 생각하는 것이냐? 나는 천하의 혼란을 안정시키려 했을 뿐이다. 지배하고자 하는 욕심은 없다. 물론 대규모 싸움을 피하려다 보니 어쩔 수 없이 각파의 수뇌급들을 암살할 수밖에 없었다. 하지만 그들 몇 명을 죽여 수천 명의 목숨을 구했으니 그들의 희생은 값지다 할 수 있지."

북궁비는 걸음을 옮기며 천천히 고개를 흔들었다.

"한데 넌 마지막 기회를 저버리고 감히 날 속이려 했다. 가짜를 내세워 네가 요동으로 떠났다는 거짓된 소문을 퍼뜨렸다. 그 바람에 문교가 치명적인 타격을 입게 되었다. 물론 문교는 언젠가 날 배신할 여자이기에 제거할 계획이었는데 네가 오히려 내 수고를 덜어준 셈이지. 문교는 스스로 목숨을 끊었다."

"악독한 놈, 그래도 네 아내가 아니었더냐?"

"내 아내는 손완완이다. 자문교는 그저 이용 가치가 있는 계집에 불과했을 뿐이지."

북궁비는 나뭇등걸에 편안히 걸터앉았다.

"이제 나의 이십 년 대계가 완성될 수 있게 되었다. 이번 기회에 표
풍회와 파천궁, 천사교, 천병부의 정예고수들. 그리고 단협맹의 어쭙잖
은 의협들을 모두 제거할 수 있게 되었으니 향후 백 년 내에 구중천을
위협할 세력은 없다."

용오랑은 절망적인 모습으로 눈을 감았다. 그는 길게 한숨을 내쉬고
는 천천히 눈을 떴다.

"혜령은… 어쩔 셈이냐?"

"그 아이는 아주 영특하다. 또한 세상을 그려낼 수 있는 독특한 능
력을 지녔지. 사실 철문의 능력으로는 구중천을 계승하기에 부족함이
너무 많아. 하지만 내 혈통을 이은 철문과 황혜령의 재능을 지닌 아이
가 태어난다면 구중천을 관장하기에 부족함이 없을 것이다."

용오랑이 너무도 원통한 마음에 피눈물을 흘리자 북궁비가 나직이
혀를 찼다.

"네 심정은 이해한다. 하지만 네 주제를 알고 내게 도전하지 않았어
야 했어."

"혜령은 절대 네놈들에게… 협력하지 않을 것이다."

북궁비는 빙긋 미소를 지었다.

"이런, 한 가지를 얘기해 주지 않았군. 황혜령은 널 진심으로 사랑하
기에 결코 내 명을 거스르지 않을 것이다. 네가 죽었다는 사실은 오직
나밖에 모른다. 네 목숨을 내건다면 얼마든지 굴복시킬 수 있지. 황혜
령은 내가 널 죽이지 않는다는 조건을 받아들여 기꺼이 내 며느리가
될 것이다."

"안 돼… 안 돼… 절대 그럴 수 없어!"

용오랑이 안타깝게 외치자 북궁비가 몸을 일으켰다.

"운려가 날 배신하지 않았으니 네 아들과 아비는 살려주겠다. 이것이 내가 네게 해줄 수 있는 마지막 배려다. 네 아비를 마음에 두고 있는 완완에게 두 번씩이나 고통을 안겨주고 싶지 않아서다."

용오랑은 그를 올려다보며 물었다.

"아문… 아문은 왜 보이지 않는 거냐?"

"아문은 특별한 능력을 지닌 아이다. 네 아비가 침술로 아문의 마성(魔性)을 제압했기에 백치가 되었지만 그 정도는 내가 되돌릴 수 있다."

"마… 마성이라니?"

"내 딸의 문제이니 네가 알 것 없다."

몸을 일으킨 북궁비는 허리춤의 첨도를 뽑아 들고는 용오랑을 향해 겨누었다.

"이 첨도는 천사교의 지하 금고에 있었던 만상온령금철(萬象溫靈金鐵)로 제작된 것이다. 천하에서 가장 신비로운 이 금철은 고금제일의 장인으로 불렸던 만상귀수(萬象鬼手)가 만들어냈지. 유감스럽게도 그는 수명이 다해 이 금철로 병기를 만들지 못하고 죽었다. 내가 주세창을 천사교에 들여보낸 이유는 바로 이 만상온령금철 때문이다."

"온령금철……? 그게 뭐냐?"

"만상온령금철로 병기를 제작하면 특별한 신병을 만들어낼 수 있다. 예리함과 강인함은 물론이고 온기를 지니고 있어 암습을 가할 때 아주 효과적이지. 일반 철로 만든 병기는 쇠 자체의 한기를 지녔기에 초인적 감각을 지닌 절세고수는 본능적으로 방어를 하게 된다. 하지만 만상온령금철은 사람의 체온과 같은 온기를 지녔기에 몸에 닿을 때까지 전혀 살기를 느끼지 못하지.”

용오랑은 또 하나의 중대한 비밀을 알게 되었다.

뇌미령도 그 내력을 알지 못했던 온철이 바로 십대병기 중 다섯 가지나 제작한 만상귀수가 남긴 만상온령금철이었던 것이다. 세상의 의혹을 피해 그것을 찾아내고 교묘하게 가로챈 북궁비의 계략 앞에 용오랑은 또 한 번 자괴감에 젖고 말았다.

북궁비는 용오랑의 목을 향해 첨도를 뻗어냈다.

“죽음만이 너를 고통에서 구원해 줄 것이다.”

번— 쩍—!

첨도의 속도는 섬전처럼 빨랐다. 차디찬 금속이 아닌 온기를 지닌 금철이기에 한기조차 느낄 수 없었다.

용오랑은 모호한 눈빛으로 첨도를 직시했다.

그의 심장으로 파고드는 첨도를 빤히 보고 있었지만 피할 엄두조차 내지 못한 듯싶었다. 그러나 그의 검지는 꼿꼿하게 세워져 있었다. 모호한 눈빛과 달리 검지에서 튕겨지는 지강은 상상을 초월한 힘을 지니고 있었다.

퍼엉—!

둔탁한 폭음과 함께 북궁비는 오 장 밖으로 튕겨졌고 용오랑은 뒤로 몸을 굴려 일어섰다.

또 한 번 예기치 못한 반전이었다.

북궁비의 계략에 치명상을 입은 용오랑이 결정적인 순간에 반격을 꾀할 줄은 꿈에도 생각지 못한 일이었다. 대체 어떻게 이런 일이 발생할 수 있었단 말인가.

잠시 동안 용오랑의 시리도록 맑은 눈빛을 대한 북궁비는 짧게 탄식했다.

"네가 감히 나를 농락했단 말이냐?"

그의 앞자락이 지강에 크게 훼손됐지만 피는 흐르지 않았다. 그가 앞자락을 뜯어내자 지강에 의해 깨진 호심경이 바닥으로 떨어졌다.

"만상온령금철로 만든 호신갑이 아니었다면 죽음을 면치 못했을 것이다. 이처럼 나의 예상이 어긋하기는 처음이구나."

용오랑은 탕마산을 풀어 손에 쥐었다.

"네놈만이 세상 모든 사람들을 속일 수 있다고 생각했다면 오산이다. 물론 단독 대결이라면 난 절대 너의 사악한 두뇌를 이길 수 없겠지만 너는 너무도 많은 일들을 동시에 꾀했다. 그 바람에 이번에는 당할 수밖에 없었던 것이다."

북궁비는 용오랑이 멀쩡하게 맞섰지만 별반 놀라워하는 기색을 짓지 않았다. 다만 자신의 방심을 자책할 뿐이었다.

"운려가 결국 나를 배신했구나."

"그렇지는 않다. 네 딸은 많은 비밀을 털어놓았지만 너의 신분은 언급하지 않았다. 물론 끝까지 추궁했다면 들을 수도 있었겠지만 나는 당시 심적 충격과 분노를 이기지 못해 마저 듣지 못했다."

"흐음, 그렇다면 정말 놀라운 일이군. 내가 어떤 실수를 했기에 네가 나의 정체를 간파할 수 있었단 말이냐?"

용오랑은 극적인 타격을 주었다고 생각했지만 상대가 오히려 흥미롭다는 여유를 보이자 더욱 화가 났다.

"교활한 놈. 넌 여전히 세상 최고의 두뇌라고 자부한단 말이냐?"

"나 역시 인간의 몸이니 사소한 실수는 있는 법이다. 너의 기습은 예리했지만 성공하지 못했으니 역시 실패라 할 수 있지. 넌 단 한 번의 기회를 놓친 셈이다."

용오랑은 차갑게 내뱉었다.

"네놈이 모든 면에서 완벽했고 또 용의주도했다는 것을 잘 안다. 하지만 너의 사악한 계책은 수법이 모두 비슷했지. 철담신룡을 포섭해 십전대표객을 절사곡에서 암습했고, 강백후를 끌어들여 파천궁주를 죽였다. 또한 네 자식이기도 한 손철문을 회유해 천병부주를 기습했다. 이렇듯 너는 죽이고자 하는 사람의 최측근을 이용해 함정을 파고 정보를 알아냈다."

"그것이 바로 병법의 기본이다."

"맞아. 상대의 허를 찌르는 수법은 정말 끔찍했다. 운려는 단협맹의 두 맹주인 쌍성도 피습될 것임을 경고했다. 과연 누가 쌍성을 암습할 수 있을까. 또 어떤 교묘한 술수로 그것을 해낼 수 있을 것인가. 나는 그 문제를 고민하면서 나름대로 해답을 찾아냈다. 흉수는 쌍성이 가장 신뢰하는 최측근밖에 없다는 결론에 이르렀지."

용오랑은 북궁비를 직시하며 힘있게 외쳤다.

"십전대표객께서는 임종을 맞이하며 내게 금과옥조의 경고를 일러 주셨다."

그는 한마디씩 끊어 또박또박 말했다.

"가까운 자를 경계하고 친밀한 자를 조심하라!"

"하하, 자기 자신조차 지키지 못한 자의 한풀이일 뿐이다."

북궁비는 한껏 여유있는 자세를 취했다.

"내가 너를 너무 과대평가했구나. 내게 어떤 실수가 있어 네가 그것을 정확히 간파했다 생각했는데 이제 보니 단순한 추측이었군."

그의 눈빛이 칼날처럼 예리하게 빛났다.

"맞아, 너는 그럴 수 있다는 의혹을 가졌지만 확신이 없었다. 그랬기에 내게 암습할 기회를 주고 그것을 확인하려 한 것이지. 만일 네가 확신을 지녔다면 나를 먼저 제압했어야 옳았다."

백번을 쳐 죽여도 시원치 않은 원수지만 논리만큼은 정연했다. 그의 말대로 용오랑은 직감으로 찾아냈을 뿐 확증을 가진 것은 아니었다. 그렇기에 위험을 무릅쓰고 암습을 당해 상대의 정체를 스스로 밝히도록 유도한 것이다.

용오랑이 별다른 답변을 하지 않자 북궁비는 고개를 끄덕였다.

"그렇다 해도 넌 정말 대단한 녀석이야. 너의 직감에는 진심으로 탄복한다."

그는 첨도를 비스듬히 세워 들었다.

"하지만 네가 너무 건재하다는 것은 다소 이해가 되지 않는구나. 분명 명문혈에 적중되었는데 말이다."

"금강기환술을 내부적으로 펼쳤기 때문이다. 너의 첨도는 나의 살가죽을 꿰뚫었지만 장기와 경맥은 상하게 하지 못했다."

북궁비는 진심으로 감탄한 듯 고개를 끄덕였다.

"흐음, 그렇군. 네가 금강기환술을 터득했다는 것을 깜빡했다. 확실히 좋은 책략이었다. 네 스스로를 속였기에 나를 속일 수 있었으니 아주 훌륭한 계책이었다. 하지만 내가 한 가지 충고를 해주지. 상대를 의심했다면 먼저 제압해야 한다. 자신을 더 강하게 믿어야 한다는 뜻이지. 그런 면에서 넌 아직 어려."

"난 너 같은 악마와 다르다. 물론 난 널 죽일 자신이 있었기에 선제

공격을 가하지 않은 것이다."

북궁비는 첨도를 휘둘러 화려한 도화를 일으켰다.

"하하, 그렇다면 그 알량한 솜씨 좀 볼까?"

열두 개의 도화가 일시에 용오랑을 향해 내리 꽂혔다.

용오랑은 가볍게 탕마산을 휘둘렀다. 잇단 폭음과 함께 도화는 중도에서 모두 무산되었다.

"극강폭뢰섬!"

용오랑은 곧바로 반격을 가했다. 강력한 강기가 꼬리를 물고 이어지며 북궁비의 전신 사혈로 파고들었다.

순간, 북궁비의 신형이 흐려지며 연기처럼 사라졌다. 과거 척천마제의 절기 중 하나인 둔영미리보(遁影彌離步)였다. 당시 천하일절로 불릴만큼 절묘한 신법이었다. 단지 형체만 감추는 것이 아니라 기도까지 숨길 수 있기에 그 존재를 파악하기가 극히 힘들다.

용오랑은 양 발을 굳게 딛고 선 채 힘차게 탕마산을 내려쳤다.

"구겁황멸천!"

거대한 강기의 폭풍이 거대한 회오리를 이루며 주변을 휩쓸었다. 사뢰구겁참의 최후 초식은 워낙 강맹해 어떤 은신술이나 환영술도 통하지 않는다. 사정권 내에 있는 모든 것이 초토화되기 때문이다.

콰― 콰쾅―!

굉음이 터지며 땅가죽이 일제히 폭발하면서 다섯 아름도 넘는 원시림이 뿌리째 뽑혀 날아갔다. 집채만한 거석은 산산이 부서졌고, 십 장 밖으로 급격히 확산되는 강기막에 부딪치는 모든 것이 소멸되었다.

용오랑으로서는 혼신의 공력을 기울인 공세였다.

상대는 자신의 무공 내력과 수법에 대해 상세히 알고 있지만 그는 북궁비의 무공 수위에 대해 전혀 파악할 수가 없었다. 게다가 워낙 음흉한 상대임을 감안해야 했다. 신속하면서도 극강한 절기로 미리 격패시키지 못한다면 자신이 어떤 수법에 당할지도 모를 일이었다.

"크윽!"

답답한 신음과 함께 북궁비가 피를 토하며 뒤로 튕겨져 나갔다. 그의 손에 쥐어진 첨도는 탕마산에 의해 동강난 상태였다.

"차앗!"

용오랑은 기회를 놓치지 않고 천마귀전행공을 펼쳐 순식간에 십 장 거리를 가로질렀다. 그는 단광섬전쾌 초식을 펼쳐 벼락같이 북궁비의 목을 후려쳤다.

퍼억!

탕마산이 허공을 가르며 북궁비의 목을 대번에 날려 버렸다. 몸뚱이에서 떨어져 나간 수급은 하늘 높이 솟구쳐 올랐다.

용오랑은 마침내 구중천주의 목을 베었다는 통쾌감에 가슴이 저리도록 감격했다. 용솟음치는 희열에 심장이 한껏 부풀어 올랐다.

"끝났군."

이십 년이래 어둠 속에서 세상의 분란을 조장해 온 절대악을 그의 손으로 벤 것이다. 하지만 그가 당해왔던 숱한 고난을 감안한다면 예상외로 손쉬운 복수였기에 허탈하기까지 했다.

"사악한 계략만 강한 악마였어."

용오랑은 허전한 기분을 느끼며 탕마산을 내렸다. 문득 그는 등골이 오싹해졌다.

'북궁비는 나의 무공 수위에 대해 정확히 파악하고 있다. 내가 나름대로의 심득으로 다소 무공이 증진되었지만 압도적으로 강해진 것은 아니다. 북궁비 같은 자라면 자신이 불리할 경우 절대 맞서지 않는다. 한데 그는 당당히 맞섰다. 그것은 절대적인 자신감이 있었기 때문이다. 그런 놈이 이렇듯 쉽게 죽었단 말인가?

불행하게도 그의 우려는 정확히 들어맞았다.

퍽— 퍽—!

그가 금강기환술을 펼치기도 전 그의 양쪽 가슴에 두 자루 비수가 깊숙이 파고들었다. 도대체 어떤 수법에 당했는지조차 알 수가 없었다.

"크으윽!"

용오랑은 베어진 통나무처럼 풀썩 주저앉았다. 비수가 얼마나 깊이 박혔는지 손잡이조차 보이지 않을 정도였다.

폐부 깊숙이 파고든 비수로 인한 고통은 이루 말할 수 없었다. 그런데도 몸에 이물질은 느껴지지 않았다. 만상온령금철로 제작된 비수였기 때문이다.

믿을 수 없게도 두 자루 비수를 날린 자는 목이 떨어져 나간 북궁비였다.

그의 손끝에서 펼쳐진 탈명비도는 빛살처럼 빨랐다. 비수는 한기를 뿜지 않았고 빛마저 흡수했기에 용오랑으로서는 날아드는 상황을 전혀 감지할 수 없었다. 더군다나 상대는 목이 떨어져 나간 시체였기에 그는 절대적으로 안심하고 있었던 것이다.

죽은 자의 기습!

용오랑은 눈을 부릅뜬 채 북궁비의 목 없는 시체를 쏘아보았다.

참으로 놀랍게도 허공 높이 떨어져 나간 목이 정확히 북궁비의 목 부위로 떨어져 내렸다. 북궁비는 두 손으로 자신의 떨어져 나간 수급을 받아 쥐고는 본래대로 붙였다.

두세 번 눈을 깜빡인 북궁비는 회심의 미소를 지었다.

"하하핫, 어떠냐? 넌 결코 내 상대가 될 수 없다 하지 않았더냐?"

용오랑은 비로소 뇌리 속에 잠재된 한 가지 기억을 떠올리게 되었다.

십야회 살수들에 의해 당했을 때 은비가 만상기환술을 펼쳐 혈혈마 후의 이목을 속인 적이 있었던 것이다.

"천부의… 만상기환술?"

"정확히 맞혔다. 만상기환술은 단순한 허상이 아니지. 하기에 어떤 상대도 속을 수밖에 없는 것이다."

용오랑은 좌절하고 말았다. 폐부가 관통되고 경맥이 끊어지는 치명 상을 입었기에 숨을 쉬는 것조차 힘겨웠다.

죽음은 두렵지 않다. 육체적 고통도 견딜 수 있다. 하지만 원수의 간 계에 의해 죽어야 한다는 것이 너무도 원통했다. 한 단계 성숙된 정신 력으로 구중천주의 정체를 밝히는 데에는 성공했지만 순간적으로 너무 방심했던 것이다.

'놈이 악마임을 알았으니 산산조각을 냈어야 옳았다.'

그는 이를 악물며 자신의 실수를 통렬하게 후회했지만 돌이킬 수 없 는 것이 시간이었다.

심기의 격돌에 의한 연속된 반전!

서로 속고 속이는 대결은 그 어떤 무공 대결보다 처절했다. 그러나 결국 승자는 구중천주 북궁비였다. 악마적 두뇌를 지닌 그를 상대하기 에 용오랑은 아직 순진했던 것이다.

◀제57장▶

하늘을 속이는 여인

1

　　허리춤에서 또 한 자루의 비수를 꺼내 든 북궁비는 용오랑의 미간을 향해 비수를 튕겼다. 그의 수법은 파천궁주의 탈명비도술이었다. 아직 파천궁주의 화후에는 이르지 못했지만 상당한 수준이었다.

　　북궁비는 짤막하게 외쳤다.

　　"너의 패배다, 용오랑!"

　　용오랑은 미간으로 날아드는 비수를 보면서도 눈을 감지 않았다. 그는 마지막까지 북궁비를 직시했다. 원귀가 되어 복수를 하기 위해서라도 그를 기억해야 했다.

　　한데 이때였다.

　　쌍성의 동부인 은성동 안에서 한줄기 섬광이 뻗어 나왔다.

　　번— 쩍—!

　　검의 형상을 띤 투명한 섬광은 용오랑을 향해 날아들던 비수를 분쇄

시키고는 곧바로 북궁비를 향해 날아갔다.

"허억, 어형비천섬?"

북궁비의 표정이 새하얗게 질렸다.

어검술의 차원을 넘어선 초극의 절예였다. 어검술은 검에 진기를 실어 날리지만 어형비천섬은 심기검을 어검술로 변환시킨 절기였다. 이러한 절기를 펼쳐 낼 수 있는 고수는 천하를 통틀어 단 한 명뿐이었다.

북궁비는 좌수에 혼신의 공력을 실어 황급히 발출했다.

"자전강기!"

그의 왼팔이 팔꿈치까지 자색으로 물들었다. 천부의 절학이었다.

콰아앙!

대폭발과 함께 섬광은 무수한 불꽃으로 화해 흩어졌다. 거대한 회오리바람이 형성되며 원시림을 휩쓸었다. 심기검의 검편이 사위로 흩어지며 은성곡 전체가 진동했다.

"크으윽!"

십 장 밖으로 튕겨진 북궁비는 한쪽 팔뚝을 감싸 쥔 채 비틀비틀 물러섰다.

자전강기를 펼쳐 방어했지만 전혀 예상치 못한 기습이라 미처 칠성의 공력도 발출할 수 없었다. 게다가 초극의 절학은 워낙 막강해 그의 팔이 팔꿈치서부터 박살나고 말았다.

은성동을 직시하는 그의 눈빛이 심하게 흔들린다. 한번도 내면의 동요를 드러낸 적이 없는 그였지만 이 순간만큼은 충격과 공포에 젖어 있었다.

"이… 이럴 수가? 쌍성이 죽지 않았단 말인가?"

그러했다. 북궁비를 향해 날아든 검형은 도성인 천맹무선의 절학 어형비검술이었던 것이다.

순간적으로 무수한 갈등에 휩싸인 북궁비는 뒤도 돌아보지 않고 급히 몸을 날렸다. 절정의 비행술을 펼친 그는 순식간에 계곡 밖으로 사라져 버렸다.

용오랑은 흙더미 속에 반쯤 파묻혀 있었다. 자전강기와 어형비검술의 충돌은 주변의 지형을 바꾸어놓을 만큼 엄청났었던 것이다.

이때 은성동 안에서 한줄기 강기가 흘러나오며 밧줄처럼 용오랑의 몸을 휘감았다. 용오랑은 희뿌연 강기에 휩싸여 은성동으로 이끌려 갔다.

그는 혼백이 육체를 벗어나려는 극심한 고통 속에서도 안도와 감격으로 눈물을 글썽였다.

'아, 쌍성께서 살아 계시다!'

2

강남무림의 패자 천병부 총단은 삼 개 파에 의해 점거된 상태였다. 삼 개 파의 인원들은 모두 합쳐 이백에 불과했지만 그들은 하나같이 절정급 고수로 각파의 최강 정예들이었다.

파천궁에서는 강매염과 무상인 황금사왕 동추, 파천쌍절을 비롯한 일백여 고수들이 참가했다. 최하 부단급에 해당되는 파천궁 최강고수들이었다.

천사교에서는 뇌미령이 오환사를 비롯한 사도고수들을 이끌고 진입했으며 표풍회에서는 진소교와 세 명의 밀사표객이 금사표객들과 함께 입성했다.

천병부의 전사들은 이미 천왜무현과 함께 사천성 경계지로 퇴각한 상황이라 피 한 방울 흘리지 않은 무혈입성이었다.

삼 개 파의 동맹군은 너무도 손쉽게 천병부 총단을 점거한 사실에 어리둥절해하고 말았다. 가장 기뻐해야 할 천사교 고수들조차 영문을 몰라 멀뚱히 서로의 얼굴만 바라볼 뿐이었다.

천병부 총단의 연합 공격이 천왜무현 종이건의 계책임을 알고 있는 사람은 삼 개 파에서도 최고 수뇌급 정도였다. 아직은 공개할 사항이 아니었기에 나머지 고수들은 자신들의 진정한 적이 누구인지 아직 모르고 있었다.

총단의 후원.

누각 안의 탁자에 둘러앉은 세 명의 여인은 심각한 모습으로 고민에 젖어 있었다. 세 여인은 강매염과 뇌미령, 그리고 진소교였다.

강매염은 짙은 아미를 찌푸리며 진소교에게 물었다.

"대체 어찌 된 일입니까? 용 공자께서 왜 여태 오지 않는 거죠?"

"모르겠어. 잠시 들를 곳이 있다면서 먼저 가 있으라고 하셨다."

"용 공자께서도 이번 결전이 얼마나 중요한지 잘 알고 계십니다. 아무래도 사고가 생긴 것 같군요."

뇌미령이 아미를 상큼 치켜 올렸다.

"무슨 소리야? 우리 교주께서 돌아가셨단 말이야?"

진소교가 눈을 부라리며 매섭게 질책했다.

"너 말 삼가지 못해! 불경스럽게 어디서 함부로 주둥이를 나불대는 것이냐?"

워낙 사나운 기세에 뇌미령은 감히 대들지 못하고 입술만 비죽거렸다. 잘못 건드렸다가는 대번에 그녀의 목숨이 날아갈지도 모를 상황이었다.

강매염은 팔짱을 낀 채 곰곰이 생각하다가 입을 열었다.

"이럴 시간이 없어요. 구중천주라는 자는 워낙 지모가 뛰어나 종이건의 전략을 이미 간파했을 겁니다. 자칫 천병부 전사들이 기습을 당할 우려가 있습니다. 서둘러 합류지로 가야 합니다."

"그래도 지휘자는 있어야 할 거 아냐?"

"현재로서는 각자 행동할 수밖에 없어요. 용 공자만이 사대세력을 지휘할 자격이 있으니까요."

깊이 생각하는 식견이 부족한 진소교로서는 강매염의 의견에 동조할 수밖에 없었다.

"그래, 매염의 말대로 하자. 아마도 합류 장소에 당도할 즈음에는 주공께서도 도착할 테니까."

말이 끝나기 무섭게 진소교가 앞서 누각을 나섰다.

둘만 남게 되자 뇌미령은 목소리를 낮추어 강매염에게 물었다.

"동생도 교주의 행방에 대해 전혀 몰라? 혹시 날 속이려는 다른 속셈이 있는 것은 아니겠지?"

"언니는 날 경계할 필요 없어요. 천사교의 총수가 용 공자인데 내가 어떻게 등을 돌리겠어요?"

"호호, 알았어. 그럼 사천에서 보자고."

뇌미령마저 나가자 단풍으로 우거진 넓은 후원에는 강매염 혼자만 남게 되었다.

함께 있을 때는 애써 감정을 표현하지 않았지만 그녀는 불길한 생각에 심장이 요동쳤다. 구중천을 향한 용오랑의 복수심은 집념과도 같다는 것을 그녀는 잘 알고 있었다.

'이건 사고가 분명해!'

용오랑이 천병부 총단에 오지 못할 상황이라면 비합전서를 보내 별도의 지시를 하달해야 옳았다. 한데 총단에도 오지 않고 소식 한 장 없다면 불상사가 일어난 것이 확실했다.

그녀는 절로 몸이 떨려왔다.

'이제 어떻게 해야 하지? 용 공자가 주도하지 않으면 사대세력은 연합 작전을 펼칠 수가 없어. 동맹 세력은 절대 천왜무현의 지휘를 받지 않으려 할 테니까. 결국 내부적인 반목으로 구중천과 겨루기도 전에 궤멸되고 말 거야.'

그녀는 깊이 고민했지만 현재로서는 뾰족한 대안을 생각할 수가 없었다. 일단은 사천성 경계에 합류한 후 진소교의 희망대로 용오랑이 와주기를 바랄 뿐이었다.

구중천과의 대결 때문만은 아니었다. 그의 존재는 그녀의 마음속에 자리한 야망보다 더 소중했기 때문이다.

3

얼마나 많은 시간이 흘렀는지 알 수가 없었다.

어찌 보면 한 달은 지난 것도 같았고, 달리 생각하면 아주 잠깐 동안 눈을 감았다 뜬 기분이었다. 무수한 일들이 몽환 속에서 벌어졌지만 기억이 가물가물했다.

용오랑는 천천히 눈을 떴다. 아직 초점이 잡히지 않아 눈앞의 사물이 가물거린다. 몇 번 눈을 깜빡이자 동굴의 천장이 눈에 들어왔다.

그는 본능적으로 비수가 꽂혔던 가슴을 어루만져 보았다. 놀랍게도 가슴의 상처는 말끔하게 아물어 있었다. 가슴 양쪽에 깊숙이 박혀 있던 비수가 흔적도 없이 사라진 것이다.

"아니……?"

흠칫 놀란 그는 벌떡 몸을 일으켰다. 전신 가득 충만한 기운 때문인지 그의 몸은 그대로 솟구쳐 동굴 천장에 부딪쳤다.

"억!"

그는 본능적으로 비명을 질렀지만 사실 전혀 아프지 않았다.

깃털처럼 천천히 내려선 그는 동굴 천장을 올려다보고는 그만 입이 딱 벌어졌다. 견고한 천장에 우묵하게 구멍이 뚫려 있었다. 그의 머리가 박혔던 부분이었다.

"내 머리가 이렇게 단단했나?"

자신의 머리를 매만지며 실소를 짓던 용오랑은 동굴 벽을 등지고 단정히 앉아 있는 두 사람을 보고는 깜짝 놀라고 말았다.

추악한 용모의 늙은 화상은 바로 불성 풍진광불이었다. 그는 참선을 하듯 단정히 가부좌를 틀고 앉아 있었다. 불상의 눈처럼 반개한 모습이 마치 등신불처럼 보였다.

신선처럼 청수한 용모의 도인 역시 가부좌를 틀고 앉아 있었다. 두 눈은 긴 백미에 가려져 있어 볼 수가 없었다. 헌앙한 기품이 서린 도인은 바로 도성 천맹무선이었다.

용오랑은 직감적으로 쌍성이 이미 좌화한 시신임을 깨달았다. 그는 털썩 무릎을 꿇었다.

"쌍성 어르신!"

그는 비로소 몽환 속에서 일어났던 모든 상황이 꿈이 아니었음을 깨닫게 되었다.

북궁비의 비수가 미간을 향해 꽂히기 직전 그는 은성동에서 뻗어 나온 어형비검술에 의해 구함을 받게 되었다. 북궁비는 아직 쌍성이 죽지 않았음을 간파하고는 달아났다.

흙 속에 묻혀 있던 그는 희뿌연 진기에 휘감겨 은성동 안으로 이끌려 들어갔다.

은하성후 이래 최강고수라는 도불쌍성.

세속의 명리를 초월한 두 기인은 통탄스럽게도 이미 죽음을 목전에 둔 상태였다.

풍진광불은 뇌호혈에 비수가 박혀 있었다. 웬만한 고수라도 즉사할 만큼 치명적인 부상이었지만 그는 금강부동신공 덕분에 한 가닥 생명 지기를 지닐 수 있었다.

천맹무선의 부상은 더 심했다. 명문혈을 관통한 비수가 가슴까지 꿰뚫고 나온 상태였다. 하지만 그 역시 무당의 양의심공(兩意心功)을 수련한 덕분에 아직 숨이 끊기지 않았다.

등 뒤에서 쌍성을 기습한 사람은 물론 북궁비였다.

그는 구중천과의 대결에 앞서 단협맹 제자들을 위한 새로운 절기를 부탁했고 쌍성은 쾌히 동조했다. 무림 최고 배분이며 당세 제일의 고수들인 쌍성이었지만 그들조차 정무량이 구중천주 북궁비임은 꿈에도 생각지 못했다.

북궁비는 워낙 심기가 깊어 살기를 전혀 드러내지 않고서 사람을 죽일 수 있는 자였다. 게다가 만상온령금철로 제작된 비수는 쇠의 기운을 전혀 느낄 수 없는 신병이었다.

무방비 상태에 있던 쌍성은 북궁비의 계획된 암습을 당할 수밖에 없었던 것이다.

이때 용오랑이 은성곡을 찾아오는 바람에 북궁비는 쌍성의 죽음을 분명하게 확인하지 못한 채 은성동을 나갔다. 물론 사혈이 뚫린 상황이기에 쌍성의 죽음을 믿어 의심치 않았다.

그는 쌍성을 죽이고도 태연하게 용오랑을 맞이했다. 최대 난관이었던 쌍성을 살해한 이상 이제 용오랑만 죽이면 구중천하가 완성된다는 생각이 너무 강했다.

그러나 당대 최강고수들인 쌍성의 생명력은 끈질겼다.

양의신공을 지닌 천맹무선이 죽음에서 회생해 진기를 불어넣어 준 덕분에 풍진광불도 금강부동신공으로 되살아날 수 있었던 것이다. 하지만 워낙 치명상을 입어 그들의 회생은 쉽지 않았고 여전히 몸을 운신할 수 없는 상태였다.

그들은 당시까지도 정무량의 정체를 알지 못했다.

현천대선생으로 불리는 당대의 현자가 왜 자신들을 암습해 죽이려 했는지, 어떻게 전혀 느끼지도 못한 상태에서 암습을 가할 수 있는지 이해할 수가 없었다.

그러던 중 동굴 밖에서 전개되는 용오랑과 북궁비의 치열한 심리전을 통해 모든 상황을 깨달을 수 있었다.

단협맹의 군사가 구중천주라는 악마였다!

그것을 확인하는 순간 두 기인은 충격을 금할 수 없었다. 비밀리에 사마악도를 제거하는 열협의 단체가 그에 의해 철저하게 농락되고 있었으니 실로 통탄할 일이었다.

쌍성은 자신들이 팔십 평생을 헛살아왔음을 절감했다. 동시에 그들의 죽음과 더불어 세상이 구중천의 수중에 장악될 것임을 알게 되었다. 그리고 악마의 구중천을 막아낼 유일한 기재가 용오랑이란 사실도.

만일 쌍성이 죽음을 각오하면서까지 어형비검술을 펼쳐 용오랑을 구하지 않았다면 부상을 치유할 수도 있었을 것이다. 천맹무선이 펼쳐낸 어형비검술은 그들의 생명지기였기에 화타나 편작이 되살아나도 그들을 회생시킬 수 없는 몸이 되었다.

은성동으로 용오랑을 끌어들인 쌍성은 남은 공력을 모두 불어넣어 용오랑의 몸에 박힌 비수를 뽑아냈다. 그리고 그들의 심력을 주입시켜 부상을 치유해 주었다.

생명지기가 소진된 천맹무선이 먼저 좌화했다.

풍진광불은 불문의 절학인 혜광밀어(慧光密語)를 통해 자신들이 당했던 상황을 일러주었다. 또한 정무량조차 알지 못한 단협맹의 비밀을 알려주고는 조용히 입적했다.

은하성후 이래 최강의 고수이며 무림의 대원로인 쌍성은 그렇게 생을 마감했다.

비록 사악한 북궁비의 계략을 간파하지 못해 암습을 당하는 곤욕을 치렀지만 쌍성의 최후는 장렬했다. 죽어가는 와중에도 마지막 한 방울의 진기까지 끌어내 용오랑을 회생시키며 한 가닥 희망을 되살린 것이다.

용오랑은 쌍성의 유해를 향해 거듭 절을 올리며 비통한 눈물을 뿌렸다.

"두 분께 어떻게 보은을 해야 한단 말입니까? 저 같은 놈을 위해 쌍성께서 돌아가셨으니 그 죄를 어떻게 씻을 수 있단 말입니까?"

그의 눈물은 오래도록 그칠 줄을 몰랐다. 그러나 언제까지 비통함 속에 빠져 있을 수만은 없는 일이었다.

슬픔을 극복하고 일어서야 했다. 자신을 위해, 천부를 위해, 쌍성을 위해, 그리고 구중천의 음모에 의해 희생된 숱한 사람들과 천하를 위해 복수를 해야 했다.

"쌍성 어르신, 반드시 악마의 수급을 베어 두 분의 영전 앞에 올리겠습니다."

그는 재차 절을 올리고는 은성동을 나섰다.

한바탕의 격돌로 인해 태고의 원시림은 흉물스럽게 파헤쳐져 있었다. 계곡 곳곳은 허물어졌고 아름드리 거목들이 뽑혀 뿌리를 드러내고 있었다. 수천 년을 유지해 온 대자연의 아름다움이 한순간에 파괴된 것이다.

"너무 늦은 것은 아닌지 모르겠군."

그는 허공을 밟고 솟아올랐다.

그의 몸은 그가 마음먹은 대로 움직일 수 있었다. 공력도 부상 이전보다 훨씬 증진되었고 세상이 보다 밝게 보였다.

쌍성이 최후를 다하면서 공력과 더불어 그들의 오랜 심득까지 전수해 준 덕분이었다. 물론 그들의 팔십 년 심득을 한순간에 터득할 수는 없는 일이었다. 하지만 늦은 나이에 독학으로 무공을 수련한 그는 수십 년 연공에 해당되는 깨달음을 얻게 된 것이다.

용오랑은 다시 한 번 감격하고 말았다.

쌍성이 그에게 베풀어준 배려는 과거 천부의 대선랑이 그를 위해 탈태환골을 시켜준 것과 버금갈 은혜였다.

용오랑은 한줄기 빛으로 화해 원시림을 가로질러 계곡 앞에 이르렀다. 그는 대번에 계곡 입구에 펼쳐진 진세를 간파했다.

북궁비는 진정 용의주도했다. 부상을 입고 도주하는 와중에도 진법을 펼쳐 놓았던 것이다.

북궁비는 너무도 놀란 마음에 은성동 앞에서 도주를 했지만 쌍성의 생존을 믿지는 않았다. 설혹 살아 있다 해도 어형비검술이 어쩌면 최후의 발악일 수 있다 판단했다. 다시 돌아가서 용오랑을 끝장내고 싶었지만 쌍성의 존재는 여전히 두려웠다.

일단 자신의 부상부터 치유하는 것이 급선무였다. 그러면서도 용오랑이 행여 살아서 나올 것을 우려해 진법으로 가둬둔 것이다.

용오랑은 허공을 디딘 채 진법을 살피고는 연속적으로 수라탄극지를 날렸다. 그의 지강은 탄지검으로 화해 진법 곳곳으로 파고들었다.

콰— 콰쾅—!

잇단 폭음과 함께 기물들이 연속적으로 박살나며 한순간에 진법이 허물어졌다.

그는 기문진식에 대해 문외한이었지만 쌍성의 심득을 상당 부분 터득하면서 초인적인 안목을 지니게 되었다. 진법은 하도낙서의 적절한 배합에 의해 형성되었기에 사물의 이치를 꿰뚫어 볼 안목을 지니게 된 그는 특별한 지식이 없어도 진법을 깨뜨릴 수 있었다.

계곡을 나선 용오랑은 한 마리 새가 되어 남쪽 하늘로 날아갔다. 전설적인 육지비행술이었다.

4

백독문의 부수관 요새를 이백여 리 앞둔 곳에 천병부의 전진 요새가 세워져 있었다.

벼랑을 등진 채 세워진 요새는 높은 성벽이 둘러져 있어 외부의 침공을 방어하기에 아주 용이했다. 백독문이 호북성으로 진출하려 해도 사천과 호북의 경계지에 위치한 이 전진 요새 때문에 감히 강남 진출을 이루지 못해왔던 것이다.

한데 그다지 크지 않은 요새에 중원 최강의 삼백여 정예들이 운집되었다. 파천궁, 천사교, 천병부를 비롯한 표풍회의 수뇌급들이 모두 모인 것이다.

각파의 정예들은 아직 사대세력이 한데 모여야 하는 이유를 잘 모르고 있었다.

천사교 고수들은 비로소 자신들이 천병부를 점거했던 것이 사실이 아님을 깨닫고는 불만을 표명했고, 파천궁 정예들 역시 상부의 지시에 따라 행동했지만 정확한 내막을 몰라 의견이 분분했다.

그중 천병부 전사들의 반발이 가장 심했다.

그들은 총단을 내주는 치욕을 겪었지만 이것이 반격을 위한 종이건의 책략으로만 알았던 것이다. 한데 검을 맞대야 할 적이 동료가 되었으니 이를 납득할 수가 없었던 것이다.

표풍회의 금사표객들은 회주의 엄중한 지시라는 말에 입을 다물고 있었지만 그들 역시 강호의 분쟁에 끼어들어야 하는 점에서 별로 달가워하는 눈치가 아니었다.

무림천하의 운명을 뒤바꿀 사대세력의 동맹.

그들은 한데 운집돼 있지만 결속은 전혀 이루어지지 않고 있었다. 오히려 내부적인 불만에 의해 서로가 충돌할 아슬아슬한 상황이었다.

작은 회의실에 둘러앉아 있는 네 사람은 하릴없이 하루를 소비해서 인지 한껏 신경이 예민해져 있었다.

"이제 어쩔 셈이에요, 종 총상? 용 교주께서 오기만을 무작정 기다려야 하는 겁니까?"

뇌미령이 종이건을 향해 다그쳤지만 종이건은 묵묵부답이었다.

가장 과격한 성격인 진소교는 답답함을 참지 못하고 자리에서 일어섰다.

그녀는 팔짱을 낀 채 신경질적으로 실내를 거닐었다. 용오랑에게 불상사가 생긴 것이 확실하다. 생각 같아서는 당장이라도 용오랑을 찾아나서고 싶었다. 하지만 다시는 그의 지시를 거역하지 않겠다는 약조를 했기에 그럴 수도 없는 상황이었다. 용오랑이 지시한 대로 동맹 세력과 함께 있을 수밖에 없었다.

강매염이 나직이 한숨을 쉬었다.

"종 총상, 일단은 사대세력을 통솔할 사련맹주(四聯盟主)를 추대해 내부적인 결속부터 다져야 합니다. 그렇지 않으면 구중천과 결전을 벌이기도 전에 내분으로 연맹이 깨지게 됩니다."

눈을 지그시 감은 채 장고하고 있던 종이건이 비로소 눈을 떴다. 그의 어조는 여전히 냉담했다.

"누구를 사련맹주로 추대하자는 말인가? 무공으로 논하자면 혈혈마후와 파천궁의 황금사왕이 독보적이지만 과연 타 파에서 이를 용인하겠느냐? 그렇다고 소궁주가 나설 것인가, 아니면 뇌 문상이 나설 것인가? 가능성이 없는 얘기는 거론도 하지 말게."

뇌미령이 빈정대듯 쏘아붙였다.

"왜 종 총상 자신에 대해서는 거론하지 않죠? 총상의 지략이 가장 뛰어나니 사련맹주로 나서보지 그래요?"

"철딱서니없는 것. 노부는 작전을 구상하고 계책을 펼칠 수 있지만 전투에는 나설 수 없는 몸이다. 노부에 대해서는 입에도 담지 마라."

진소교가 셋을 향해 짜증스럽게 외쳤다.

"뭘 고민해? 사대세력이 백독문을 에워싸고 일시에 공격하면 되잖아? 구중천 놈들은 나와 주공에 의해 엄청난 타격을 입었어. 그까짓 놈들 두려울 게 뭐 있어?"

종이건이 차가운 미소를 지었다.

"그렇다면 마후가 표풍회 표객들을 이끌고 부수관을 공략해 보겠는가? 노부의 판단으로 접근도 하기 전에 괴멸될 것이네."

"천왜무현, 당신은 지략과 계책의 일인자예요. 뭔가 방도를 세워야 하지 않겠어요?"

"지금 사대세력의 형상은 머리가 없는 거인에 불과하네. 이런 상황에서 어떻게 행동을 취할 수 있단 말인가?"

종이건은 차를 한 모금 마시고는 결연한 표정을 지었다.

"지금으로서는 각자 퇴각하는 것이 현명한 일이야. 자파로 돌아가 내부적인 상황을 수습하고 훗날을 도모할 수밖에."

강매염이 정색을 하며 반론을 제기했다.

"그랬다가는 구중천의 독계에 의해 각개격파당하고 말 겁니다. 어떻게든 이번에 승부를 내야 합니다."

호전적인 성격의 진소교가 동조했다.

"맞아. 사대세력이 운집했는데도 구중천이 두려워 아무런 행동도 취하지 않고 해산한다는 것은 너무 우스운 꼴이지. 천왜무현은 신중한 것이 아니라 너무 겁이 많아."

뇌미령이 이리저리 눈알을 굴리다 물었다.

"승산이 없는 싸움이라면 종 총상의 말대로 퇴각하는 편이 낫지 않겠어요? 난 개죽음당하고 싶지 않다고요."

"그럼 넌 빠져!"

진소교가 사정없이 몰아세우자 뇌미령이 얼굴을 붉히며 대들었다.

"마후가 무슨 자격으로 내게 명령하는 겁니까? 난 교주의 제일측근이에요!"

"너같이 요사한 계집은 주공의 발을 닦을 자격도 없어!"

한바탕 입 싸움이 벌어지자 종이건이 탁자를 치며 일어섰다.

"입 다물어!"

그는 예리한 눈빛을 발하며 둘을 쏘아보았다.

"각파의 정예들도 과거의 숙원 때문에 서로 반목하고 있는 상황인데 그대들까지 싸우려 한단 말인가? 이런 상황에서 무슨 결속이 이루어질 수 있겠는가?"

"……."

"내부의 불만을 해소하기 위해서는 일단 행동을 취해야만 하네. 어차피 결전을 벌이려면 부수관을 통과해야 하니 일단은 부수관 공략에 나서면서 이매전사가 오기를 기다리는 것으로 하겠네. 그런 후에도 오지 않는다면 노부는 천병전사들을 이끌고 퇴각하겠네. 자네들은 각자 현명하게 처신하게."

말을 마친 종이건은 앞서 회의실을 나갔다.

진소교가 냉소를 치며 흰소리를 했다.

"흥, 대가리만 큰 늙은이가 맹주처럼 행세하는군?"

그리고는 뇌미령에게 한마디 던졌다.

"넌 어쩔 셈이냐?"

"아직 결정하지 못했어요."

"주공께서는 반드시 오신다. 제멋대로 퇴각했다가는 주공을 배신하는 행위이니 내가 가만두지 않을 거야. 네년부터 찢어 죽이겠다!"

살벌하게 일침을 가한 진소교가 차가운 바람을 일으키며 회의실을 나갔다.

뇌미령은 이를 부득부득 갈았다.

"죽일 년. 무공이 조금 세다고 눈에 뵈는 게 없군. 오환사와 천사교 고수들을 총동원해서라도 혈혈마후부터 죽여야겠어."

그녀는 신경질적으로 탁자를 걷어차고는 연신 씩씩거리며 회의실 밖으로 사라졌다.

강매염이 길게 한숨을 내쉬었다.

"아버님… 아버님만 생존해 계셨다면 능히 사련맹을 총괄하셨을 겁니다."

그녀는 난장판이 된 회의실을 둘러보고는 고개를 가로저었다.

"용 공자가 여태 오지 않았다면 올 수 없는 몸이 된 것이 분명해. 결국… 구중천하는 막을 수 없게 된 거야."

5

백독문 총단.

천하사패 중 하나로서 당당했던 현판은 언제부터인가 사라져 버렸다. 독고준은 부친이 죽은 이후 백독문주로 취임했지만 구중천의 지배를 받는 하수인에 불과했다.

현판을 내걸지 않았지만 이곳은 분명 구중천 총단이었다.

아홉 개 하늘 중 주력인 혈천(血天) 암흑마전.

절사곡에서 생존해 온 독인들로 결성된 독천(毒天).

과거 척천혈맹의 잔당들로 구성된 밀천(密天).

그리고 금환회를 지배하는 금천(金天)의 고수들이 모두 운집해 있었다. 그 수효는 사백을 넘어섰다.

만일 표향림이 붕괴되지 않았다면 향천(香天)이 추가되었을 것이고, 주세창이 죽지 않았다면 사천(邪天)이 가담했을 것이다. 또한 자문교의 은하성전이 건재했다면 성천(聖天)으로 이들을 지원했을 것이기에 그 위세는 가히 무적이라 할 수 있었다.

용오랑에 의해 세 개의 하늘이 무너졌다는 것은 구중천의 입장에서도 아주 치명적이었다.

그러나 이들 사백 명으로도 천하를 위협하기에는 충분했다. 구중천의 목표는 천하에 대한 지배가 아닌 군림(君臨)이었기 때문이다. 무림사를 통해 이러한 목적으로 조직된 방파는 구중천이 유일했다.

구중천의 소천주는 북궁철문(北宮鐵紋)이었다.

그는 과거 천병부의 문상이었지만 이제는 친부(親父)를 따라 구중천의 소존(小尊)이라는 지고한 위치를 차지하게 되었다.

"아버님, 왜 이리 늦으셨습니까?"

집무실에서 밀정들의 보고서를 검토하고 있던 북궁철문은 북궁비가 들어서자 반색을 하며 맞이했다. 그는 예를 올리다가 북궁비의 팔을 보고는 기겁을 했다.

"아버님……?"

북궁비는 천맹무선의 어형비검술에 왼손이 박살난 상태였다. 그의 팔뚝은 흰 천으로 칭칭 동여매져 있었다.

북궁비는 상좌에 앉으며 대수롭지 않게 응수했다.

"천하를 얻는 순간인데 이까짓 팔 하나에 연연할 필요 없다."

"대체 어찌 된 일입니까? 안색이 좋지 않으십니다."

"쌍성을 완전하게 죽였다 싶었는데 목을 베지 않은 것이 실수였다. 하지만 어형비검술을 펼치려 마지막 생명지기를 쏟아냈다면 회생하기는 불가능하다."

북궁비는 설련차로 입을 축이고는 편안히 몸을 기대앉았다.

말은 그렇게 했지만 사실 심적 타격은 지대했다. 그는 은성곡을 빠져나온 이후 부상과 내상을 치유하느라 뒤늦게 총단으로 귀환할 수밖에 없었다.

그로서는 평생에 걸쳐 가장 큰 실책이었기에 천하를 오시하던 자부심에 큰 상처를 받았다. 용오랑을 확실히 죽이지 못한 것도 조금은 마음에 걸렸다.

그러나 쌍성의 죽음을 확신한 이상 이제 두려울 것이 없었다. 용오랑 역시 치명적인 부상을 입었기에 회복한다 하여도 그의 상대는 될 수 없다 판단했다.

그는 이내 심적 동요를 추스르며 본래의 냉정함을 되찾았다.

"놈들의 상황은 어떠하냐?"

"크게 우려할 일은 아닌 것 같습니다. 놈들이 사련맹을 결성하고자 했지만 용오랑이 당도하지 않아 의견이 분분한 상황입니다. 조만간 내부적인 반목 때문에 결속이 와해돼 퇴각할 것이 분명합니다."

"살천(殺天)은 당도하지 않았느냐?"

"예, 아버님. 십야회로 여러 차례 전서통문을 보냈지만 아무런 답변도 보내오지 않았습니다."

북궁비는 고개를 끄덕였다.

"뇌공밀살이 배신했군."

"배신이오?"

"사실 십야회는 지배하기가 까다로운 방파다. 지난번 강천후를 암습할 때 굳이 십야회 특급살수들을 대거 동원한 것도 사전에 제거하기 위함이었지. 강천후에 대한 암습은 성공했지만 십야회 특급살수들은 모두 죽었다. 뇌공밀살도 뒤늦게 아비의 심중을 간파한 것 같구나. 하지만 특급살수들이 모두 죽은 이상 두려할 상황은 아니다."

북궁철문은 부친의 깊은 심계에 감탄하고 말았다.

"그런 의도가 있으셨군요."

북궁비는 부상당한 팔을 매만지며 물었다.

"운려는 오지 않았느냐?"

"괘씸하게도 참여하지 않았습니다. 비록 일부가 와해되었지만 천강지살대진은 여전히 위력적인데 말입니다."

"천부의 핏줄은 어쩔 수 없군. 결국은 제 어미를 따라가게 될 것이다."

북궁비는 턱을 어루만지며 다소 실망 어린 표정을 지었다.

북궁철문이 지도를 펼치며 조심스럽게 물었다.

"용오랑은 어찌 되었습니까?"

"죽었을 것이다. 하지만 쌍성과 마찬가지로 질긴 목숨을 지닌 놈이라 죽음을 확인하지 못한 것이 마음에 걸리는구나."

"아버님께서 직접 나서신 일인데 실수가 있겠습니까? 용오랑이 죽은 이상 승리는 낙관적입니다."

북궁철문은 부친을 위로하고는 양측 상황에 대해 상세하게 보고를 올렸다.

북궁비는 초인적인 두뇌를 지녔기에 양측의 전력을 대번에 비교할 수 있었다. 조금은 버겁지만 승리는 낙관적이었다. 게다가 그는 아직까지 단협맹을 조종할 수 있는 위치였다.

그는 이번 기회에 북궁철문의 능력을 시험해 보고 싶었다.

"네가 맡는다면 어떻게 상대하겠느냐?"

북궁철문은 구중천의 소존으로 격상된 이후 한껏 자신감에 차 있었다.

"사련맹 놈들은 서로를 신뢰하지 못하기에 조만간 결속이 와해될 것입니다. 놈들이 퇴각하면 즉시 추살에 나설 계획입니다. 숙부로 하여금 암흑마전을 이끌고 파천궁을 치게 하고, 금천왕에게는 천사교를, 독천왕에게는 표풍회를, 그리고 소자는 밀천 고수들을 이끌고 천병부를 공격하겠습니다. 사련맹의 정예들만 제거하면 구중천하는 완성됩니다."

북궁비는 잠시 생각하다 물었다:

"놈들이 만일 부수관 요새를 공격해 오면 어찌하겠느냐?"

"오히려 다행이 아닙니까? 본 천의 고수들이라면 정면 대결을 펼쳐도 능히 놈들을 격파할 수 있습니다. 일일이 찾아 죽이지 않아도 되니 우리의 수고를 더는 셈이지요."

북궁철문의 자신만만한 응대에 북궁비는 정색을 하며 질책했다.

"철문아, 네가 배움이 부족해 아직 형세 판단이 어둡구나."

"예에?"

"천왜무현이 부수관 공략에 나선다는 것은 내부적 분란을 해소하기 위함이다. 저들의 기세는 등등해 정면 대결을 벌이면 엄청난 피해를 입게 된다. 승리를 한다 해도 우리 측 피해가 너무 크면 향후 천하 경영이 늦어질 수밖에 없다."

북궁비는 한 손으로 섭선을 펼쳐 저었다.

"부수관 방어는 독고준과 백독문 독인에게 맡겨라. 최대한 방어하라 지시만 내리고 지원 병력은 보낼 필요 없다."

북궁철문의 지략은 아직 북궁비에 미치지 못해 부친의 계책을 이해할 수가 없었다.

"소자는 아직 아버님의 심중을 헤아리지 못하겠습니다."

"저들은 부수관을 함락시킨 후 곧바로 퇴각할 것이다. 불확실한 싸움에 절대 나서지 않는 것이 천왜무현의 성격이지. 천병부가 이탈하면 천사교 역시 귀환할 것이다. 표풍회와 파천궁만으로는 공격에 나설 수가 없으니 그들 역시 퇴각을 서두를 것이다."

그는 섭선을 접어 지도를 가리켰다.

"사천의 고수들을 이곳에 배치시킨 후 저들이 퇴각하는 순간 추살에 나선다. 너는 끝까지 추격해 천병부 총단을 접수해라. 아비는 파천궁을 장악할 것이다. 독천왕으로 하여금 천사교를 제압케 하고 암흑마전이 표풍회 총단으로 입성하면 천하대계는 완성된다."

부친의 뛰어난 직관과 높은 지략에 북궁철문은 또 한 번 감복하고 말았다. 그는 무릎을 꿇으며 머리를 조아렸다.

"아버님, 소자는 진작부터 아버님의 신산묘계(神算妙計)를 배우지 못한 것이 통한입니다. 천왜무현의 무지함으로는 도저히 아버님의 적수가 될 수 없을 것입니다."

"유일한 변수는 용오랑이 과연 살아 있느냐이다. 하지만 가능성이 극히 적으니 너는 아비의 계책대로 실행해라."

"명심하겠습니다."

수를 놓는 여인의 섬세한 손가락은 마치 현을 타는 듯 경쾌하다.

황혜령에게 주어진 별채는 백독문에서 가장 풍광이 뛰어난 후원이었다. 비록 앞을 볼 수 없는 그녀였지만 대나무 잎을 흔드는 바람 소리, 새소리, 달콤한 꽃향기로 주변의 정경을 한껏 느낄 수 있었다.

창가에 앉아 수를 놓던 그녀는 누군가 들어서는 인기척에 바늘을 내렸다.

"……."

북궁비는 천천히 섭선을 저으며 그녀 옆으로 다가섰다.

"이제 마음을 정했느냐?"

"소녀의 마음은 이미 말씀드린 그대로입니다."

황혜령을 대하는 북궁비의 태도는 의외로 자상했다.

"어찌해야 네 마음을 바꿀 수 있겠느냐?"

"소녀를 백번 죽인다 해도 바뀌지 않을 겁니다."

황혜령의 단호한 어조에 북궁비는 나직이 한숨을 쉬었다.

"내가 뜻해서 이루지 못한 것이 없었고, 내가 나서서 해결하지 못한 일이 없건만 너만은 어쩔 수가 없구나."

그는 창가에 서며 창밖의 정경을 응시했다.

"혜령, 난 너의 지혜로움은 물론 맑은 심성을 높이 평가한다. 특히 세상을 그려내는 너의 능력은 감탄스럽기까지 하다. 철문을 낭군으로 맞이해라. 난 네 몸에서 난 아이를 후계자로 삼고 싶다."

"소녀에게 계속 강요한다면 소녀는 목숨을 끊겠습니다."

북궁비의 눈알이 옆으로 돌아갔다.

"오냐, 네가 정 고집을 부린다면 그 아이를 데려와 후계자로 삼는 수밖에 없겠다."

"……?"

"운려가 낳은 용오랑의 아들 말이다. 조금은 번거롭지만 나의 핏줄을 이은 아이니 자격은 있지."

황혜령의 입술이 파르르 떨린다.

"어… 어떻게 그렇듯 잔인할 수 있습니까?"

"외할아버지로서 외손자를 키우는 일을 어찌 잔인하다 하느냐?"

"당신은 용 공자와 불구대천의 원수입니다. 그럴 수는 없습니다. 당신의 악독함은 끝내 천벌을 받게 될 겁니다."

북궁비는 황혜령의 어깨를 다정하게 다독였다.

"혜령아, 용오랑은 이미 죽었다. 네가 정녕 그자의 아이를 보호하고 싶다면 내 뜻에 따라 철문과 혼례를 올려야 한다."

"소녀는 믿지 않습니다. 용 공자의 골상과 수상으로 미루어 절대 요절하실 분이 아닙니다."

"정말 고집스런 아이로군. 오냐, 그렇다면 세상을 그려낼 수 있는 너의 특별한 능력으로 한번 알아맞혀 보아라."

황혜령은 수를 놓던 비단을 더듬어 다시 수를 놓기 시작했다.

"천주와는 더 이상 얘기하고 싶지 않습니다. 소녀는 천주가 세상의 혼란을 바로잡을 뿐 지배할 의사는 없다 하신 말씀을 믿었습니다. 천주에 대해 나쁜 감정을 갖지 않도록 해주세요."

"용오랑에 대한 얘기다. 그래도 듣고 싶지 않느냐?"

수를 놓던 황혜령의 섬세한 손가락이 파르르 떨린다.

용오랑. 이름을 듣는 것만으로도 가슴을 설레게 하는 존재가 아닌가. 황혜령은 천천히 고개를 쳐들었다.

"말씀해 주십시오."

"난 한 치의 가감도 없이 있는 그대로 얘기해 주겠다. 너 또한 솔직하게 답변을 해주어야 한다."

"알겠습니다, 천주."

"용오랑은 내 손에 의해 치명상을 입었다. 유감스럽게도 그자의 죽음은 확인하지 못했지."

북궁비는 자신이 쌍성을 암습했던 과정과 용오랑을 만나 모든 것을 밝힌 상황을 상세하게 얘기해 주었다.

자신의 기습에 용오랑이 쓰러졌고 용오랑의 반격에 자신이 위험에 처했던 일, 그리고 만상기환술을 이용해 용오랑의 가슴에 비수를 꽂은 상황, 끝으로 어형비검술에 의해 자신의 팔이 베어진 내막을 숨김없이 털어놓았다.

워낙 연속된 반전이라 황혜령의 표정이 시시각각으로 변했다.

북궁비는 긴 얘기를 마치고는 의자를 끌어다 그녀와 마주 앉았다. 과연 자신의 예상이 맞는지 그녀의 능력을 통해 확신해 보겠다는 의도였다.

그는 천천히 섭선을 저었다.

"솔직히 몹시 부끄러운 일이었다. 천맹무선의 어형비검술에 놀라 그렇게 피신하는 것이 아니었지. 은성동으로 들어가 모든 정황을 확인했어야 옳았다. 쌍성이 살아 있다 하더라도 이미 폐인이 된 몸이었을 테니까."

그는 섭선을 탁 저으며 그녀의 표정을 직시했다.

"이제 네가 판단할 차례다. 과연 쌍성이 살아 있다고 생각하느냐?"

"……."

황혜령은 한참을 숙고하다 다시 수를 놓기 시작했다. 그녀의 입가에 희미한 미소가 감돌았다.

"물론 쌍성께서는 생존해 계십니다. 천주의 정체가 밝혀진 이상 이제 구중천은 쌍성에 의해 괴멸되고 말 것입니다."

"왜 그렇게 생각하느냐?"

"도성께서는 도가의 양의신공을 터득하신 분이십니다. 양의신공은 천주도 알다시피 심장과 뇌, 어느 한쪽만이라도 훼손당하지 않으면 재생이 가능합니다. 도성은 생명지기를 되살려 불성께 전한 것이지요. 불성의 금강부동신공 또한 몸이 절단되지 않는 한 얼마든지 회생할 수 있는 불문 최고의 절예입니다. 도성의 생명지기를 받아 불성께서도 회복하신 겁니다."

과연 세상을 그려낼 수 있는 황혜령의 능력은 경이적이었다. 그녀는 마치 옆에서 본 듯 은성동의 상황을 정확히 알아맞혔다.

북궁비 역시 당대 최고의 두뇌를 지닌 자라 황혜령의 말을 전적으로 수용했다.

"후후, 그렇구나. 쌍성은 확실히 죽지 않았어."

그는 수를 놓는 그녀의 손끝을 유심히 바라보며 말했다.

"네 말에는 조금 어폐가 있다. 목숨을 잃지는 않았어도 회복되었다고는 생각할 수 없다. 아직 부상에서 회복도 되기 전에 어형비검술을 발출했으니 생명지기를 모두 소진했을 것이다. 결국은 죽을 수밖에 없었을 것이다. 그렇지 않느냐?"

황혜령이 어조는 차분하면서도 또랑또랑했다.

"도성 혼자의 힘으로 어형비검술을 전개했다면 그럴 수도 있었을 겁니다. 하지만 불성께서 금강부동진기를 도성께 주입시켜 주었다면 얘기는 달라지지요. 두 분의 생명에는 지장이 없습니다."

"……?"

"또한 쌍성께서 타계하시지 않은 이상 용 공자도 타계하는 일은 없을 겁니다. 용 공자는 선천지기를 지닌 데다 천부의 대선랑을 통해 탈태환골까지 거쳤습니다. 또한 천마진경의 역행혈류심법은 끈질긴 생명력을 지니게 하는 마도 최고의 절학이라 어떤 부상도 치유할 수 있는 힘을 지녔습니다."

북궁비의 표정이 차갑게 굳어갔다.

다른 사람과의 대면이라면 자신의 감정을 숨기려 애써 태연함을 가장했겠지만 상대는 앞을 못 보는 맹녀. 표정을 통해 그의 심각한 심정이 그대로 드러났다.

"용오랑까지 살아났다고?"

"그렇습니다."

황혜령의 모습과 음성은 놀랍도록 차분했지만 수를 놓는 바늘은 가늘게 떨리고 있었다.

"천주는 큰 실수를 범했습니다. 단협맹을 구중천의 하나인 협천(俠天)으로 삼기 위해 장악하려 했지만 그것을 이루지 못했습니다. 오히려 용 공자가 쌍성의 뜻을 받들어 단협맹까지 장악하게 되었습니다. 용 공자는 기존 사련맹과 단협맹을 동시에 지휘할 수 있는 정사지존(正邪至尊)으로 천주 앞에 나타날 것입니다. 구중천은 이제 끝났습니다."

그녀는 확신에 찬 미소를 지으며 북궁비 쪽으로 고개를 돌렸다.

"이를 두고 사필귀정(事必歸正)이라 하지요."

북궁비는 그녀의 손에 의해 완성된 수를 보고는 득의에 찬 웃음을 터뜨렸다.

"하하하……!"

그는 우려에 찬 기색을 싹 지우며 당당하게 응수했다.

"영악한 것! 용오랑의 생존을 강조해 나의 계획을 혼란스럽게 할 작정이구나? 넌 세상을 그려내는 능력으로 이미 쌍성과 더불어 용오랑이 죽었다는 것을 정확히 보았다. 한데도 거짓된 모습으로 날 속이려 했어."

"아닙니다!"

황혜령이 강하게 반박하자 북궁비는 섭선 끝으로 그녀가 놓은 수를 툭 쳤다.

"너의 거짓된 심정은 확실히 드러났다. 너의 손이 그것을 말해 주고 있다. 네가 수놓은 용을 잘 더듬어보아라. 용의 눈알이 어디에 달려 있는지."

"……?"

황혜령은 당황한 모습으로 수놓은 용을 손끝으로 더듬었다. 일순 그녀의 안색이 하얗게 질렸다.

북궁비는 섭선을 활짝 펴며 싸늘한 미소를 지었다.

"눈알이 앞발에 쥐어져 있다니 유감이구나."

"아……!"

황혜령은 참담한 표정이 되어 수놓는 틀을 떨구고 말았다.

북궁비는 그녀의 떨리는 어깨를 다독이고는 힘차게 걸음을 옮겼다.

"고맙구나. 너의 특출한 능력이 나의 우려를 말끔히 씻어주었다. 이제 말살지계를 펼치는 데 아무런 주저함이 없겠어."

그가 방을 나가자 황혜령은 털썩 주저앉으며 용을 수놓은 흉패(胸牌)를 가슴에 안고 흐느꼈다.

"흑흑, 용 공자……!"

그녀는 바닥에 머리를 조아린 채 자신의 실수를 자책하는 눈물을 뿌렸다.

그러나 북궁비는 최후까지 용의주도했다. 문틈을 통해 그녀의 모습을 일각 이상 지켜보면서 끝까지 반응을 살폈다. 비로소 그는 확신의 미소를 짓고는 연기처럼 사라졌다.

황혜령은 다시 바늘을 찾아 들고는 눈물을 흘리며 수를 마저 완성시켰다.

용의 형상이 조금 바뀌었다. 용의 앞발은 크게 벌어져 여의주를 쥐고 있었고 용의 눈 부위에 동공이 새겨져 화룡점정(畵龍點睛)을 이루었다. 북궁비에게 보여준 수와는 전혀 다른 형상으로 변모했다.

그녀는 왕성된 수를 꼭 감싸 쥐며 비로소 안도했다.

'감사합니다, 하늘이시여. 용 공자께서 살아 계심을 소녀는 믿습니다. 쌍성께서는 의인이시니 두 분의 생명지기를 소진시켜서라도 용 공자를 구하셨을 것입니다. 하지만 소녀는 구중천주가 그것을 간파할 것이 두려웠습니다. 요행히 고의로 수를 어긋나게 해서 그를 속이게 되었습니다.'

과연 그녀는 절세재화다운 지혜를 지닌 여인이었다. 상대의 심중을 파악하고 역이용한 기지로 북궁비마저 속인 것이다.

스스로 하늘임을 자부한 북궁비.

간특한 계책으로 세상의 혼란을 조장하고 천하 위에 군림하려는 그였지만 결정적인 실수를 하고 말았다. 그는 자신의 오만과 자부심에 치우쳐 황혜령의 능력을 너무 과소평가했던 것이다.

황혜령은 조용히 부복한 채 간절하게 기원했다.

'용 공자, 깊이 생각하셔야 합니다. 용 공자께서는 구중천을 격파하실 수 있는 절대적 신물을 지니고 계십니다. 제발 그것을 잊지 마십시오.'

◀제58장▶

또 하나의 계략

부수관 요새.

독고준은 백독문 독인들과 더불어 요새에 배치돼 사련맹의 공격을 저지하는 선봉에 서게 되었다.

그는 구중천주의 천재적인 지략과 무시무시한 휘하 고수들을 철석 같이 믿고 있었기에 크게 우려하지 않았다. 자신이 부수관을 지키는 동안 배후로 돌아간 구중천의 고수들에 의해 사련맹이 괴멸될 것으로 판단했다.

성곽 위에는 십 보 간격으로 횃불이 밝혀져 있었다.

독고준은 성루를 걸으며 독인들의 수비 상황을 점검했다. 일백여 제 자들은 독탄과 독 암기로 무장하고 있었다.

그들의 무공은 대단치 않지만 지닌 바 독은 하나같이 무서운 위력을 지녔다. 백독문에서 가장 강렬한 극독을 바른 암기를 지니고 있기에 일당백의 전사들로 손색이 없었다.

또한 성곽 아래에는 칠보추혼사(七步追魂沙)라는 독 모래를 뿌려두었다. 눈에 잘 띄지 않기에 누구라도 밟는 순간 발이 썩어 문드러지고 만다.

독고준은 요새로 이르는 가파른 경사로를 내려다보았다.

"후훗, 아무리 생각해도 난공불락의 요새야. 사련맹의 전 무사들이 달려들어도 절대 깨뜨리지 못할 것이다."

그는 절뚝거리며 자신의 처소로 향했다.

이미 첩보를 통해 전진 기지에 집결해 있는 사련맹의 동태는 파악해 둔 상태였다. 사련맹 정예들이 분분한 견해 차이로 심각한 대치 상태에 있음을 확인했다. 아마 하루 이틀 사이에 사련맹이 와해될 것이라는 밀정들의 보고는 그의 임무를 더욱 홀가분하게 해주었다.

'백독문이 천하 위에 우뚝 설 날도 멀지 않았군.'

그는 다리를 절며 돌 계단을 올랐다.

한데 그때였다. 엄청난 폭음이 부수관 전체를 진동시켰다.

콰아앙!

이어 적의 침공을 알리는 요란한 경종이 밤하늘에 메아리쳤다.

독고준은 급히 몸을 날려 성곽 위로 올라섰다. 성곽과 망루 위에 배치된 일백여 독인들은 성문을 공격하는 붉은 옷의 여인을 향해 일제히 암기와 독탄을 내던졌다.

무수한 암기가 빗발치고 독탄이 터졌지만 붉은 옷의 여인은 독에 전혀 영향을 받지 않았다.

여인은 바로 혈혈마후 진소교였다. 그녀는 전설적인 공작혈란을 복용했기에 백독불침지체에 가까웠다. 게다가 워낙 심후한 내공을 지넜기에 독 연기와 암기는 그녀의 몸 일 장 밖에서 모두 튕겨져 나갔다.

"혈옥파멸강기!"

진소교는 독보적인 절학을 전개해 발광체를 손에 쥐었다. 앞서의 공격으로 일곱 겹 철판을 덧댄 철문은 크게 훼손된 상태였다. 발광체가 급격히 확산되며 또다시 철문으로 날아들었다.

콰아앙―!

어마어마한 폭음과 함께 철문의 절반이 파괴되었다.

독고준은 과거 용오랑이 지녔다는 천궁지시 쟁탈전에 참가하면서 진소교의 가공함을 경험한 적이 있었다. 진소교의 가공할 패공이 더 강해진 것만 같았다.

"죽여라― 어서 죽여!"

독고준은 독인들을 향해 사납게 외쳤다.

그 순간 성곽 아래로 화탄이 터지며 연속적으로 불길이 피어올랐다. 독은 불과 극성이다. 아무리 강렬한 극독도 화염 속에서는 이내 타버리고 만다. 애써 깔아두었던 칠보추혼사는 속절없이 재로 화했다.

독고준은 자신이 펼친 방어망을 굳게 믿었지만 천왜무현 종이건은 이 모든 것을 간파하고 그것을 무산시켜 버린 것이다.

마침내 성곽 전체에서 대규모 침공이 전개되었다.

사련맹의 최고 수뇌들이 성벽을 차고 오르며 성곽 위의 독인들을 공격했다.

천병부에서는 팔대무장들이 선봉에 섰고, 천사교에서는 오환사가, 파천궁에서는 무상 동추와 쌍절, 그리고 표풍회에서는 세 명의 밀사표객이 가담했다. 하나같이 초절정급 고수들이었다.

순식간에 성곽 위로 내려선 그들은 독인들 사이로 파고들며 절기를 펼쳐 냈다.

백독문 독인들은 무서운 독공을 지녔지만 워낙 현격한 무공의 격차를 감당할 수가 없었다. 사련맹 수뇌급들의 무공은 독인들의 암기보다 빨랐고 독탄보다 위력적이었다.

"으악!"

"캐액!"

독인들은 독공을 제대로 펼쳐 보기도 전에 핏물 속으로 쓰러졌다.

마침내 부수관의 견고한 철문이 박살나자 사련맹의 최정예 고수들이 속속 부수관 안으로 입성했다. 그들은 성곽 위에서 밀려 내려온 독인들을 하나씩 도륙했다.

이것은 전투가 아닌 일방적인 학살이었다.

독고준은 구원을 요청하는 폭죽을 연이어 터뜨렸지만 구중천의 고수들은 전혀 모습을 보이지 않았다. 그는 비로소 자신이 처한 상황을 깨닫게 되었다.

"크으, 그랬었군. 놈은 아버님을 희생시켜 파천궁주를 죽인 것으로도 부족해 나까지 제거할 속셈이었어. 그것도 모른 채 백독문주가 된 것에 자부하고 있었다니!"

그는 자신의 어리석음을 통탄했지만 후회하기에는 너무도 늦은 상황이었다.

일백여 독인들이 모두 몰살되는 데에는 오래 걸리지 않았다. 독고준을 제외한 백독문의 모든 제자들이 죽으면서 멸문을 목전에 두게 되었다.

독고준은 파천궁의 정예들에 의해 겹겹이 포위되었다.

다른 삼 개 파의 정예들은 부수관을 점거한 채 묵묵히 지켜보기만
했다. 파천궁주가 백독문의 계략에 의해 죽은 이상 독고준의 목숨은
파천궁에게 양보하는 것이 도리였기 때문이다.

강매염은 동추를 대동하고 독고준 앞으로 다가섰다. 강매염은 부친
의 원통한 죽음을 상기하며 표독스럽게 외쳤다.

"독고준, 네놈의 목을 베어 아버님 영전에 바칠 것이다!"

이미 삶을 체념한 독고준은 미친 사람처럼 키득거렸다.

"큭큭, 내 목을 벤다고? 그게 가능할 것 같으냐?"

동추가 철극을 번쩍 치켜들었다.

"네놈의 목은 내가 베어주겠다!"

철극이 날아들기도 전에 독고준은 역겨운 독혈을 흘리며 털썩 주저
앉았다. 입 안에 숨겨둔 독단을 물고 자결을 선택한 것이다.

"크흐흐, 구중천의 악마가 너희 모두를 죽이리라! 강매염… 저승에
서 네년이 오기만을 기다리겠다."

강매염은 몹시 분개했다.

"독한 놈!"

얼마나 강렬한 독인지 독고준의 살이 줄줄 녹아 흘렀다.

"으흑흑, 아버님!"

처절한 외침과 함께 살이 문드러진 독고준은 해골로 화해 버렸다.
극독은 해골마저 녹여 버릴 듯 역겨운 독 연기를 피워냈다.

"누가 마음대로 죽는단 말이냐?"

동추는 기어코 독고준의 목을 베려 철극을 치켜들었다.

강매염은 급히 그를 만류했다.

"고정하세요, 무상. 놈은 일개 하수인일 뿐입니다. 무상의 철극을

더럽히지 마세요."

"젠장, 진작 목을 베었어야 했는데."

동추는 핏물로 화해가는 독고준의 시체에 대고 연신 침을 뱉었다.

어렵지 않게 부수관 요새를 함락한 사련맹의 정예들은 한껏 기세가 올라 있었다. 연합 공격을 펼친 성과 때문인지 파벌 간의 반목이 다소 수그러들었다.

강매염이 넌지시 종이건에게 권했다.

"이런 상황이라면 용 공자가 오지 않아도 구중천과 결전을 벌일 수 있을 것 같습니다. 총상께서 전략만 지시해 주십시오."

종이건의 태도는 여전히 냉담했다.

"내일 아침까지 이매전사가 오지 않으면 천병부는 퇴각할 것이다."

"종 총상, 현재의 전력으로도 승산이 없단 말입니까?"

"승산은 반반이야. 난 그런 대결은 벌인 적이 없네. 최소 육 할의 승산은 있어야 돼."

진소교가 옆으로 다가서며 매섭게 질책했다.

"천왜무현, 이제 보니 당신은 신중한 게 아니라 겁쟁이로군? 난 싸움에 임해 물러선 적이 없었어!"

종이건은 조소를 지으며 응수했다.

"그래서 당당한 혈혈마후가 이매전사의 하녀가 된 것인가?"

"뭐, 뭐야?"

진소교가 얼굴을 벌겋게 물들이며 손을 쳐들었다.

"네가 진정 죽고 싶으냐?"

천병부 팔대무장이 종이건 주변으로 내려서며 두터운 보호막을 펼쳤다.

"마후는 함부로 설치지 마라!"

진소교의 두 눈에서 핏빛이 감돌았다.

"흥, 감히 나와 대적하겠다는 것이냐? 모조리 죽여주겠다!"

장내의 상황이 일촉즉발로 치닫자 뇌미령이 진소교를 가로막았다.

"대체 왜들 이래요? 한참 분위기 좋았는데 왜 망치는 겁니까?"

"넌 꺼져!"

"마후, 나 죽인다고 해결될 것 같아요? 사련맹이 분열되면 모두 마후 책임인데 용 교주께서 용서할 것 같습니까?"

뇌미령이 용오랑을 거론하며 질책했다.

진소교는 한참을 씨근거리다가 손을 내렸다. 뇌미령을 때려죽이는 것은 어렵지 않지만 용오랑과의 약조를 지켜야 했다. 그녀의 말대로 내분을 일으켜 사련맹이 해산된다면 용오랑을 대할 낯이 없게 된다.

"오냐, 주공께서 당도하신 후 보겠다."

그녀는 폭음을 일으키며 허공으로 치솟아올랐다.

종이건은 천병부 정예들을 향해 지시했다.

"내일 아침 퇴각한다. 각자 병기를 점검하고 총단으로 귀환할 준비를 갖추어라."

"예, 총상."

천병부 정예들은 거처할 만한 전각을 몇 개 차지해 휴식을 취했다. 잔뜩 심통이 난 뇌미령도 오환사와 함께 몇 개의 진영을 구축했다. 표풍회 밀사표객들은 금사표객들을 이끌고 성곽을 순찰한다며 자리를 떠났다.

강매염은 다시 네 개의 파벌로 갈라진 사대세력을 둘러보고는 길게 탄식했다.

"아, 원수를 목전에 두고 물러서야 한단 말인가?"

이때였다. 차분하면서도 또렷한 전음이 그녀의 귓속으로 파고들었다.

"상심할 것 없소, 매염. 그럴 일은 없을 것이오."

강매염의 심장이 터질 듯 부풀어 올랐다.

그녀는 절로 터져 나오려는 탄성을 손으로 막았다. 감동에 젖은 그녀의 눈에 절로 눈물이 감돌았다.

'용 공자! 마침내 오셨군요!'

2

부수관 요새의 지하 석실.

평소에는 창고로 쓰이는 허름한 석실이었다. 매큼한 곰팡 냄새가 코를 찔렀다. 사련맹의 정예고수들이 운집한 부수관 내에서 외부의 이목을 피할 수 있는 유일한 곳이었다.

두 사람은 나무 궤짝을 탁자 삼아 심각한 밀담을 나누고 있었다.

종이건과 마주 앉아 있는 사람은 용오랑이었다.

기이하게도 그의 몸에 서린 신위는 찾아볼 수 없었다. 절세적 무공을 지니고도 그 흔적을 찾아볼 수 없는 평범함이 오히려 놀라울 정도였다. 아무리 살펴보아도 평범한 청년에 불과했다.

지중뇌에서 겪은 지독한 정신적 고통 때문에 허옇게 센 백발은 그대로였지만 귀기스러운 흔적은 씻은 듯 사라져 있었다.

진소교와 강매염, 뇌미령.

세 여인은 한쪽에 서서 입 한번 벙긋하지 않고 두 사람의 대화를 지켜보기만 했다. 당금 천하의 운명은 두 사람에게 걸려 있다 해도 과언이 아니었다.

용오랑이 털어놓은 얘기는 하나같이 천하를 경악케 할 비밀이었다.

현천대선생 정무량이 구중천주 북궁비임을 누가 짐작이나 했겠는가. 또한 그의 암습으로 절세기인 쌍성이 타계하리라고 누가 상상이나 했겠는가.

그러나 종이건은 아무런 내색도 하지 않은 채 묵묵히 듣기만 했다. 어쩌면 그는 정무량이 구중천주임을 간파하고 있었는지도 모를 일이었다.

긴 얘기를 마친 용오랑은 씁쓸한 차로 목을 축였다.

강호의 늙은 여우 종이건은 지그시 눈을 감았다. 그는 길게 늘어뜨린 귀밑머리를 비비 꼬며 깊은 생각에 잠겼다. 감정을 잘 드러내지 않기에 언뜻 보면 졸고 있는 모습 같기도 했다.

진소교는 답답한 듯 연신 가슴을 쓸었다. 그녀는 아주 단순했기에 지략이나 계책 따위는 전혀 생각지 않았다. 상대가 누구든 힘으로 맞서 싸울 뿐이었다.

그나마 뇌미령은 조금 생각할 수 있는 두뇌를 지녔지만 종이건과는 비교할 수조차 없었다. 상황을 뒤바꾸는 뻔뻔한 잔머리는 종이건도 감탄할 정도였지만 지략과는 거리가 멀었다.

강매염은 심기제일이라는 파천궁주의 딸답게 작금의 상황을 심각하게 생각했다.

그녀의 판단으로 양측의 전력은 대등한 상태였다. 물론 당대 최강의 고수들로 결성된 사련맹이 조금 앞설 수 있겠지만 압도할 수 있을 정도는 아니라 생각되었다. 그렇다면 정면 대결을 펼칠 경우 양측 모두 몰살을 당하는 최악의 사태가 발생할 수 있다.

물론 구중천의 괴멸로 어둠의 세력은 사라지겠지만 천하는 또 한 번 대혼란에 빠지게 될 것이다. 기존 수뇌들이 사라진 자리를 차지하기 위한 대규모의 다툼으로 피 바람이 일게 될 것이다. 그 혼란을 제어할 사람이 없다는 것이 가장 커다란 문제였다.

결국 최상의 선택은 피해를 최소로 한 승리다. 그것이 어렵다.

강매염은 자신의 두뇌로는 도저히 방안을 강구할 수 없었다. 그녀는 소리없이 한숨을 쉬고는 종이건을 바라보았다.

상대는 가히 악마적 능력을 지닌 구중천주. 지략과 계책에 대해 천재적인 두뇌를 지닌 종이건이었지만 북궁비의 치밀한 술수와 맞서는 일은 역시 쉬운 일은 아닌 듯싶었다.

마침내 차를 한 단지나 비운 종이건이 입을 열었다.

"본래 귀하를 맹주로 추대한 후 구중천의 악업을 공개하려 했소. 사대세력의 정예들은 모두 구중천에 의해 지존을 잃었기에 강렬한 복수심을 지니고 있소. 이번 결전이 옛 주인의 원한을 갚자는 목적이라면 저들도 죽음을 두려워하지 않을 것이오. 한데 귀하를 통해 구중천의 정확한 실체를 듣고 보니 계획을 일부 수정해야겠소."

"말씀해 보시오."

"귀하가 현 사련맹주임에는 틀림없소. 이 늙은이를 군사(軍師)로 생각한다면 이번 계책은 절대적으로 수용해야 하오."

용오랑은 흔쾌하게 수락했다.

"알겠소. 어디 군사의 묘책을 들어봅시다."

종이건은 목소리를 낮추어 자신의 계책을 상세하게 설명해 주었다.

한쪽에서 듣고 있던 세 여인은 연신 감탄의 표정을 지으며 고개를 끄덕였다.

강매염은 다소 부끄러움을 느꼈다. 종이건의 책략은 확실히 뛰어났다. 하지만 막상 듣고 보니 자신도 충분히 생각해 낼 수 있는 책략이었다.

'과연 천왜무현이군. 상대의 허를 찌르기 위해서는 오히려 얕은 계략이 더 효과적임을 감안한 거야. 악마적 두뇌를 지닌 구중천주이기에 깊은 속임수는 통하지 않는다 생각한 것이지. 상대의 지략과 성격까지 감안한 책략. 역시 병법의 지피지기(知彼知己)는 고금의 진리야.'

두 시진에 걸친 회의가 끝나자 종이건이 먼저 석실을 나갔다. 그는 석실을 나가면서도 세 여인에게 일별도 주지 않았다.

뇌미령이 생글생글 웃으며 용오랑 옆으로 다가섰다. 그녀는 은근한 추파를 던지며 애교스럽게 말했다.

"소녀는 교주를, 아니, 이제는 당당한 맹주시군요. 맹주께서 오실 줄 확신하고 있었습니다. 소녀의 충정을 믿어주십시오."

"물론이오. 뇌 총사는 신뢰할 만한 여인이지."

"호호, 물론입니다, 맹주."

뇌미령이 공손하게 허리를 굽히자 용오랑이 그녀의 어깨를 다독여 주었다.

"뇌 총사가 입만 조심하면 이번 결전에서 반드시 승리할 것이오."

뇌미령은 알겠다는 듯 손가락으로 자신의 입을 가리고는 눈을 찡긋했다. 그녀는 강매염 앞을 지나며 도도하게 턱을 치켜 올렸다.

뇌미령이 석실을 나가자 진소교가 코웃음을 쳤다.

"흥, 음탕한 계집! 감히 뇌 앞에서 수작이야? 이번 결전이 끝나면 구역질나는 낯짝부터 뭉개 버려야겠어."

그녀는 용오랑을 두루 살피다 의아한 표정을 지었다.

"주공, 몸은 괜찮으신 겁니까?"

"음, 멀쩡해."

"소첩이 보기에는 빛나는 신위가 사라진 것 같습니다. 혹시 내상을 당하신 것은 아닙니까?"

"안심해. 난 괜찮으니까."

용오랑은 차를 음미하면서 나직이 지시했다.

"밀사표객들에게 특별히 지시할 사항이 있으니 채비를 갖추라고 일러줘. 금사표객들이 눈치채지 않도록 조심하고."

"알겠습니다."

진소교는 한바탕 싸움을 벌이게 됐다는 기대감에 부풀어 서둘러 석실을 나갔다.

용오랑은 묵묵히 서 있는 강매염을 보고는 몸을 일으켰다. 그가 옆으로 서자 강매염이 비로소 입을 열었다.

"결전이 끝나면 진정 강호를 떠나실 생각이십니까?"

"아직 결정한 바 없소."

"그렇다면 천하지존이 되십시오."

강매염이 그 앞에 부복하며 간곡하게 청했다.

"소녀는 기꺼이 파천궁을 용 공자께 바치겠습니다. 표풍회와 천사교에 이어 파천궁까지 차지하시면 능히 천하지존에 오르실 수 있을 것입니다."

"매염, 당신은 강한 여인이 아니오? 대체 왜 이러는 거요?"

"소녀도 왜 이렇게 변모했는지 모르겠습니다."

강매염이 처연한 표정을 짓자 용오랑이 그녀의 어깨를 감싸 일으켰다. 그는 다정한 미소를 지었다.

"우리 사이에는 안 좋은 감정도 있었지만 기억할 만한 추억도 있었소. 난 그것으로 충분하다 생각하오."

그는 그녀의 어깨에 팔을 두르며 천천히 걸음을 옮겼다.

"파천궁은 당신 아버지가 평생토록 심혈을 기울여 만든 기반이오. 그것을 계승하고 지켜 나가는 것이 당신의 책임이오."

"공자는 마음만 먹으면 무림의 제왕이 될 수 있는 분이십니다. 왜 그것을 마다하려 하십니까?"

"내게 다른 꿈이 있기 때문이오."

강매염이 커다랗게 눈을 떴다.

"다른 꿈이오?"

용오랑은 담담한 어조로 대답했다.

"그렇소. 난 천하제일의 장의사가 될 것이오. 예전에는 어쩔 수 없이 장의사로 지냈지만 이제는 진심으로 영혼을 치유하는 장의사가 되고 싶소."

강매염은 그가 추구하는 길이 자신과는 너무도 동떨어졌기에 절로 한숨을 내쉬었다.

"정말이지 이해할 수가 없습니다. 왜 천하지존의 권좌를 마다하고 한낱 장의사가 되려 하십니까?"

"매염, 당신도 정성껏 염습을 해보면 왜 내가 그런 꿈을 꾸는지 이해하게 될 거요."

용오랑은 싱긋 웃으며 능청스럽게 한마디 던졌다.

"혹시 나와 동업할 생각은 없소?"

3

북궁철문은 첩보를 입수하고는 당황하고 말았다.

"이게 어찌 된 일이지? 아버님의 예상과 달리 사련맹은 해체되지 않았다. 오히려 구중천을 향해 진격해 오고 있어."

구중천주는 사련맹이 부수관을 점령한 후 분열될 것으로 예상해 계책을 세워두었지만 그 예상은 어긋났다. 과거와 달리 구중천주의 주도면밀함이 조금씩 삐걱대고 있는 것이다.

북궁철문은 급히 전문을 띄워 외부로 출동한 고수들에게 귀환을 지시했다. 사련맹이 적극적인 공세로 나온 이상 이제 대규모 격돌은 피할 수 없는 상황이었다.

북궁철문은 깊이 숨을 들이쉬고는 의사청으로 향했다.

과거 백독문주가 사용했던 접견실은 의사청으로 개조되었다. 의사청은 구중천주의 취향에 맞게 운치있게 꾸며졌다. 귀한 골동품이 진열되었고 벽에는 고풍스런 그림과 글씨가 걸렸다.

북궁비는 독천왕과 금천왕, 그리고 암흑마전주인 북궁현과 더불어 결전을 논의하고 있었다.

이때 문밖에서 북궁철문의 음성이 들려왔다.

"아버님, 소자입니다."

북궁비는 잠시 회의를 중단했다.

의사청으로 들어선 북궁철문이 굳은 표정으로 보고를 올렸다.

"사련맹이 대대적인 침공을 펼쳐 오고 있습니다. 반나절 안에 당도할 것이라는 첩보입니다."

"흐음, 그래?"

"첩보에 의하면 용오랑이 사련맹주로 추대되었다 합니다."

"용오랑이?"

좀처럼 심중을 드러내지 않는 북궁비의 표정이 다소 일그러졌다. 그는 미심쩍은 표정으로 물었다.

"확실한 첩보냐? 분명 용오랑이 살아 있단 말이냐?"

"지난밤 사련맹 수뇌들이 비밀스런 회의를 가졌다 합니다. 그들은 새벽이 되자 용오랑을 사련맹주로 추대했다고 공표했습니다. 또한 십전대표객, 천사교주, 파천궁주, 천병부주 모두가 구중천의 음모와 계략에 죽었음을 주지시키고 복수를 결의했답니다."

북궁비는 심각한 표정으로 턱을 어루만졌다.

"사련맹도들 앞에 용오랑이 확실히 모습을 보였느냐?"

"그 점이… 다소 수상합니다."

북궁철문은 밀정들의 첩보를 나름대로 분석해 아뢰었다.

"용오랑을 직접적으로 본 자들은 없는 듯합니다. 최고 수뇌들의 지시라 따르고는 있지만 사련맹 무사들 대다수는 맹주라는 자가 얼굴조차 보이지 않았다는 사실에 의혹과 불만을 품고 있답니다. 소자의 판단으로는 용오랑이 당도하지 않은 듯합니다."

북궁비는 잠시 생각하다가 빙그레 미소를 지었다.

"정확한 판단이다. 용오랑은 이미 죽은 몸이다."

"그렇다면 저들이 퇴각해야 당연한 것 아닙니까?"

"그렇지가 않다. 사련맹이 퇴각하지 못한 이유는 천왜무현의 영향력이 약화되었기 때문이다. 그 늙은이는 승산없는 싸움은 절대 벌이지 않는 신중한 성격이라 이렇듯 무모한 돌격을 주장하지는 않았을 것이다. 하지만 부수관 요새를 함락한 기세를 믿고 혈혈마후나 강매염이 결전을 강요했기에 어쩔 수 없이 나섰을 것이다."

북궁철문은 자신보다 두세 수 앞을 내다보는 부친의 지혜에 절로 고개가 숙여졌다.

"그렇군요. 이제야 이해가 됩니다. 그렇다면 결속을 다지기 위해 죽은 용오랑을 내건 것이 확실하겠군요?"

"그렇다고 볼 수 있지."

북궁비가 고개를 끄덕이자 금천왕이 차갑게 물었다.

"지존, 용오랑이란 놈이 대체 누구이기에 그렇듯 중요하게 생각하시오?"

"천부를 움직일 수 있는 놈이기 때문이오. 게다가 표풍회와 천사교의 총수이기에 현 무림에서 최고의 영향력을 지녔다 할 수 있소. 놈이 앞장서 사련맹을 통솔한다면 치열한 혈전이 될 것이오. 하지만 놈이 이미 죽은 이상 본 천의 승리는 절대적이오. 결전을 벌이는 순간까지 용오랑이 나타나지 않으면 저들은 지리멸렬될 테니까."

북궁비는 천천히 몸을 일으켰다.

"서두를 것 없으니 앞서 지시한 대로 행동하면 최소의 희생으로 최대의 성과를 올릴 수 있소. 죽여야 할 놈들이 죄다 몰려왔으니 굳이 찾아다니며 일일이 죽여야 하는 수고를 덜게 되었소. 구중천하는 올해를 넘기기 전에 완성될 것이오."

북궁철문이 우려의 표정을 지으며 물었다.

"아버님, 중대한 결전을 앞두고 어디를 가시려는 겁니까?"

"쌍성과 용오랑이 모두 죽은 상황이라 단협맹 제자들은 아비를 여전히 군사로 생각하고 있을 것이다. 단협맹 제자들을 움직이면 저들의 배후에 심각한 타격을 줄 수 있다."

북궁철문은 크게 안도했다.

"아, 그렇군요. 단협맹을 이용할 수 있다면 저들에게 심각한 타격을 줄 수 있습니다. 과연 아버님의 신산묘계는 하늘도 짐작치 못할 것입니다."

북궁비는 아들의 어깨를 다독였다.

"어디 너의 능력을 지켜보겠다."

"믿어주십시오, 아버님."

북궁철문은 삼천왕을 대동하고 회의실 밖까지 북궁비를 배웅했다. 북궁비는 몇 걸음을 내딛기도 전에 유령처럼 사라졌다.

북궁철문은 어깨를 쭉 폈다. 상대의 의도를 모두 파악한 이상 두려울 것이 없었다. 펼쳐 놓은 함정 속으로 사련맹이 뛰어드는 순간, 사냥감을 수확하는 사냥꾼의 심정으로 거둬들이기만 하면 되는 것이다.

북궁철문은 삼천왕에 앞서 힘차게 걸음을 내디뎠다.

"가십시다, 삼천왕."

◀제59장▶

비밀스런 안배

청성산 기슭.

오십여 명의 단협맹 제자는 영주인 사도명과 함께 수림 사이에 포진해 있었다. 단협맹 창건 이래 전 제자들이 이렇듯 총출동한 적은 없었다. 모두들 심각한 상황임을 인식했다. 대규모 결전을 앞둔 그들의 표정은 사뭇 긴장되어 있었다.

사도명은 무척 고민스런 모습으로 팔짱을 끼고 있었다. 그의 평생 이토록 고통스런 결단을 목전에 두기는 처음이었다. 너무도 괴로운 그는 차라리 도망가고 싶은 심정이었다.

자신도 모르게 손이 덜덜 떨리고 있었다.

'이럴 수는 없다! 어떻게… 어떻게 그런 일이?'

그는 자신의 굳은 의지와 신념을 떠올리며 가슴을 진정시키려 했지만 그의 감정을 휩쓸고 간 충격과 경악은 쉽게 가라앉지 않았다.

이때 단협오룡 중 한 명이 나직이 외쳤다.

"영주, 군사께서 오십니다."

사도명은 깊이 숨을 들이키고는 급히 수림을 나섰다.

피투성이 중년인이 백마에 몸을 실은 채 다급히 달려오고 있었다. 베어진 한쪽 팔을 삼각건으로 두른 채 한 팔로만 말고삐를 쥐고 있기에 몹시 위태로워 보였다.

바로 현천대선생 정무량이었다.

"군사?"

사도명이 말 옆으로 다가서며 고삐를 쥐었다.

정무량은 그의 도움을 받아 내려서며 겨우 안도의 한숨을 내쉬었다.

"사도 영주, 단협맹 제자들은 무사한가?"

"그렇습니다. 대체 어찌 된 일입니까?"

"너무… 끔찍한 일이 발생했네."

정무량은 단협맹 제자들의 부축을 받으며 힘겹게 걸음을 옮겼다. 간신히 나뭇등걸에 걸터앉은 그는 가쁜 숨을 몰아쉬었다.

"용오랑… 그자가 무서운 악적이었네. 놈에 의해 은성동의 두 분 맹주께서 암습을 당해 운명하시고 나 또한 중상을 입고 말았네."

"예에? 쌍성께서… 운명하셨단 말입니까?"

사도명의 안색이 창백하게 변색되었다. 주변의 단협맹 제자들 역시 참담한 표정이 되었다.

그들에게 있어 도불쌍성은 불가침의 존재였다. 아니, 그들뿐만 아니라 천하 백도인 모두에게 있어 쌍성은 정신적인 지주였다. 사패의 무리들이 천하를 활보하고 있지만 감히 악업을 저지르지 못하는 것은 쌍성을 두려워해서라고 믿고 있었다.

쌍성이 암습을 당해 세상을 떠났다!

그것은 단협맹의 기반부터 뒤흔드는 대사건이 아닐 수 없었다.

정무량은 단협일룡이 내주는 물을 한 모금 마시고는 침통하게 말을 이었다.

"용오랑이란 자를 믿은 게 큰 실책이었네. 놈은 파천궁주를 능가할 야심을 숨긴 자였어. 그자는 사대세력을 복속해 이미 사련맹주가 되었네. 만일 그자가 구중천마저 격파한다면 천하는 멸절일세."

사도명은 절망에 젖어 털썩 무릎을 꿇었다.

"크으… 이럴 수는 없습니다. 쌍성께서 운명하시다니요? 어떻게… 어떻게 이럴 수 있단 말입니까?"

모든 제자들도 하나둘 주저앉으며 비통에 찬 눈물을 뿌렸다. 청성산 기슭은 순식간에 눈물 바다가 되었다.

그렇게 일각이 흘렀다.

정무량은 단협맹 제자들을 둘러보며 단호한 어조로 명했다.

"우리는 이제 중대한 결정을 내려야 한다. 교활한 용오랑이 이끄는 사련맹과 암흑 세력 구중천을 동시에 괴멸시켜야 하는 임무를 수행해야 한다. 현 사련맹의 전력은 구중천을 능가한다. 하지만 저들끼리 교전을 벌일 때 배후를 급습한다면 두 세력의 양패구상을 노릴 수 있다. 너희 모두가 죽는 한이 있더라도 천하 대의를 위해 기꺼이 나서야 한다."

그는 힘겨운 걸음으로 제자들 앞을 걸으며 그들의 의기를 북돋았다.

"천하의 정의를 위해, 그리고 두 분 맹주의 복수를 위해 죽음을 두려워 마라!"

단협맹 제자들은 비장한 결의를 다지며 외쳤다.

"명심하겠습니다, 군사!"

사도명이 천천히 몸을 일으켰다. 그는 다소 핏발이 곤두선 눈을 하며 정무량 뒤로 다가섰다.

"군사, 한 가지 확인할 것이 있습니다."

"무엇인가?"

정무량은 천천히 고개를 돌렸다.

순간, 사도명의 손에서 탈명검이 번득였다.

번— 쩍—!

강호에서 탈명마검으로 불리던 절세적 쾌검이 전개되었다. 놀랍도록 빠른 출수인 데다 거리도 가까웠다. 특급살수들의 척살보다 더 쾌속한 기습이었다.

정무량은 본능적으로 허리춤의 섭선을 뽑아 들어 후려쳤다. 그는 가까스로 사도명의 쾌검을 막아냈다.

사도명의 표정에 첨예한 살기가 피어올랐다. 갈등에서 벗어난 그는 확신을 갖게 되었다. 그는 재차 쾌검을 발출했다.

"탈명참백(奪命斬魄)!"

정무량의 표정이 싸늘하게 굳어졌다.

그는 비로소 자신이 엄청난 실수를 범했음을 깨닫게 되었다. 사도명의 쾌검이 너무도 기습적으로 펼쳐지는 바람에 생각보다 본능적 반응이 앞섰던 것이다.

그가 섭선을 가슴 앞으로 펼쳐 들자 짙은 자색강기가 두터운 강기막을 형성했다. 천부의 절학이었다.

퍼엉!

요란한 폭음과 함께 사도명은 답답한 신음을 토하며 주르륵 미끄러졌다.

"우욱!"

그는 무섭게 진동하는 탈명검을 힘껏 쥐며 토하듯 외쳤다.

"이 악마! 용 회주의 말이 사실이었구나! 네놈이 두 맹주를 시해했어! 구중천주 북궁비!"

단협맹 제자들은 눈앞에서 전개된 끔찍한 상황에 정신을 차릴 수가 없었다.

영주인 사도명이 감히 군사인 현천대선생을 죽이려 쾌검을 발출했다. 한데 현천대선생은 그것을 막아냈다. 사도명은 재차 출수를 했지만 오히려 현천대선생의 반격에 부상을 입었다.

단협맹 제자들은 정무량의 진정한 정체를 까마득하게 몰랐기에 일단 정무량이 죽지 않았다는 데 안도했다.

하지만 다시 생각해 보니 이런 상황 자체가 모순이었다. 상식적으로 정무량이 사도명의 기습적인 쾌검을 막아냈다는 것이 이해가 되지 않았다. 그들이 아는 한 정무량은 무공을 전혀 모르는 문사였기 때문이다.

사도명은 탈명검으로 정무량을 가리켰다.

"사악한 놈! 현천대선생은 일초 반식의 무공도 모르는 분이셨다. 한데 넌 나의 쾌검을 간단히 막아내고 오히려 날 부상 입힐 만한 절세고수다. 난 용 회주로부터 진상을 듣고도 믿지 않았는데 이제는 믿을 수밖에 없구나. 교활한 놈! 여태까지 너 같은 악마를 단협맹의 군사로 모셨던 것이 원통하다!"

단협맹 제자들은 비로소 정무량의 진정한 정체를 깨닫게 되었다. 그들은 신속하게 몸을 날려 포위망을 형성했다.

정무량, 아니, 구중천주 북궁비는 자신의 신분이 탄로난 상황에서도 그다지 당황하지 않았다. 오히려 웃음을 터뜨렸다.

"하하하, 진정 어처구니없는 일이군. 한낱 눈먼 계집의 술책에 당해 용오랑이 죽었음을 확신했단 말인가. 정말 부끄러운 일이다."

그는 자신의 실책이 황혜령으로부터 비롯됐음을 대번에 깨닫게 되었다. 황혜령이 일부러 잘못된 수를 놓아 자신을 속였다는 사실보다 자신이 그것을 간파하지 못했다는 사실에 심한 수치를 느꼈다.

자신이 세상을 속일지언정 남에게 속지 않는다는 자부심이 연속적으로 무너진 것이다.

용오랑에게 감쪽같이 속아 모든 비밀을 털어놓았으며 사련맹의 급속한 공격을 단지 천왜무현이 통솔력을 잃은 것으로 착각했다. 게다가 한낱 눈먼 계집의 얕은꾀에 당했고 이번에는 사도명의 기습에 마각을 드러내고 말았다.

평생토록 실수를 몰랐던 그가 최근 들어 갑자기 냉정을 잃고 연이어 오판을 범하게 된 것이다.

그것은 그가 너무도 오랜 세월 심력을 소진했기 때문이기도 했지만 그 역시 인간임을 부정할 수 없었다. 수많은 흑도의 세력이 암흑천하를 이루기 직전 무너진 것과 유사한 경우였다. 얻으려는 자의 조급함과 정상을 눈앞에 둔 오만함이 빚은 결과였던 것이다.

북궁비는 쓴웃음을 지으며 고개를 저었다.

"역시 후환은 미리 제거했어야 옳았다. 다른 누구보다 천왜무현과 황혜령, 그리고 용오랑 그 셋을 죽이는 데 주력했다면 이런 결과는 없었을 것이다."

그때였다. 단협맹 제자들 뒤에서 세 명이 솟구치며 그를 향해 동시에 공격을 펼쳐 왔다.

"헤헤, 정말 찢어 죽일 놈이야!"

"흑흑, 천하를 속인 사기꾼아!"

"이놈, 뒈져라!"

놀랍게도 그들은 당대의 골칫덩이로 불린 잔결삼괴였다.

본래 그들의 비밀스런 신분은 단협맹의 감찰사자(監察使者)였다. 단협맹 제자들도 그들의 행동을 통제하는 감찰사자가 있다는 것만 알았을 뿐 잔결삼괴가 단협맹의 숨은 기인들임은 잠시 전에야 알게 되었다.

북궁비는 한 발을 축으로 회전하며 연속적으로 섭선을 휘저었다.

"흥, 가소로운 것들!"

그의 전신에서 광포한 화염이 피어오르며 사위로 비산되었다. 이글거리는 화염은 급속도로 확산되었다.

콰— 콰쾅—!

엄청난 폭음과 함께 잔결삼괴가 동시에 튕겨져 나갔다. 겨우 바닥으로 내려선 그들은 비틀비틀 물러섰다 그들의 옷과 머리카락이 심하게 그슬렸다.

"에헤헤, 이게 뭐야? 화마의 겁륜극염강기잖아?"

"아이구, 나쁜 놈. 분명 사대천마의 마공절기다."

"으드득, 이 교활한 새끼!"

잔결삼괴는 부상을 당한 상태에서도 본래의 웃고, 울고, 노하는 기괴한 모습을 보였다.

북궁비는 상황이 여의치 않자 그대로 솟아올랐다.

'이럴 시간이 없다. 자칫하면 구중천의 전력이 괴멸된다.'

계략의 천재였던 그가 오히려 상대의 계책에 말려들어 갔다는 것은 견딜 수 없는 치욕이었다. 또한 그가 펼친 모든 계책이 어긋나는 위기이기도 했기 때문이다.

이 순간 세상의 모든 빛을 잠재울 섬광이 하늘 저편에서 날아들었다.

북궁비는 가슴이 덜컥 내려앉았다.

"어형비천섬?"

그는 혼신의 힘을 다해 섭선을 휘둘러 천부의 은하검법을 전개했다.

"은하만상천!"

비록 검에 의한 초식은 아니었지만 천부의 절학답게 그 위력은 엄청났다. 화려한 불꽃이 허공을 수놓으며 그의 전신을 빈틈없이 방어했다. 만일 검을 통해 펼쳐졌다면 하늘이 온통 검화로 뒤덮였을 것이다.

퍼퍼펑─!

잇단 폭발음이 터지며 강기의 파편이 사위로 비산되어 지면을 강타했다.

"으음!"

북궁비는 기혈이 들끓는 답답함을 느끼며 다시 바닥으로 내려서야 했다. 머리를 묶은 문사건이 끊어져 산발이 되었고, 가슴을 비껴간 강기에 가볍지 않은 부상마저 입게 되었다.

허공으로 튕겨진 거무튀튀한 삽이 그 앞으로 천천히 떨어져 내렸다. 이어 하나의 인영이 앞서 모습을 드러내며 탕마산을 손에 쥐었다.

눈부신 신위를 뿜어내는 청년이었다. 이어 신비로운 광휘가 스러지며 평범한 모습의 청년이 진면목을 드러냈다.

바로 용오랑이었다.

그는 단협맹 제자들을 찾아내 사도명에게 모든 비밀을 밝혔다. 정무량의 진정한 정체와 은성곡에서 벌어졌던 끔찍한 암습을 상세하게 얘기해 주었다.

사도명은 믿을 수가 없었다.

물론 그도 용오랑을 신뢰한다. 하지만 오랜 세월 단협맹을 이끌어온 현천대선생의 기품과 진실함을 더 신뢰했다. 혹시 용오랑이 자신과 단협맹을 속이는 것은 아닌가 의심을 품기도 했다.

용오랑은 정무량의 목을 베려 한다면 정체를 드러낼 것이라 일러주었다. 만일 정무량이 그 자리에서 죽는다면 기꺼이 자신도 목을 바치겠다고 장담했다.

사도명은 고뇌하지 않을 수 없었다.

만에 하나 정무량이 자신의 손에 죽게 된다면 용오랑에게 철저하게 농락을 당한 꼴이 되기 때문이다. 또한 당세의 현자이며 단협맹의 군사를 해친 죄책감에 자신의 몸을 백번 가른다 해도 그 죄를 씻지 못할 일이기 때문이다.

이때 그에게 용기와 신념을 불어넣어 준 사람이 바로 세 명의 감찰사자인 잔결삼괴였다.

결국 사도명은 중대한 결단을 내려 정무량의 목을 베려 했고 정무량은 그것을 막아냈다. 이렇게 해서 용오랑은 북궁비의 마지막 가면마저 벗겨 버린 것이다.

북궁비는 칼날 같은 눈빛으로 용오랑을 직시했다.

"정말이지 쇠심줄 같은 놈이군. 네가 살아 있었단 말이냐?"

"기분이 어떠하냐? 아주 더러울 것이다. 남에게 농락당하는 참담한 고통을 너도 느껴봐야 한다."

"후훗, 네가 이겼다고 생각하는 것이냐?"

"그동안 내가 당한 이유는 네가 대단했기 때문이 아니라 너의 사악한 술책과 간계 때문이었다. 이제 너의 모든 정체가 드러난 이상 넌 두려운 존재가 될 수 없다. 어둠을 벗어난 악마는 더 이상 악마일 수 없으니까."

용오랑은 탕마산을 천천히 치켜들었다.

"악마의 최후다."

그의 신위는 아주 평범했다. 그저 하급무사가 삽을 쳐든 모습이었다. 하지만 그와 맞서고 있는 북궁비는 마치 거대한 산을 대한 듯 전신이 오그라들었다.

북궁비는 용오랑을 통해 쌍성을 신위를 보았고, 천부의 절학을 느꼈다. 그 모든 기운을 융합한 용오랑의 존재는 도저히 감당할 수 없는 무신(武神)의 모습이었다.

'좋지 않군.'

북궁비는 빙글 회전하며 선제공격을 가했다.

"차앗!"

섭선을 날린 그는 만상기환술을 펼쳐 아홉 개의 잔영(殘影)을 뿌리며 허공으로 솟아올랐다. 공세는 허초였을 뿐이다. 구중천으로 귀환하는 것이 급선무였다.

용오랑은 한 발을 축으로 회전하며 탕마산을 휘둘렀다.

"무섬파천황!"

천맹무선의 광세절학이었다. 화려한 빛의 폭발. 아홉 줄기 섬광이 그대로 뻗어나가며 북궁비의 잔영을 모두 꿰뚫었다. 그리고 한줄기 섬광이 허공 높이 솟구치며 북궁비의 등판을 관통했다.

"아아악!"

처절한 비명 소리와 함께 북궁비는 수림 속으로 곤두박질쳤다.

잔결삼괴가 급히 수림 속으로 뛰어들었다. 북궁비를 마저 요절내기 위해서였다. 그러나 피에 젖은 장삼만 보일 뿐 북궁비의 시체는 전혀 찾을 수가 없었다.

소면독각은 심각한 상황에서도 웃음을 터뜨렸다.

"헤헤, 이 쥐새끼가 어디로 숨었지?"

비면독비는 분통한 마음에 눈물을 줄줄 흘렸다.

"아이구, 원통해라. 놈이 사라졌어."

노면독안은 망치를 휘둘러 북궁비의 장삼을 마구 내리찍었다.

"이런 염병헐! 놈이 환술이라도 썼단 말인가?"

사도명은 단협맹 제자들에게 명했다.

"어서 주변을 수색해라! 반드시 잡아야 한다!"

용오랑은 탕마산을 등에 멨다.

"이미 늦었소. 놈은 만상기환술을 펼쳐 이미 빠져나갔소. 하지만 상당한 부상을 입었으니 오래 버티지 못할 것이오."

사도명은 참담한 표정으로 용오랑 앞에 털썩 부복했다.

"용 형, 이 어리석은 놈을 죽여주시오! 천하의 악적을 알아보지 못했으니 백번 죽는다 해도 죄를 씻지 못할 것이오."

단협맹 제자들 역시 무릎을 꿇으며 비분에 찬 눈물을 뿌렸다.

"우리 모두 죽음으로 속죄하겠소이다, 맹주!"

그러자 잔결삼괴가 내려서며 질책했다.

"헤헤, 못난 놈들! 그렇게 죽고 싶으면 당장 구중천으로 달려가 악적들과 싸우다 뒈져!"

"크흑흑! 기뻐해라, 이놈들아. 향후 단협맹은 당당히 세상 앞에 나설 것이다. 죄인처럼 숨어 사는 일은 없을 것이야."

"이는 두 분 맹주의 유시이다! 만일 거부하는 놈은 이 망치로 골통을 쪼개 버리겠다!"

잔결삼괴가 앞장서자 단협맹 제자들은 의기에 찬 함성을 지르며 그들의 뒤를 따랐다.

단협맹 제자들은 이제 당당한 의협으로 세상 앞에 나설 수 있다는 생각에 한껏 고무되었다. 아무리 붉은 가슴을 지닌 열협이라 해도 이름조차 남기지 못하는 협행은 고통스러울 수밖에 없었다. 또한 마치 죄인처럼 남에게 발각되지 않으려는 조심스런 행동은 제약일 수밖에 없었던 것이다. 이제 그런 우려는 말끔히 씻겼다.

그들은 더 이상 세상의 그림자로 살 필요가 없게 된 것이다.

용오랑은 사도명의 어깨를 쥐고 일으켜 세웠다.

"사도 형은 너무 자책하지 마시오. 구중천의 사악한 계략에 농락당한 사람은 사도 형 혼자만이 아니오. 그자는 세상 모두를 속인 자요."

"너무도 신뢰했던 현천대선생이었기에 나는 아직도 현실을 직시할 수가 없소. 그저 모든 것이 악몽인 듯싶소."

"나는 그런 충격과 배신을 수없이 겪어왔소. 이제 사도 형은 거듭나게 될 것이오."

용오랑은 그의 손을 굳게 쥐었다.

"은성동에 맹주영부가 있소. 쌍성께서 사도 형을 차기 단협맹주로 명하셨소."

사도명은 정색을 하며 고개를 흔들었다.

"무슨 말씀이시오? 난 자격이 없소. 내가 무슨 면목으로 단협맹을 이끈단 말이오?"

"그렇다면 쌍성의 준엄한 유시를 거역하겠단 뜻이오?"

"그… 그런 뜻이 아니라……."

사도명이 크게 당황해하자 용오랑은 호의적인 미소를 지었다.

"쌍성께서는 최근에야 찾아낸 광명무서(光明武書)도 함께 남기셨소. 광명무제께서는 세상에 대한 회의 때문에 제자들을 금제한 것을 몹시 후회하셨소. 또한 터득한 절기를 절반도 남기지 않아 정파의 절학이 절전되는 것을 너무 안타까워하셨소. 그분은 홀로 임종을 맞이하면서 광명무서를 저술하고 새로운 유시를 전하셨소."

"새로운 유시라면?"

"세상 사람들의 불신과 질시를 두려워하는 것은 의가 아니라 하셨소. 당신의 삶은 불우했지만 그것을 이겨내지 못한 것을 한탄하셨소. 명성을 탐해서는 안 되지만 굳이 그것을 거부할 필요는 없다 하셨소. 광명무제께서는 떳떳하게 자신을 밝히고 의협으로 살아가야 함을 거듭 강조하셨소."

"오오……!"

사도명은 감격의 눈물을 흘리며 은성동이 위치한 동쪽 하늘을 향해 배례를 올렸다.

"불민한 제자 사도명이 감히 두 분 맹주의 유시를 받드옵니다. 광명무제 태사존의 뜻을 받들어 천하의 의를 지키는 데 신명을 바치겠습니다."

용오랑은 홀가분한 기분으로 구중천 총단을 가리켰다.

"갑시다. 악마의 숨통을 끊어야 하니까."

2

콰콰쾅―!

구중천 정문 앞 광장에서 한바탕 싸움이 전개되고 있었다. 진소교와 독천왕, 황금사왕 동추와 금천왕이 맞대결을 펼치는 중이었다.

종이건은 팔대무장의 삼엄한 경호를 받으며 멀리서 관전하고 있었다. 사련맹의 정예들은 넓게 학익진을 펼쳐 압박을 가할 뿐 전면전은 전개하고 있지 않았다.

북궁철문은 북궁현과 나란히 정문 돌 계단 위에 선 채 주변의 상황을 예의 주시하고 있었다. 광장에는 독천과 금천, 암흑마전에 소속된 삼백여 마인이 도열해 있었다. 구중천주의 친위대인 밀천의 일백 고수들은 아직 나서지 않은 상태였다.

퍼퍼펑―!

허공에서 전개되는 진소교와 독천왕의 격돌은 엄청났다. 그들의 막강한 강기가 충돌할 때마다 섬광이 흩어지며 지표를 강타했다.

독천왕은 독중지성을 연성했기에 무적의 독공을 지녔지만 공작혈란을 복용한 진소교 역시 독공을 전혀 두려워하지 않았다. 워낙 심후한 공력을 지닌 진소교라 싸움의 양상은 조금씩 진소교에게 유리하게 돌아갔다.

차차창―!

철극을 휘두르는 동추와 양손의 검지를 병기 삼아 맞서는 금천왕의 대결은 아주 치열했다.

금천왕의 검지에서 뿜어지는 지검(指劍)은 지극히 강력했다. 그는 검지를 강화시키기 위해 나머지 손가락을 스스로 베어낼 만큼 독한 심기를 지난 자였다.

동추의 저돌적인 공격은 강호일절이었지만 금천왕의 지검을 제압하기는 쉽지 않았다. 번득이는 광휘 속에 전개되는 둘의 대결은 승부를 예측하기 어려울 정도였다.

북궁철문은 멀리 보이는 종이건을 응시하며 심각한 표정을 지었다.

'진소교와 황금사왕은 사련맹 최강고수들이라 할 수 있다. 물론 나머지도 절정급 고수이지만 아버님과 숙부를 감당할 만한 적수는 없다. 대규모 혼전을 벌인다 해도 승산은 있다. 하지만 종이건이 무엇을 생각하는지 알 수가 없어.'

사실 그는 사련맹의 정예들이 총단으로 뛰어들기를 바랐다.

총단 내부 곳곳에는 매복해 있는 밀천의 고수들이 있기 때문이었다. 사련맹이 강하게 밀고 들어오면 일단 퇴각하면서 밀천의 고수들이 기습을 펼칠 때 다시 반격할 계획을 세우고 있었다.

한데 그의 예상은 빗나갔다.

진소교와 동추 둘만 나서 싸움을 걸어왔기에 독천왕과 금천왕을 내보내 응전케 했지만 상대가 자신의 예측대로 움직여 주지 않는다는 것이 불안했다.

'아버님은 왜 여태 오시지 않는 거지? 아버님의 계책대로 단협맹이 놈들의 배후를 교란시켜 준다면 대규모 공격으로 몰살시킬 수 있는 상황인데.'

사실 그는 종이건에 의해 발탁돼 가르침을 받아왔기에 여전히 종이건에 대한 두려움을 지니고 있었다. 첩보와 분석에 대해서는 자신이 있었지만 계책과 전략은 아직 그에게 미치지 못함을 잘 알고 있기 때문이었다.

이때 그의 귓속으로 가느다란 전음성이 흘러들어 왔다.

"아비다. 너 혼자만 어서 후원으로 오너라."

북궁철문은 문득 불길한 생각에 젖었다.

'아버님이 왜? 음성이 몹시 침통해.'

그는 다른 사람의 이목을 의식해 애써 태연함을 가장했다. 그는 암흑마전주인 북궁현에게 지휘권을 맡겼다.

"숙부, 놈들이 당분간 진입할 생각이 없는 듯합니다. 밀천의 고수들을 배후로 돌려 일단 놈들의 배후를 교란시켜야겠습니다."

북궁현은 최강고수들의 격돌을 지켜보느라 그저 건성으로 고개를 끄덕였다.

"알았네."

은밀하게 자리를 빠져나온 북궁철문은 서둘러 후원으로 향했다.

한데 죽림으로 둘러진 후원 주변으로 몇 명의 경비 무사들이 나자빠져 있었다. 하나같이 목젖이 베어지는 정교한 수법에 당한 것이다. 비명 소리가 외부로 흘러 나가지 못하도록 한 치밀한 암습이었다.

"아니?"

북궁철문은 잔뜩 경각심을 높이며 검을 뽑아 들었다.

그는 후원이 침입을 당했는데도 전혀 보고를 받지 못했다. 그것은 침입자의 흔적이 전혀 드러나지 않았다는 것을 의미한다. 그는 밀천의 고수들을 호출할까 하다가 부친의 지시를 상기하고는 혼자서 별채 안으로 들어섰다.

방 안은 온통 피투성이였다. 북궁비는 침상에 기대앉은 채 가쁜 숨을 몰아쉬고 있었다.

"아버님!"

놀란 북궁철문이 득달같이 침상으로 다가섰다.

북궁비는 천으로 몸을 감싸고 있었지만 위중한 상처를 입었는지 제대로 지혈이 되지 않았다. 그는 스스로 몸 여러 곳에 금침을 꽂아 상처를 치유하고 있었다.

북궁철문은 입술을 달달 떨었다.

"아버님, 대… 대체 어찌 된 일입니까?"

금침대법의 효능으로 겨우 안정을 찾은 북궁비가 한 서린 어조로 말을 받았다.

"용오랑! 놈이… 놈이 살아 있었다."

"예에? 오랑이 죽지 않았단 말입니까?"

"놈은 이미 쌍성의 진기를 이어받아 무적의 고수가 되었다. 게다가 단협맹마저 놈의 수중에 들어갔다."

북궁철문은 하얗게 질리고 말았다.

구중천이 붕괴되는 굉음이 환청처럼 들려왔다. 사련맹의 배후를 급습할 단협맹이 용오랑에 의해 장악되었다면 전력상의 열세는 확실하다. 게다가 하늘처럼 믿던 부친이 참담한 패배를 당했다는 사실에 맥이 빠졌다.

북궁비는 혈도에 꽂은 금침을 뽑았다.

"아비가 한낱 눈먼 계집의 얄은꾀에 넘어가 대업을 그르칠 줄은 꿈에도 생각지 못했다."

"황혜령… 그년부터 죽이겠습니다."

"이미 늦었다. 아비가 당도했을 때 이미 누군가에 의해 구출되었다."

"예에? 어떻게 이럴 수가!"

북궁철문은 절망에 젖어 털썩 주저앉았다.

북궁비는 엄한 안색을 지으며 그를 꾸짖었다.

"못난 꼴 보이지 마라, 철문아. 아비가 실패했다 해서 너까지 좌절해서는 안 된다."

"크으, 아버님."

북궁철문은 머리를 조아리며 비분의 눈물을 흘렸다.

북궁비는 침상에 걸터앉으며 차분하게 말했다.

"아비는 사십여 년 전 너의 할아버지께서 목숨을 걸고 퇴로를 열어준 덕분에 척천혈맹이 괴멸하는 참화 속에서 살아남을 수 있었다. 그후 구중천을 구상해 천하제패를 목전에 두었다."

그의 눈빛이 아스라한 회상에 젖었다.

"아비는 과거에 있었던 숱한 방파의 실패 사례를 수없이 점검하며 완벽한 승리를 노렸다. 그래서 구중천하를 확신할 수 있었다. 아홉 개 하늘은 거의 완성되었고, 이제 천하군림을 목전에 두었다. 한데… 한데 용오랑이란 놈 하나를 죽이지 못한 것이 천려일실이었다. 냉철하게 생각했어야 했는데 운려를 너무 믿었던 것이 실책이었다."

그는 고개를 들며 회한 어린 눈빛을 지었다.

"아니, 아비의 오만이라 할 수 있었지. 언제든지 죽일 수 있는 자이기에 굳이 죽이려 하지 않았던 것이다. 그것이 결정적인 패인이다."

북궁철문은 감정을 추스르며 결전의 의지를 불태웠다.

"아닙니다, 아버님. 아직 전력상 본 천의 우세입니다. 정면 대결을 펼치면 승산이 있습니다. 아버님께서는 귀신같은 묘책을 지니지 않았습니까?"

북궁비는 아들의 머리를 쓰다듬었다.

"철문아, 너를 너무 늦게 찾아내 내 모든 지략과 계책을 전수해 주지 못한 것이 아쉽구나. 하지만 시세를 알아야 한다. 이번 결전에서 우리는 절대 이길 수 없다."

"아버님……."

"그래도 너는 살아야 한다. 너희 남매가 힘을 합친다면 구중천보다 더한 세력을 만들어낼 수 있을 것이다."

북궁철문은 눈을 동그랗게 떴다.

"남매라면……? 설마 아문을 말씀하시는 것입니까?"

"왜 아니겠느냐? 아문은 전설적인 천음마맥(天陰魔脈)을 타고난 아이다. 한데 그 아이는 갓난 시절부터 뇌호혈에 금침이 박혀 백치로 살아오게 되었지."

북궁철문은 뭔가를 깨달은 듯 눈을 커다랗게 떴다.

"아, 이제 생각이 납니다. 어머니는 용오랑의 아버지가 아문의 괴질을 치유했다 했습니다. 하면 괴질이 아니었단 말입니까?"

"그렇다. 그자는 천음마맥을 감별할 수 있는 뛰어난 신의였다. 아문이 자칫 세상을 말살시킬 대마녀가 될 것이 두려워 금침으로 마맥을 제압해 놓은 것이다."

어느 정도 지혈이 되자 북궁비는 몸을 일으켰다.

"아문은 중원에서 멀리 떨어진 십만대산(十萬大山)에 있다. 아비는 자문교가 터득한 천부의 절학과 운려가 알아낸 사대천마의 마공절기를 융합한 구천신마경(九天神魔經)을 그 아이에게 주었다. 아문은 천음마맥을 타고난 천년기재이니 능히 대성할 것이다. 너의 두뇌와 아문의 무공이라면 아비가 못 이룬 꿈을 성취할 수 있을 것이다."

북궁철문이 무릎걸음으로 다가서며 부친의 손을 쥐었다.

"아버님, 소자가 모시겠습니다. 잠시 치욕을 참고 절치부심한다면 재기하실 수 있습니다."

"못난 녀석. 아비와 함께 움직이면 너 또한 죽음을 면치 못할 것이다. 너만은 살아야 한다."

북궁비는 아들을 일으키며 힘껏 부둥켜안았다.

"아비의 죽음을 헛되게 하지 마라. 또한 네 가슴속에 복수의 원한이 있어야 강해질 수 있다."

"크으, 아버님……."

"어서 가라. 비밀 통로로 나가면 놈들의 이목을 피할 수 있을 것이다."

그가 밀어내자 북궁철문은 털썩 무릎을 꿇으며 절을 올렸다.

"아버님, 임종을 지키지 못하는 소자를 용서하십시오."

"오냐, 너의 패업을 구천에서 지켜볼 것이다."

북궁비는 당당한 걸음으로 후원 전각을 나섰다.

그의 전음을 받은 밀천의 수뇌들인 사대밀령(四大密令)이 내려섰다.

"부르셨습니까, 지존."

"각기 수하들을 대동하고 은밀히 퇴각하라. 훗날 소존의 부름이 있을 때까지 은연 자중해라."

"……?"

뜻밖의 지시에 사대밀령은 잠시 서로를 바라보았다. 하지만 그들에게 있어 북궁비의 지시는 절대적이었다. 의혹을 품어서도 안 되고 연유를 물을 수도 없었다.

"존명!"

사대밀령은 배례를 올리고는 순식간에 사라졌다. 이어 곳곳에 매복된 밀천의 고수들이 솟구치며 사대밀령을 따라 네 방향으로 흩어졌다.

최후의 포석을 마친 북궁비는 다시 후원을 향해 몸을 돌렸다.

한데 멀리서 들려오는 병장기 소리와 요란한 폭음에 표정이 다소 어두워졌다.

"용의주도한 놈이군. 이미 주변으로 단협맹 제자들을 포진시켜 두었단 말인가?"

밀천의 고수들과 단협맹 의협들이 격돌하는 폭음이 더욱 요란스럽게 들려왔다. 아마도 은밀히 빠져나가던 밀천의 고수들 모두가 발각된 듯싶었다.

그러나 그는 별로 낙담하지 않았다.

사실 밀천의 고수들은 미끼였다. 그들에게 퇴각을 명한 깊은 속셈은 아들을 보다 안전하게 대비시키는 데 있었다. 그들 모두가 죽는다 해도 아들이 무사히 탈출할 수 있다면 그의 안배는 성공하는 셈이기 때문이다.

북궁비는 저물어가는 석양을 바라보았다.

돌이켜 보면 너무도 고통스런 삶이었다. 너무도 많은 심력을 쏟는 바람에 피를 토한 적이 헤아릴 수 없을 정도였다. 그러면서 그는 한 발 자국씩 높이 올라가 세상을 굽어보는 위치에 서게 되었다.

높은 곳에서 내려다보는 세상은 참으로 보잘것없었다.

하찮게 비유하면 개미굴이며 버러지들의 세상이었다. 한 발을 내딛어 짓밟을 수도 있고 가벼운 소매 바람으로 뭉개 버릴 수 있을 정도였다.

그는 이런 지상에 자신만의 세상을 만들고 싶었다.

아홉 개 하늘 구중천!

그런 하늘들을 세워 세상을 지배하는 것보다 군림하는 자신만의 세상을 창조하고 싶었다.

천부에서 비롯된 은하성전으로 만들어진 성천(聖天).

단협맹 의협들로 이루어진 협천(俠天).

절사곡 독인들로 결성된 독천(毒天).

광범위한 첩보 체제를 갖춘 표풍회를 접수한 밀천(密天).

사파무림인들이 집결된 천사교를 탈바꿈시킨 사천(邪天).

암흑마전을 중심으로 조직된 혈천(血天).

표향림으로 몰려든 영재들로 결성된 향천(香天).

십야회를 접수해 변모시킨 살천(殺天).

풍부한 자금력을 지닌 금환회를 장악해 이룬 금천(金天).

무림 사상 그 누구도 이룬 적이 없는 정사(正邪)의 모든 세력이 망라된 위대한 하늘이 바로 구중천이었던 것이다.

그러나 그런 대야망이 한낱 장의사 출신인 청년에 의해 무산되고 말았다. 물론 원인을 규명하자면 여러 가지가 있을 수 있겠지만 용오랑의 등장은 전혀 염두에 두지 않은 대변수였다.

북궁비는 공허한 웃음을 지었다.

"후후, 제갈무후의 명언이 틀리지는 않는군. 모사재인(謀事在人) 성사재천(成事在天)이라. 일은 사람이 꾀하지만 그것을 이루는 것은 하늘의 뜻이다……."

그는 후원 별채로 걸음을 옮겼다.

"그러나 아직 끝은 아니다. 내게는 아직 나의 핏줄을 받은 아들과 딸이 남아 있다. 그 아이들이 나의 뜻을 이을 것이다. 나의 실패를 거울삼아 오만하지 않고 철저하게 계획을 세운다면 구중천은 다시 탄생될 것이다."

끝은 또 다른 시작.

그것이 북궁비가 마련해 놓은 최후의 안배였던 것이다.

◀제60장▶
최후의 반전

1

꽈아앙!

엄청난 굉음과 함께 폭풍이 휘몰아치며 진소교와 독천왕이 갈라섰다.

"크으윽! 정말 독한 년이군."

독천왕은 검붉은 피를 토하며 비틀비틀 뒤로 물러섰다. 공력에 밀려 혈옥파멸강기에 적중된 것이다. 하지만 독중지성에 이른 자답게 쉽게 쓰러지지는 않았다.

진소교 역시 무사하지 못했다. 천고의 영약을 복용한 덕분에 독공에 강한 그녀였지만 만독불침지체는 아니었기에 독기를 완전히 피할 수는 없었다.

그녀는 강매염의 부축을 받으며 뒤로 물러섰다.

동추와 금천왕의 격돌은 이미 끝난 상태였다. 양측 모두 철극과 지검에 깊이 찔려 중상을 입은 상태였다.

종이건은 최강고수들의 대결이 끝나자 차상급 고수들에게 출전을 명했다.

"오환사, 쌍절, 사대호위가 나서라!"

절정급 고수 열한 명이 일시에 앞으로 나섰다. 표풍회의 삼대 밀사 표객은 황혜령을 구출하기 위한 작전에 투입되었기에 표풍회 표객들은 제외되었다.

북궁현은 뒷짐을 진 채 혼자 나섰다. 그는 권태로운 표정으로 사련 맹 정예들을 둘러보았다. 그는 특유의 어눌한 음성으로 웅얼거렸다.

"조무래기들은 귀찮으니 한꺼번에 덤벼라."

오환사가 순식간에 그를 에워쌌다. 오환사 중 수장인 혈환검사가 혈 검을 비껴들었다.

"네놈의 표정이 몹시 권태롭군. 그렇게 목숨이 부담스러우냐?"

북궁현은 빳빳하게 고개를 치켜들었다.

"덤벼라."

"쳐라!"

혈환검사가 앞서 공격을 펼치자 사환사가 동시에 가세했다.

천사교 최강고수들답게 그들의 수법은 지극히 사이했다. 사도의 무 공은 상대를 쓰러뜨리기만 하면 됐기에 화려함이나 정교함과는 거리가 멀었다.

쐐애애액―!

다섯 자루 병기가 몸 가까이 접근하자 북궁현은 비로소 반응했다. 그는 몸을 훌쩍 뒤집으며 각법을 전개했다. 한순간 전개되는 수십 번 의 발길질에 오환사의 병기가 일제히 튕겨졌다.

"뒈져라!"

북궁현은 허공을 디딘 채로 재차 각법을 전개하며 오환사의 머리를 노려왔다. 오환사는 그의 기괴한 절기에 크게 당황하고 말았다.

이때 은은한 범패 소리와 함께 한 자루 삽이 허공을 가로질렀다.

쐐애액!

북궁현은 몸을 팽그르르 회전시켜 삽을 걷어찼다. 요란한 폭음과 함께 북궁현과 삽이 동시에 튕겨졌다.

"크윽!"

발을 심하게 다친 북궁현은 고통스런 표정을 지으며 다리를 절뚝절뚝 절었다. 어떤 병기도 박살 낼 그의 각법이 무산된 것이다.

비행술로 날아든 용오랑은 탕마산을 받아 쥐고는 북궁현 앞으로 내려섰다.

"네, 네놈은?"

북궁현의 권태로운 표정이 싹 사라졌다. 단 일 초의 격돌을 통해 그는 주눅이 들고 말았다. 일전에 암흑쌍상을 상대로 힘겹게 대결하던 용오랑이 아님을 절감하게 된 것이다.

"와아, 맹주께서 당도하셨다!"

용오랑의 등장에 사련맹 정예들은 환호성을 지르며 기뻐했다. 사실 그의 모습이 보이지 않아 그들도 내심 불안함을 느끼고 있었다. 그의 생존에 대한 의혹이 끊이지 않았던 것이다.

표풍회 금사표객들은 일제히 허리를 꺾었고, 천사교 정예들도 과거 술잔을 올리며 충성을 맹세했기에 기꺼이 예를 올렸다.

용오랑은 바싹 긴장하는 구중천 무리들을 둘러보다가 북궁현을 직시했다.

"북궁현, 사악한 네 사촌과 달리 넌 어리석기 짝이 없구나. 철문은 사라졌고 북궁비는 오지 않는데도 구중천을 지키려 한단 말이냐?"

북궁현의 눈가 근육이 파르르 떨린다.

그는 뭔가를 생각하느라 연신 눈알을 굴렸다. 용오랑의 말대로 북궁 철문은 밀천을 지휘한다며 안으로 들어간 후 나오지 않았다. 죽었어야 함이 분명한 용오랑이 대신 나타나고 북궁비가 오지 않았다. 이것은 잘못돼도 크게 잘못된 일이었다.

용오랑은 독천왕 쪽으로 다가섰다.

"당신은 누군가?"

"노부는 독천왕이다."

"절사곡 출신인가?"

"그렇다."

용오랑은 동추와 양패구상을 당해 수하들로부터 치료를 받고 있는 금천왕에게로 시선을 던졌다.

"저자도 마찬가지인가?"

"그는 금천왕으로 역시 절사곡 출신이다."

"유감이군. 명색이 사대마단의 후예인 당신들이 한갓 북궁비의 휘하에서 종노릇이나 하고 있단 말이냐?"

독천왕이 안광을 번득이며 소리쳤다.

"말 삼가라! 지존께서는 사대천마지존의 진전을 이어받은 마도대종사이시다. 우리는 그분의 은혜를 입어 지옥 같은 절사곡에서 빠져나올 수 있었다."

"북궁비가 당신들을 절사곡에서 꺼낸 이유는 이용하기 위해서일 뿐이다. 대체 무엇을 믿고 그자를 마도대종사로 떠받든단 말인가?"

"지존께서는 사대천마지존의 절학을 터득하셨다. 또한 두 분 천마지존의 신물인 사신편과 천잠보의까지 지니셨다. 그 정도면 충분한 것 아니냐?"

용오랑은 희미한 미소를 지으며 다시 물었다.

"사대천마의 갑작스런 실종에 대해서는 뭐라 답하더냐?"

"사대천마지존께서는 훗날 천부를 창건한 은하성후의 계략에 당하신 것이다. 아무리 은하성후라도 마도 최강의 사대천마지존과 정면으로 승부를 할 수는 없었을 테니까."

"사대천마에 대한 충성이 대단하군. 그렇다면 그 내막에 대해 좀 더 알아야 할 것이다. 사대천마가 은하성후의 기지에 의해 금마뇌옥에 갇힌 것은 확실하다. 물론 혼천마뇌도 함께 감금되었다. 누구도 몰랐던 그 비밀은 백 년이 지나서야 밝혀지게 되었다. 두 남녀가 금마뇌옥에 떨어져 죽지 않고 그 사실을 확인했으니까."

전대의 비사가 거론되자 장내는 숙연해졌다.

사대마단의 잔당들로 구성된 독천과 금천의 마인들은 물론이고 암흑마전과 사련맹의 정예들 모두 귀를 기울인 채 용오랑의 말을 경청했다.

"사대천마는 지옥 같은 금마뇌옥에 떨어져서도 오랜 세월 살아 있었다. 그들은 금마뇌옥을 탈출하기 위해 바위를 뚫고 땅굴을 팠다. 혈천멸지의 혈천마도와 겁륜마화의 풍화륜은 땅굴을 파느라 모두 마모되었지. 하지만 사대천마와 혼천마뇌는 끝내 탈출하지 못하고 수명이 다해 금마뇌옥에서 죽고 말았다. 사대천마는 통한을 품으며 벽에 자신들의 절기를 새기고 복수를 당부했다."

"크으, 천마지존이시여!"

독천왕과 금천왕은 비통한 눈물을 뿌리며 애도를 표했다.

그들은 절사곡에서 무려 칠십 년이나 살아온 노마들로 사대천마에 대한 충정과 존경심이 누구보다 깊었다. 비록 직접적으로 사대천마를 대하지는 못했지만 그들의 직계 혈족이 사대천마의 직전제자들이었기 때문이다.

용오랑은 금마뇌옥에서 지내왔던 고난스런 지난날을 되새기며 말을 이었다.

"금마뇌옥으로 떨어진 두 남녀는 사대천마가 파놓은 땅굴을 마저 뚫기 위해 사력을 다했다. 마침내 그들은 바깥 세상의 푸른 하늘을 보고 맑은 공기를 마실 수 있게 되었다. 한데 여인은 사대천마의 유물과 마공절기를 독차지하기 위해 사내의 등에 천강비를 꽂았다."

여기에 이르자 절사곡 출신 마인들이 술렁이기 시작했다. 그들이 북궁비를 통해 들었던 얘기와는 전혀 달랐기 때문이다. 독천왕이 손을 쳐들자 마인들은 입을 다물었다.

용오랑은 잠시 하늘을 바라보고는 이야기를 계속했다.

"다행히 사내는 죽지 않았다. 오히려 그는 혼천마뇌가 남긴 천마진경을 얻는 기연을 입게 되었다. 천마진경에는 사대천마의 마공을 극한까지 발전시킨 절기가 수록되어 있었다. 그는 복수를 다짐하고 자신을 배신한 여인을 찾아 금마뇌옥을 나섰다."

독천왕이 다소 격동된 어조로 물었다.

"그 악녀가… 누구냐?"

"구중천주의 딸이다. 그것이 구중천주가 사대천마의 마공을 구사할 수 있게 된 내력이다. 또한 사대천마의 유물인 사신편과 천잠보의를 손에 쥘 수 있었던 것이지."

"그… 그랬었단 말인가?"

독천왕은 금천왕과 수하들을 둘러보았다. 그들은 용오랑의 말을 믿지 않을 수가 없었다. 직접 겪지 않고서는 그렇듯 상세한 정황을 이야기할 수 없기 때문이었다.

금천왕이 상처 부위를 누르며 몸을 일으켰다. 그의 어조가 정중하게 변했다.

"악녀에게 당한 사내가 당신인 것은 알겠소. 하지만 무엇으로 입증할 수 있겠소? 내가 듣기로 네 분 천마지존께서는 혼천마뉘와 더불어 고금 최강의 마중천(魔重天)을 창건할 계획을 세우셨소. 혹시 그에 대한 언급은 없으셨소?"

그의 말투가 바뀌자 용오랑도 그의 연륜을 존중해 어조를 바꾸었다.

"물론 있었소."

그는 품속에서 오색창연한 영부를 꺼내 들었다. 영부는 천천히 허공을 가로질러 금천왕 앞에 꽂혔다.

마중천령(魔重天令).

금천왕은 영부에 새겨진 글씨를 보고는 전신을 부르르 떨었다.

"허억, 이… 이것은?"

독천왕 역시 영부 앞에 털썩 무릎을 꿇었다.

"마중천령! 이건 틀림없는 혼천마뉘 사존의 필체다!"

당시 사대천마와 혼천마뉘의 제자들은 절사곡으로 퇴각하면서 상당한 비급을 소지하고 있었다. 그들은 비급을 통해 절기를 수련했기에 혼천마뉘의 필체를 한눈에 알아보는 것은 어렵지 않았다.

독천왕은 정중히 마중천령을 받쳐 들었다.

"마중천령은 진정한 마도대종사만이 지닐 수 있는 신물이다. 마중천령은 절대적이며 이를 거역하는 자는 천마지존에 대한 반역이다!"

지켜보던 북궁현은 등줄기가 축축하게 젖어들었다. 용오랑이 독천과 금천마저 호령하게 되면 그는 고립무원이었다.

'이게 어떻게 돌아가는 건가? 왜 형님은 나서지 않는 거지?'

독천왕은 마중천령을 받쳐 들고는 용오랑의 앞으로 다가섰다. 그는 정중히 부복하며 영부를 올렸다.

"삼가 사대천마지존의 후예이신 마도대종사를 뵈오이다."

그가 부복하자 절사곡 출신 마인들도 일제히 부복하며 머리를 조아렸다.

"대종사를 뵈오이다!"

사련맹 정예들은 이 기막힌 광경에 입을 딱 벌리고 말았다.

마도의 전통적 뿌리인 사대천마의 마인들까지 복속시킨 용오랑의 위엄에 두려움마저 느꼈다. 만일 그가 천하를 움켜쥐려 한다면 누구도 거역하지 못할 것이다. 특히 용오랑과 가장 무관한 천병부 고수들은 피가 싸늘하게 식는 공포마저 느껴야 했다.

마중천령을 받아 쥔 용오랑이 준엄한 어조로 물었다.

"날 마도대종사로 인정한다면 내 명에 따르겠는가?"

"물론이외다, 대종사. 마중천령은 마도의 전설이며 희망이외다. 대종사의 명이라면 속하들은 지옥불에라도 뛰어들 것입니다."

"그렇다면 그대들은 즉시 물러가 새로운 명을 기다려라."

독천왕과 금천왕은 뜻밖의 지시에 움찔했지만 감히 반문할 수도 없었다.

"존명!"

그들은 깊이 고개를 조아리고는 마인들을 이끌고 장내를 벗어났다. 그들이 사라지자 급박했던 상황이 일순간에 가라앉았다.

용오랑의 돌발적인 행동에 모두가 내막을 알지 못해 서로의 얼굴만 바라보았다.

그가 영을 내린다면 절사곡 마인들은 구중천의 유일한 세력인 암흑마전과 격돌을 벌이게 될 것이다. 그들의 상잔(相殘)은 사련맹의 입장에서 보면 최상의 결과였다. 한데 용오랑은 훗날 화근이 될 수도 있는 절사곡 마인들을 고스란히 살려 보낸 것이다.

단 한 사람 종이건만이 용오랑의 심중을 헤아리고는 잔뜩 미간을 찌푸렸다.

용오랑은 북궁현 앞으로 다가섰다.

"네가 여태 달아나지 않았다는 것은 지극히 어리석거나 지극히 대담하거나 둘 중 하나다."

"내가 왜 달아나야 한단 말이냐?"

"북궁비는 이미 내 손에 치명상을 입었다. 만일 너를 중하게 여겼다면 퇴각을 명했어야 옳았다. 한데 너는 아무런 기별도 받지 못했다. 이것은 그가 널 버렸다는 것을 의미하지. 그것을 여태 깨닫지 못했으니 어찌 어리석다 하지 않을 수 있겠느냐?"

"……"

북궁현은 뭐라 반박을 할 수가 없었다.

용오랑의 말대로 그는 상황을 봐서 진작에 도주했어야 했다. 북궁비에 대한 미련 때문에 이 자리를 지킨 것은 일생 최대의 실책이었다. 그러나 늦게 깨달았어도 도주가 상책이다. 무모한 대결보다는 최소한 한 가닥 희망을 가질 수 있기 때문이다.

"모두 퇴각하라!"

북궁현은 앞서 몸을 날리며 암흑마전 마인들을 향해 외쳤다. 이미 전의를 상실한 마인들은 그를 급히 총단 안으로 퇴각했다. 그들은 아직 밀천의 고수들이 매복해 있다 생각한 것이다.

그러자 종이건이 손을 쳐들어 공격을 명했다.

"추살하라!"

그의 명이 떨어지자 사련맹의 정예들이 대거 총단 안으로 진입했다.

어기충소로 솟구친 용오랑은 꼿꼿이 선 채 비행술을 펼쳐 총단 안으로 날아들어 갔다. 뒤늦게 몸을 날렸지만 그의 진입은 누구보다 빨랐다.

뇌미령이 종이건 옆으로 다가서며 궁금함을 참지 못하고 물었다.

"군사, 대체 어떻게 돌아가는 겁니까? 맹주께서 왜 절사곡 마인들을 살려 보낸 겁니까?"

"정말 몰라서 묻는 겐가?"

"알면 왜 묻겠어요?"

톡 쏘아붙인 뇌미령이 강매염의 소매를 잡아끌었다.

"동생은 맹주의 심중을 파악하겠어?"

강매염이 그늘진 표정으로 대답했다.

"조금은요."

"뭐야, 그럼 나만 몰랐단 말이야?"

뇌미령은 혼자 씨근거리다가 종이건 옆으로 바싹 붙어 섰다. 그녀는 콧소리를 내며 애교를 부렸다.

"군사, 말씀해 주세요. 대체 맹주의 의도가 뭐죠?"

"아주 간단하다. 무림천하의 대립 구도를 유지하겠다는 뜻이다."

뇌미령은 여전히 이해가 되지 않았다.

"쉽게, 조금 쉽게 말해 봐요."

"뇌 문상도 생각할 수 있는 머리가 있지 않느냐?"

종이건은 차갑게 응수하고는 팔대무장의 경호를 받으며 구중천 총단으로 향했다.

뇌미령은 눈알을 데굴데굴 굴리며 종이건의 말을 되새겼지만 뭔가 확신을 가질 수가 없었다. 나름대로 똑똑하다 자부했던 그녀였지만 아무리 생각해도 안개에 휩싸인 듯 모호하기만 했다.

뇌미령은 자존심을 무릅쓰고 강매염에게 물었다.

"동생, 군사의 말을 알아들었어?"

강매염이 우울한 표정으로 말해 주었다.

"맹주는 끝내 천하지존의 권좌를 거부한 겁니다. 이번 결전을 끝으로 강호를 떠날 생각이십니다. 더 이상 표풍회주도 아니고 천사교주도 아닌 평범한 삶을 선택하신 겁니다. 표풍회와 삼패는 이제 각자 자파를 정비하고 예전처럼 대치 상태를 유지해야 합니다."

"거기까지는 나도 짐작해. 한데 왜 저 끔찍한 마두들을 살려 보내 우리를 위태롭게 만드는 거냐고?"

"맹주는 존재하되 군림하지 않는 마도의 대종사가 되어 우리 삼패의 패업을 견제하겠다는 의도입니다. 사대마단의 잔당들이 세력을 형성하고 있는 이상 누구도 쉽게 패업을 꿈꿀 수 없게 되니까요."

비로소 깨달은 뇌미령은 잔뜩 인상을 찌푸렸다.

"그… 그런 의도였단 말이야? 그래도 사대마단의 잔당들은 죽여 마땅한 놈들이잖아?"

"맹주는 천마진경의 절기를 계승하신 분입니다. 마중천령까지 지녔으니 마도의 대종사가 되어야 할 분이지요. 그런 입장에서 어떻게 마인들을 죽일 수 있겠어요? 맹주는 그들이나 우리 삼패를 같은 부류로 생각합니다. 우리 역시 백도로 분류될 정파는 아니니까요."

"젠장, 그렇게 되는 건가?"

뇌미령이 맥 빠진 음성으로 중얼거렸다.

"아유, 골치야. 상황이 더럽게 변해 버렸군. 이제 누구를 천사교주에 앉히지?"

2

띵… 땅……!

죽림으로 둘러싸인 후원 전각에서 흘러나오는 칠현금의 음률이 몹시 애조를 띤다.

용오랑은 천천히 후원 별채 안으로 다가섰다.

그의 손에는 북궁현의 수급이 쥐어져 있었다. 갓 베어진 목에서 흐르는 피가 융단을 적셨다. 암흑마전은 사대천마의 후예와 무관하기에 그는 결단을 내려 목을 벤 것이다.

별채 안.

북궁비는 한 손으로 칠현금을 튕기고 있었다. 그 앞으로 북궁현의 수급이 굴러들어 왔다.

"……"

북궁비는 칠현금을 내리며 고개를 들었다.

용오랑은 팔짱을 낀 채 앞으로 섰다.

"당신 같은 악마가 품위있게 죽겠다는 건 너무 사치야."

"난 네 아들의 외할아버지 되는 사람이다."

용오랑은 움찔했다. 그가 그 얘기만은 거론하지 않기를 바랐다.

그는 모든 사람들 앞에서 자신의 모든 내력을 밝혔지만 북궁운려의 존재는 거론치 않았다. 그녀가 구중천주의 딸임을 아는 사람은 많지 않다. 그것은 자신의 아들을 위해서라도 비밀을 지켜야 할 상황이기 때문이다.

당대의 악마 구중천주의 외손자!

자신의 아들이 그런 오명 속에서 살아가야 한다는 사실은 그의 고통이기도 했다.

그는 차갑게 내뱉었다.

"구차하군. 이제 인정에라도 호소할 생각인가?"

"구차하게 살려고 했다면 진작에 피신했을 것이다. 하지만 난 패배를 인정했기에 이곳에 남아 있는 것이다."

용오랑은 그에게 고개를 돌렸다.

"그게 아니겠지. 당신의 아들을 구하겠다는 의도 때문이야. 비록 죽더라도 훗날을 기대하며 저승으로 갈 수 있으니까."

북궁비의 눈빛이 심하게 흔들렸다.

"으음, 그것까지 간파했다니 정말 놀랍구나!"

"나도 예전부터 속임수에는 일가견이 있던 사람이었어. 한데 강호의 속임수는 너무 살벌해. 정나미가 떨어질 정도야."

용오랑은 그 앞을 천천히 걸었다.

"당신에 대한 원한을 생각하면 당신의 아들도 죽여야겠지만 손 아주머니가 너무 슬퍼할 것 같아 죽일 수가 없었어. 당신이 밀천의 수하들까지 희생시켜 가며 나름대로 계책을 꾸몄지만 이제 내게는 안 통해."

북궁비의 얼굴이 참담하게 일그러졌다.

"네놈이 이렇듯 똑똑한 줄은 몰랐군."

"내가 똑똑한 게 아니야. 당신이 패배한 것은 지나친 자부심과 오만 때문이지."

"패배를 시인하는 자를 희롱하는 것은 장부의 도리가 아니다. 어서 죽여라."

용오랑은 그 앞으로 서며 물었다.

"아문은 어디 있지? 운려도 저버린 당신이 왜 백치인 아문을 거둔 거지?"

"말할 수 없다."

"당신의 목숨과도 바꿀 수 있는 일이야."

북궁비는 흠칫 놀라 고개를 쳐들었다. 수정처럼 맑은 용오랑의 눈빛에는 전혀 사심이 깃들어 있지 않았다.

북궁비는 나직한 웃음을 흘렸다.

"후훗, 네가 무심지경(無心之境)에 이르렀구나. 하지만 날 흔들 생각 마라. 아문은 나의 분신과도 같다. 내 아들과 딸에 의해 복수는 반드시 이루어질 것이다."

"유감이군. 난 무림에 남아 있을 생각이 없어. 난 의협이 아니니 무림 정의를 책임져야 할 의무도 없고, 야망이 없으니 패업에 미련을 갖지도 않아. 당신의 아들딸이 또 다른 구중천을 만든다 해도 나와는 상관없는 일이야. 내가 당신과 싸운 이유는 내 어머니와 천부에 대한 복수 때문이었으니까. 물론 내 개인적인 복수심도 포함해서지. 당신의 아들딸이 날 찾아내지 못한다면 당신의 복수는 영원히 이루어질 수 없을 거야."

용오랑은 그를 내버려 둔 채 몸을 돌려 문으로 향했다.

북궁비가 의아한 눈빛으로 물었다.

"왜 나를 죽이지 않는 거냐?"

용오랑은 여전히 그를 등진 채 응수했다.

"당신은 많은 사람들을 잔인하게 죽여왔기에 한번쯤은 자신이 죽을 수도 있다는 것을 생각했을 거야. 하지만 자신의 손으로 목숨을 끊게 될 줄은 전혀 예상치 않았겠지. 지금쯤 자문교가 당신 등 뒤에서 기다리고 있을 거야."

그가 전각을 나가자 북궁비는 부르르 진저리를 쳤다. 어떤 죽음 앞에서도 의연하게 최후를 맞이하겠다고 작심한 그였지만 자결은 꿈에도 생각지 못한 일이었다.

그는 입으로는 패배를 시인했지만 마음속으로는 부활을 꿈꾸고 있었다. 그의 안배대로 아문이 개세고수로 성장하고 북궁철문이 계책을 펼쳐 새로운 구중천을 열 것을 믿어 의심치 않았던 것이다.

그러나 용오랑은 그에게 자결을 종용했다.

그것은 그에게 완벽한 패배를 의미하는 일이었다. 훗날을 전혀 꿈꾸지 말라는 잔혹한 복수였다. 특히 용오랑의 마지막 말이 그를 공포 속으로 몰아넣었다.

"지금쯤 자문교가 당신 등 뒤에서 기다리고 있을 거야."

북궁비는 차마 뒤를 돌아볼 수가 없었다. 피를 머금은 채 서 있을 자문교의 원혼을 대하기가 너무 두려웠던 것이다.

그는 자문교에게 자결을 종용하며 죽은 후의 공포까지 안겨다 주었다. 한데 자신이 그와 똑같은 상황에 처하고 말았다. 그는 비로소 자신이 자문교에게 얼마나 사악한 짓을 저질렀는지 깨닫게 되었다.

죽음보다 더 공포스런 죽은 후의 세상…….

북궁비는 참담한 심정으로 이를 악물었다.

"용오랑… 네놈이 진정한 승자다."

그는 떨리는 두 손가락으로 자신의 눈을 찔렀다. 죽어서 아무것도 보지 않기를 바라는 마음에서였다. 그는 마지막까지 지독했다. 두 손가락이 뇌 속까지 파고들자 울부짖는 영혼이 육체를 떠나갔다.

구중천주 북궁비.

군림천하의 야망을 위해 이십 년이라는 장구한 세월 동안 무수한 독계와 함정으로 세상을 속여왔던 북궁비. 그 최후는 너무도 고통스럽고 비참했다.

3

똑… 똑… 똑……!

아스라한 벼랑 끝에 걸린 초라한 암자 안에서 고즈넉한 목탁 소리가 들려온다. 갓 수계를 받은 듯 파르라니 깎은 머리에 수계(受戒) 자국이 선명하다.

목탁을 두드리며 불단을 향해 속죄의 배례를 올리는 비구니는 천하에서 가장 아름다운 용모를 지녔다. 바로 북궁운려였다.

머리를 깎고 불문에 귀의한 그녀는 하루에 삼천 배를 올리며 자신의 지난 과오를 반성했다.

그녀는 일배를 올릴 때마다 자신의 죄를 하나씩 되새기며 진심으로 속죄를 기원했다. 그리고 자신이 낳은 아이와 그 아버지를 위한 축원도 잊지 않았다.

그녀도 모정(母情)을 지닌 여인이라 아이에 대한 그리움은 너무도 간절했다. 눈을 감을 때마다 방실방실 웃는 아이의 모습이 눈에 밟힌다. 그러나 그녀는 아이 앞에 나설 수 없는 죄인이었다.

천수경을 외우며 배례를 올리는 그녀는 속세의 집착을 하나씩 지워갔다. 모든 미련과 그리움을 끊었을 때 비로소 무심이 될 것이다.

무심(無心)은 그녀가 계를 받을 때 수여된 법명이었다.

4

커다란 느티나무 아래 평상.

산골의 촌부치고는 지적인 용모를 지닌 중년인이 평상에 걸터앉아 강보에 싸인 아기를 다독이고 있었다.

"허허, 고놈 참."

한쪽 팔은 어깨서부터 베어진 듯 소맷자락이 헐렁하다.

수확이 끝난 밭이랑으로 내려선 청년은 천천히 비탈을 따라 올라갔다. 등에 거무튀튀한 삽을 메고 있었다. 걸음을 옮기면서도 먼지 한 톨 일지 않았지만 외견상 절세고수의 풍모가 엿보이지 않았다. 그저 평범한 청년으로 보일 뿐이었다.

바로 용오랑이었다.

우연치 않게 천궁지시에 연루되는 바람에 강호에 뛰어든 그가 마침내 자연인으로 돌아온 것이다. 무림천하는 구중천을 격파한 그의 명성으로 뒤덮였지만 무심지경에 이른 그에게는 오히려 번거롭기만 한 상황이었다.

한때 무공을 수련해 명성을 떨쳐 볼까 했던 생각을 갖기도 한 그였지만 막상 강호를 경험하니 진절머리가 났다. 돌이켜 보면 얻은 것보다 잃은 것이 더 많은 것 같았다.

아직 해결되지 않은 단 한 가지 일이 남았지만 그것은 접어두기로 했다. 이미 세상 속에 숨은 자를 찾아내기란 쉽지 않다. 공연히 그자를 수소문하다가 또다시 강호의 은원에 얽히면 다시는 발을 빼기 어려울 것 같았다.

중년인은 그가 온 줄도 모르고 아기의 재롱에 흠뻑 빠져 있었다.

용오랑은 피식 실소를 지었다.

'그나마 강호 생활의 유일한 소득이라고나 할까? 운아 녀석 덕분에 아버지와는 잘 지낼 수 있을 것 같아.'

그는 인기척을 내며 부친의 뒤로 다가섰다.

"아버지, 저 왔습니다."

한데 이때였다. 헐렁한 소매 속에서 한줄기 섬광이 번득였다.

두 자도 안 되는 거리인데다 출수는 상상도 할 수 없을 만큼 빨랐다. 바로 강호일절로 불리는 탈명비도술이었던 것이다. 비수는 정확히 용오랑의 심장에 박혔다.

퍼억—!

순간 평상 아래에서 하나의 인영이 유령처럼 솟구쳤다.

창백한 용모의 청년. 살수치고는 지나치게 곱상하게 생긴 용모였다. 바로 십야회의 회주로 등극한 뇌공밀살이었다. 그의 첨도는 곧바로 용오랑의 목을 향해 날아들었다.

번— 쩍—!

심장에 비수가 박힌 용오랑은 석상처럼 굳은 채 날아드는 첨도를 바라보기만 했다.

용오랑의 목을 벤 뇌공밀살은 몹시 만족했다.

'죽였다!'

그러나 첨도를 통해 느껴지는 감각이 너무 공허했다. 분명 용오랑의 목을 베었다 싶었지만 그것은 그의 착각이었다.

그의 첨도가 용오랑의 목을 베는 순간 용오랑은 철판교 수법으로 쓰러지면서도 첨도를 피해낸 것이다. 용오랑은 본래대로 몸을 일으켜 세웠고 첨도는 이미 지나친 후였다. 워낙 빠르게 피했다가 제자리로 오는 바람에 그의 시각이 미처 감지하지 못한 것이다.

용오랑은 심장에 꽂힌 비수를 뽑아내며 빠르게 휘둘렀다.

"정말 잘 와주었다!"

뇌공밀살은 전신의 피가 싸늘하게 식는 위기를 느끼며 고개를 뒤로 젖혔다. 서걱, 살이 베어지는 소리가 들려왔다.

뇌공밀살은 입을 쩍 벌린 채로 풀썩 쓰러졌다. 베어진 목 줄기를 통해 붉은 피가 뭉클뭉클 흘러나왔다. 기도가 베어져 비명 소리가 흘러나오지 않았다.

눈을 부릅뜬 채 전신을 와들와들 떨던 뇌공밀살은 이내 축 늘어졌다.

한 팔에 아기를 안고 있는 초로의 중년인은 이미 오 장 밖으로 피신해 있었다. 그는 외팔이가 아니었다. 헐렁한 소맷자락 밖으로 튀어나온 손에는 한 자루 비수가 쥐어져 있었다.

물론 그는 용오랑의 부친 용화군이 아니었다. 정교하게 제작된 면구가 벗겨지며 그의 진면목이 드러났다.

그는 바로 파천궁주 강천후였다.

참으로 예상치 못한 충격이며 경악이 아닐 수 없었다. 뇌공밀살에 의해 심장이 찔려 폭포 속으로 떨어진 그가 죽지 않고 되살아난 것이다.

용오랑은 물끄러미 강천후를 응시했다. 예전에 비해 훨씬 늙어 보였고 안색이 파리했지만 분명 강천후였다.

용오랑은 고개를 절레절레 저었다.

"강 궁주, 날 너무 놀라게 만드는구려."

강천후는 다소 굳은 표정으로 그를 직시했다.

"네가 불가침의 경지에 이르렀단 말이냐? 네가 금강기환술을 지녀 내 탈명비도를 막아낼 수 있겠지만 순간적으로 마비가 되는 상황은 피할 수 없다. 한데 뇌공밀살의 벼락같은 살법까지 피해낼 줄은 생각지 못했다."

용오랑은 손에 쥔 비수를 바닥으로 던졌다.

"내 아버지로 변장해 기습을 준비한 것까지는 좋았지만 술을 조금 드셨어야 했소. 난 아버지의 몸에서 한번도 술 냄새를 못 느낀 적이 없었소. 한데 뒤로 다가섰을 때 당신의 몸에서는 전혀 술 냄새를 맡을 수 없었소. 그것을 느끼는 순간 난 암습에 대비했기에 당신의 탈명비도술을 막을 수 있었던 것이오."

그는 적개심을 전혀 보이지 않으며 천천히 다가섰다.

"예전이라면 뇌공밀살의 살법으로 내 목을 벨 수 있겠지만 지금은 어림도 없는 일이오. 오히려 이놈을 데리고 와줘서 고맙다고 말하고 싶소."

"⋯⋯."

"놀리는 것이 아니오. 진심으로 말씀드리는 거요. 철 아저씨를 위해 서라도 뇌공밀살 이놈만은 꼭 죽이고 싶었소. 덕분에 복수를 할 수 있 게 되었으니 강호의 모든 은원은 정리되었소."

강천후는 길게 탄식을 짓고는 비수를 내던졌다. 그는 강보에 싸인 아기를 용오랑에게 건넸다.

"왜 나를 죽이지 않는 것이냐?"

용오랑은 아이를 안아 다독였다.

"아버지가 있어야 할 자리에 강 궁주가 있다는 것은 무슨 의미겠소? 내 아버지와 손 아주머니가 강 궁주의 인질이 되었다는 얘기 아니겠 소? 순간의 감정을 참지 못하고 강 궁주를 죽이면 아버지와 손 아주머 니가 돌아가시지 않겠소?"

강천후는 시리도록 푸른 하늘을 올려다보며 공허한 웃음을 터뜨렸 다.

"허허헛!"

용오랑은 그의 심정을 익히 짐작하기에 부드럽게 위로했다.

"너무 상심 마시오. 내 목숨이 잡초처럼 끈질긴 것뿐이니까. 만일 강 궁주가 술 한잔만 걸쳤다면 난 이미 죽은 목숨이 됐을 것이오."

강천후는 천천히 고개를 저었다.

"부끄럽군. 자네만 죽이면 패업을 달성할 수 있을 것이라 생각했는 데 내 생각이 너무 옹졸했어."

"너무 자책하지 마시오. 난 강호를 떠날 몸이라 내가 죽든 살든 강 궁주의 야망을 이루는 데는 아무런 문제도 되지 않소."

"날 동정하지 말게. 야망은 쟁취하는 것이지 줍는 것이 아닐세. 자네가 내던진 천하지주(天下之主)의 자리를 날 보고 거저 가지란 말인가?"

용오랑은 평상에 걸터앉았다.

"그게 또 그렇게 되는 건가?"

그는 빙긋 미소를 지으며 물었다.

"한데 어떻게 되살아난 거요? 염라대왕의 가슴에 탈명비도를 꽂겠다고 으름장을 놓기라도 했소?"

강천후는 쓴웃음을 지었다.

그는 용오랑을 죽이려 했지만 용오랑은 자신을 전혀 적으로 생각지 않았다. 과거에는 그가 용오랑을 굽어볼 수 있는 위치였지만 이제는 그가 올려다볼 경지에 이른 자임을 절감하게 되었다.

강천후는 용오랑과 나란히 걸터앉았다.

"노부가 되살아난 것은 뇌공밀살 덕분이라 할 수 있었지."

백독문주 독고린을 내세운 구중천주의 함정은 실로 무서웠다.

강천후는 뇌공밀살에 의해 심장이 관통됐지만 여기에는 비밀이 숨겨져 있었다. 뇌공밀살은 최후의 순간 그의 심장과 경맥을 비껴서 찔렀기에 치명상을 면할 수 있었던 것이다.

뇌공밀살이 강천후를 죽이지 않은 이유는 나름대로의 활로를 찾기 위해서였다. 그는 강천후를 척살하는 과정에서 십야회의 특급살수들을 대거 동원해 가장 위험한 상황에 배치한 구중천주의 계획에 심한 반감을 지니게 되었다.

뇌공밀살은 본래 구중천의 하나인 살천(殺天)으로 독자적인 존립을 기대했었다. 그러던 중 살천을 단지 암살의 도구로 이용하려는 구중천주의 심중을 간파한 것이다. 결국 그는 구중천을 떠나기로 작심하고 강천후를 척살할 때 의도적으로 숨통을 끊지 않았다.

강천후는 심기와 지혜를 겸비한 사람이었다. 그는 자신을 찌르는 순간 뇌공밀살의 눈을 보고는 상황을 간파했다. 그는 죽음을 위장해 폭포 벼랑으로 떨어졌고 십야회의 살수에 의해 구출될 수 있었다.

하지만 치명상을 피했다 해도 그의 상처가 깊어 부상을 치유하는 데 오랜 세월을 보내야 했다. 그런 와중에서 그는 강호의 판세를 지켜보며 자신이 나설 때를 기다리고 있었다.

구중천은 너무도 순식간에 괴멸되었다.

사련맹주이며 마중천주의 신분으로 구중천을 파훼한 용오랑은 당당히 천하지존으로 추앙되었다.

강천후의 입장에서 용오랑은 반드시 제거해야 할 대상이었다. 그가 존재하는 한 자신이 설자리가 없음을 인식해 뇌공밀살과 함께 척살을 꾀했다.

용오랑의 부친으로 변장해 완벽한 기회를 노렸다. 절대 실패할 수 없는 척살이라 생각했다. 그러나 결과는 실패였다.

용오랑은 아기를 가슴에 안아 다독였다.

"강 궁주는 사패지존 중 유일한 생존자요. 아마 한동안 파천궁에 대적할 세력은 없을 것이오. 솔직히 강 궁주가 생존해 있다는 사실은 기쁜 일이오. 적어도 누군가 천하를 주도하지 않으면 혼란에 빠지게 될 테니 말이오."

그는 몸을 일으켰다.

"아버지와 손 아주머니를 돌려주시오. 이만 가봐야겠소."

강천후도 따라 평상에서 내려섰다.

"진심으로 강호를 떠날 생각인가?"

"물론이오. 조금 먼 길이긴 하지만 옛 애인을 만나러 갈 생각이오."

"……?"

용오랑은 멋쩍은 웃음을 지었다.

"강 소저에게 동업을 제의했는데 반응이 어째 시원치 않았소. 강 궁주는 혹시 투자할 생각 없소?"

◀종장(終章)▶

미완의 매듭

다각다각……!

옥문관을 넘어서 서역까지 이어진 비단길 위로 한 대의 마차가 천천히 이동하고 있었다.

두 마리 말이 이끄는 쌍두마차는 오랜 여정을 거쳐서인지 먼지로 뽀얗게 덮여 있었다. 마차 지붕에는 노숙을 위한 모포와 천막, 식사를 위한 도구들이 빼곡하게 쌓여 있었다.

마차 안은 비교적 넓어 침상 겸 의자를 마주 배치시켜 놓았다.

여섯 달쯤 되어 보이는 아기를 안고 있는 여인은 황혜령이었다. 그녀는 옹알거리는 아기를 다독이며 고즈넉한 자장가를 불러주고 있었다.

그녀는 아기의 얼굴을 직접 볼 수 없는 맹인이었지만 손끝으로 어루만져 아이의 얼굴을 그려낼 수 있는 능력을 지녔다. 그녀는 아기의 옹

알거림만 듣고도 아기의 표정을 알 수 있었다. 행복에 젖어 있는 그녀
의 모습은 세상에서 가장 아름다운 엄마의 모습이었다.

"아가야, 나도 한번 안아보자꾸나."

반백의 중년인은 용화군이었다.

손자를 바라보는 그의 눈빛은 더없이 편안해 보였다. 눈에 넣어도
아프지 않을 것 같다는 표현이 이보다 더 적절할 수는 없을 것이다.

옆에 앉아 있는 통통한 체구의 손 대부인이 용화군을 질책했다.

"아, 좀 내버려 둬요. 걸핏하면 자는 아이를 깨워 울리면서."

"내 손자야, 내 손자. 할아비가 좀 울리면 어때?"

"이그, 할아범이 되더니 고집만 늘었어!"

두 사람의 다툼에 황혜령이 아기를 내밀었다.

"운아가 잘 생각이 없는 것 같군요. 아버님께서 잠시 안아주세요."

용화군은 입이 귀밑까지 찢어지며 한 팔로 아기를 덥석 안아 들었
다.

"허허, 운아야. 할아비가 재워주마."

그러자 손 대부인이 얼른 아기를 낚아챘다.

"이제 내가 좀 안아봅시다."

"이, 이게 뭐 하는 거야? 어서 이리 내지 못해!"

마차 안에서 들려오는 다툼에 마부석에 앉은 두 남녀가 피식 실소를
지었다.

나란히 앉아 있는 두 남녀는 진소교와 용오랑이었다.

그들의 주종 관계 계약은 종결됐지만 진소교는 함께 있기를 고집했
고 결국 두 남녀는 의남매를 맺게 되었다. 용오랑에게는 든든한 누이
가 생긴 셈이고, 진소교에게는 안주할 가정이 생긴 셈이었다.

"오랑, 아무래도 아이를 둘 더 낳아야겠다. 그래야 아버님과 손 대고 모가 싸우지 않을 거 아냐?"

"그럼 한 명만 더 있으면 충분하잖아?"

"막내는 내가 키울 거야."

"누이가 아이를 키워?"

용오랑이 같잖다는 표정을 짓자 진소교가 매섭게 쏘아보았다.

"나도 여자야. 못 키울 것 같아?"

"알았어. 한번 키워보라고. 참, 어디까지 얘기했지? 그래, 염을 할 때는 말이야 일단 시신의 얼굴 근육부터 풀어주어야 하는데……."

"난 염 같은 거 안 해. 관만 팔래."

"이러면 얘기가 틀려지잖아? 아무리 동업이라도 일은 공평하게 분담해야 한다고."

용오랑이 인상을 긁자 진소교가 낮은 어조로 달랬다.

"대신 이 누나가 일감을 많이 만들어주면 되잖아?"

"어떻게?"

"장의사가 뭐냐? 죽는 사람만 많으면 되는 거 아냐?"

용오랑은 어처구니가 없다는 듯 말에 채찍을 가했다.

"하핫, 하여간 제 버릇 못 준다니까."

쌍두마차는 머나먼 천산(天山)을 향해 달려가고 있었다.

새롭게 재건되고 있는 천부를 방문하기 위해서였다. 더불어 중원을 멀리 떠나 천산 부근에 거처를 정하려는 것이 용오랑의 의도였다. 그에게 있어 무림계는 기억에서 영원히 지우고 싶은 세상이었기 때문이다.

용오랑은 지평선 저편으로 겹겹이 펼쳐진 산세를 응시하며 나직이 중얼거렸다.

"옥미가 운아의 대모(代母)가 되어준다면 난 만족할 거야. 그것이 당신과 내게 있어 최상의 선택이니까."

쌍두마차는 불어오는 모래바람을 뚫고 지평선 너머로 사라져 갔다.

한데 모래 벼랑 위에서 쌍두마차의 행적을 오래도록 주시하고 있는 두 사람이 있었다.

장미꽃처럼 강렬한 매력을 지닌 여인은 연신 서러운 눈물을 흘리고 있었다. 단 한 번의 교합을 평생의 추억으로 삼아 살아가야 하는 여인은 바로 강매염이었다.

그녀는 강호를 떠날 수 없는 운명을 타고났기에 애정보다는 현실을 선택해야 했다.

그녀 옆에는 세상을 압도할 위엄을 지닌 백발의 노인이 서 있었다. 부상의 후유증으로 안색이 다소 창백했지만 형형한 눈빛은 전혀 흔들림이 없었다.

강천후는 물끄러미 딸을 응시하다 물었다.

"매염아, 후회하지 않겠느냐?"

강매염은 푸른 하늘로 시선을 들었다.

"뜻이 다르니 같은 길을 갈 수가 없지요. 그나마 친구가 된 것으로 만족하겠습니다."

"실망하지 마라. 그는 반드시 중원으로 돌아온다."

강매염은 고개를 저었다.

"안 올 겁니다. 그는 야망이 없는 사람입니다. 공명심도 없지요. 그는 무림 자체를 혐오하는 사람입니다."

강천후는 의미심장한 미소를 지으며 말을 받았다.

"그것은 그가 무림을 몰라서 하는 말이다. 무림은 경계가 없다. 어느 하늘 아래 숨 쉬고 있든 그곳이 바로 무림이다. 그의 몸속에는 정사마(正邪魔)의 모든 기운이 깃들어 있다. 그 자체가 무림이거늘 어떻게 무림을 떠날 수 있겠느냐?"

그는 천천히 몸을 돌려 중원을 바라보았다.

"그에 의해 사라진 것은 구중천뿐이다. 그 외에 백독문과 암흑마전이 제거된 것이 전부이지. 사대천마의 잔당들은 여전히 남아 있고, 구중천주의 혈육이 절치부심하고 있다. 강호의 판세는 크게 변하지 않았다. 모든 일은 원점에서부터 다시 시작될 것이다."

강매염은 부친 옆에 나란히 서며 애상에 젖은 눈빛을 띠었다.

"맞아요. 진정한 천재는 그 사람인 것 같아요. 엄청난 사건이 벌어졌지만 그는 자신의 복수를 위해 구중천만 제거하고 바람처럼 사라졌지요. 아마 일 년도 못 가서 그의 존재는 대다수 사람들의 기억 속에서 잊혀질 겁니다."

그녀는 꿈결같은 미소를 지으며 나직이 중얼거렸다.

"그저 전설로만 남겠지요. 전설의 이매전사로."

〈제6권 終〉

맺는 글

　조금은 복잡하고 머리 아픈 이야기를 끝까지 읽어주신 독자 여러분께 진심으로 감사드립니다.

　필자가 애초에 의도한 강호보다는 더 복잡하게 얽히는 바람에 이야기를 풀어나가기가 힘들었습니다. 다른 작품보다는 음모와 술수, 계략을 중시하다 보니 전개가 다소 산만해진 점도 사과를 드려야겠습니다.

　이야기의 정점을 구중천의 음모에 맞추다 보니 그 후 전개되는 과정이 다소 의미를 상실하고 말았습니다. 그런 연유로 마무리가 덜 된 상태로 끝을 맺게 되었지만 나머지는 강호 제현의 상상에 맡기고 싶습니다.

　개운한 끝맺음도 좋지만 모호한 여운도 또 다른 흥미가 될 수 있지 않을까 생각됩니다.

　필자는 무협 소설이 갖는 가장 큰 재미를 호쾌한 전개와 의표를 찌르는 반전에 두고 싶습니다. 이 두 가지가 적절하게 배합돼 있다면 정말 흥미롭고 멋진 작품이 될 수 있겠지요.

　그런 면에서 본다면 『이매전사』는 호쾌함이 다소 결여되었다고 자평합니다. 음모와 계책을 펼치다 보니 필자도 모르게 그 무게에 눌려 버린 것 같습니다. 결국 그것을 해결하는 전개 과정에 너무 치우쳐 무협적 흥미가 다소 반감된 것이 아쉽습니다.

그러나 작가마다 그 색깔이 있듯이 모든 작품이 같은 형태일 수는 없습니다. 널리 읽힌 작품이 아니더라도 읽은 분께 오래 기억될 수 있는 작품으로 남기를 기대합니다.

완독해 주신 강호 제현께 다시 한 번 감사드립니다.

청산 배상.